KB058783

鄰女

왕딩궈 장편소설 | 김소희 옮김

가까이, 그녀

알에이치코리아

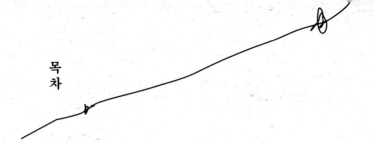

목
차

1

1 —————

해 질 무렵, 들판의 비탈길을 따라 느린 걸음으로 천천히 내려간다. 집이 위치한 삼각 공원쯤에 다다르면 현관문을 막 나서는 아윈(阿雲)의 모습을 볼 수 있다. 정확히 퇴근 시간이 되면 아윈은 언제나 작은 쓰레기봉투를 쓰레기통에 버리고서 손에 묻은 먼지를 탁탁 털어냈다. 나는 매번 아윈을 피하려고 오솔길의 널찍한 곳에서 잠깐씩 멈추어 섰다. 그럼 아윈은 문을 잠근 뒤 언제나처럼 앞쪽 교차로를 향해 시선을 몇 번 던진다. 아직 내가 도착하지 않았다는 걸 확인하면 그제야 분홍색 스쿠터가 뿌우 소리를 내며 황혼 속에서 나의 시선으로부터 멀어져간다.

직접 전달해야 할 중요한 사항이 있는 날에는 현관 등을 켜놓고 문 앞에 앉아 나를 기다리기도 한다. 그럼 나는 아원을 굳이 오래 기다리도록 두지 않았다. 집에 불이 켜져 있는 것이 보이면 서둘러 마당으로 걸음을 옮기는 것이다. 그래야 실은 그다지 중요하지 않은 그 당부 사항들에 마침표를 찍을 수 있었다. 오늘 저녁엔 생선을 구워놓았어요, 점심에 먹었던 채소와 곁들이면 좋아요. 두부는 사놓았어요. 밥솥에 남아 있는 밥은 그릇에 옮겨 담은 뒤 냉장고에 넣고, 밥솥은 꼭 물에 담가두세요. 냉장고에 오이 절임이 있는데 가게에서 새로 사 온 거니까 신선할 때 드셔보세요…….

지난주 가스 배달을 시켰다. 내가 돈을 가지러 방으로 가니 아원은 멀찌감치 구석에 공손하게 서 있었다.

나의 첫 홀로살이가 시작되었다.

아원은 매주 월, 수, 금요일에만 왔다. 자세히 당부해야 할 자질구레한 일들이 있을 때면 오밀조밀한 글씨로 쪽지를 남겼다. 공간이 부족하면 아래에 괄호를 한 뒤 '뒷면에도 있어요'라고 썼다. 뤠이슈(瑞修)는 매달 아원에게 2만 3천 위안(圓)을 지급했다. 하루에 두 끼의 식사와 청소를 담당하며, 퇴근할 때는 저녁을 먹고 가도 좋다는 게 조건이었다. 하지만 지난 4개월 동안 아원은 여기서 나와 함께 저녁을 먹은 적이 없었다. 새로 생긴 일식집에 얼른 가서 일을 도와야 한다고 했다. 나 역시 나이가 들면서 독신 남녀라면 괜히 의심 살 만한 일은 피해야 한다는 생각이 있었다. 아원은 일찍이 배우자를 잃고 혼자가 되었다고 들었다. 나 또한 혼자가 된 지 오래였으므로 우리는 서로 암묵적으로 말이나 웃음을 아낄 필요가 있었다. 그러므로 텅 빈 집안에는 서로를 존중하면서도 적당히 거리를 유지하는 분위기가 늘 감돌았다.

아원에게 또 다른 임무가 있었다는 것도 알고 있었다. 보름에 한 번씩 퉤이슈에게 나의 행동거지나 일과를 몰래 보고하는 것이다. 가령 내가 맥없이 잠에 빠져들지 않는지, 어딘가 둔해 보이거나 수시로 깜빡하지는 않는지 같은 것들이었다. 언젠가 나에게 들었던 '치매'라는 글자 그대로.

그러나 표면적으로 아원은 언제나 나를 세심하게 챙겼다. 외출했다가 돌아오면 얼른 이어폰을 빼고서 내 인기척에 귀 기울였고, 마당에 앉아 있다가 잠이 들면 가끔

따뜻한 담요를 내 다리 위에 덮어주기도 했다. 욕실에 들어가 세수만 하고 나와도 아윈은 변기를 살폈다. 방뇨에 대한 통제력을 잃은 노인이 남긴다는 소변 자국을 확인하려는 것이었다.

이렇게 말하니 내가 정말 나이 든 노인이라고 생각할지도 모르겠다.

나는 작년에 57번째 생일을 맞았다. 갓 차려진 뤠이슈의 신혼집 거실에 생일 초가 상징적으로 꽂혔던 날이다. 커피색의 크림 위에 새겨진 '재탄생'이라는 글자는 내 나이가 많고 적은 건 중요하지 않다는 의미로 보였다. 뤠이슈의 눈에 나는 그저 새롭게 태어나길 기대받는 쓰레기에 불과했다. 아들이 아버지에게 갖는 기대가 고작 이렇다니 당신은 아마도 궁금한 마음이 들 것이다. 어쩌면 나를 실패한 아버지로 생각할지도 모르겠다.

/

생일 이후, 이 낡은 집은 수리가 막바지였다. 뤠이슈는 그냥 비워두기엔 너무 아까운 집이라고 사뭇 진지하게 말했다. 주위도 한적한 데다 가까이에 작은 언덕길이 몇

11

개나 있으니 산책하기도 좋아서 휴양지로는 이만한 곳이 없다는 거였다. 물론 나는 침착하게, 그리고 일부러 우둔한 척 멍하니 고개를 끄덕였다. 결국 내게 오고야 만 이 슬픈 결말을 기꺼이 받아들이겠다는 듯 그렇게.

뤠이슈의 신혼집을 나오던 날은 올해 초봄 중에서도 가장 추운 날이었다. 나는 옷과 소지품, 그리고 세면도구만 챙겼다. 그 외에 전기장판이나 이불, 온풍기처럼 다소 처량한 물건들은 며칠 전 뤠이슈가 두 번에 나눠 보내놓았다. 집 내부는 소박한 편이었다. 지나치게 행복한 기운 같은 것이 느껴지지 않아 다행이었다. 어쩐지 들어서자마자 안도감이 느껴졌다. 이곳에서 남은 삶을 보내야 하는 나의 호젓한 운명과도 잘 들어맞았다.

하지만 뤠이슈는 아윈에 대한 언급을 미리 하지는 않았다. 가정부를 찾느라 애쓰고 있다는 건 알고 있었다. 나를 돌봐줄 사람을 찾는다는 게 표면적인 이유였으나 나중에 가만히 생각해보니 아무래도 다른 계획이 있었던 것 같다. 즉, 나와 아윈 사이에 로맨스가 생기길 기대했는지도 모른다. 그래야 자신은 꿈에 몰두할 수 있을 테니까. 그렇지 않고서야 굳이 젊은 독신 여성을 찾아 헤맬 이유는 없었다.

물론 그로부터 4개월이 흘렀고, 나는 뤠이슈를 실망시켰다. 가만 보니 아들은 더 이상 아원에게 큰 기대를 하지 않는 듯했다. 언젠가 잡담을 나누다가 아원이 엉겁결에 했던 말이 그 증거였다.

"사장님이 외국인 간병인 신청하는 방법을 알아보고 있다더라고요. 조만간 저를 자르실 모양이에요. 나중에 외식하고 싶으면 저희 가게로 오세요. 손님들 말이 제가 만든 채소튀김이 맛있대요."

사실 누가 날 챙겨준다는 것 자체가 우스운 이야기였다. 혼자 살아도 전혀 어려울 게 없었다. 설령 누가 나에게 유기견 10마리를 맡겨도 나는 내 힘으로 충분히 그 유기견들을 통통하게 키워낼 수 있었다. 나의 일상은 단순했다. 물욕이나 성욕은 이미 사라진 지 오래였고, 때로는 조금 더 빨리 늙고 싶었다. 건강 검진 결과서에 빨간 글자가 몇 개 더 새겨졌으면 좋겠다고, 그도 아니면 차라리 부지불식간에 종양이라도 몇 개 자라나서 죽음과 맞서 싸워야 할 완강한 이유가 생겼으면 했다. 그렇지 않고서 이렇게 침울한 상태로 어떻게 살아갈 수 있을까. 인생은 불완전한 삶을 두려워한다. 반만 살아 있다면 그건 죽은 것과 마찬가지다. 육체가 느끼는 극심한 고통은 크게 소리라도 지를 수 있지만, 마음이 느끼는 고통은 그저 참아야 한다. 언젠가 더 이상 아픔이 느껴지지 않을 때까지. 잠들기 전, 고요함 속에서 '이제 정말 아프지 않은 것 같네' 하고 용감하게 스스로를 달래는 그 순간까지. 사실 그것이 가장 아픈 순간임에도.

/

외국인 간병인 신청은 아무런 소식이 없었다. 아윈은 여전히 월, 수, 금요일이면 출근을 했다.

그날 오후 뤠이슈가 갑자기 나타나 심문을 하기 전까지는 그랬다. 뤠이슈는 차에서 내리자마자 아윈을 불러다 한바탕 타박을 늘어놓았다. 아윈이 종이 한 장을 내밀었다. 종이를 바라보던 뤠이슈는 순식간에 얼굴이 어두워지더니 하늘을 향해 한숨을 푹 내쉬었다.

하지만 역시 젊은 세대답게 머리가 좋았다. 경솔하게 행동하면 안 될 상황이라는 걸 눈치챘는지 소파로 오더니 내게 차 한 잔을 같이 하자고 했다.

이번엔 또 무슨 생각인 건지 알 수가 없었다. 굳이 차를 따라 주겠다던 뤠이슈는 숨소리가 불안정해 보였고 두 손은 허둥지둥 부산스러웠다. 찻주전자가 몇 번을 딸그락거리며 부딪히다가 찻물을 따라냈다. 혼탁한 빛깔이 마치 뤠이슈의 심란한 얼굴 같았다. 나는 알 수 있었다. 아윈이 건넸던 종이의 내용은 뤠이슈의 바람과 달랐을 것이다. 뤠이슈가 원한 건 나의 심각한 증세였다. 이를테면 소변이 자주 샌다거나 배고픔과 추위를 못 느낀다거나 혹은 약을 여러 번 복용하기도 하고 눈물을 흘리기도 하며 일관성이 없거나 이해할 수 없는 말을 한다는 등의 증세들⋯⋯. 뤠이슈가 원한 건 어쩌면 이런 기록이었을 것이다. 나의 상태가 그다지 좋지 않아 이미 퇴화 직전이며, 비록 초기 단계이나 걷잡을 수 없게 진행 중이니 반드시 전문 간호인을 데려다 오랜 시간 돌봄을 받아야 하는 상태라는 것을 주치의 앞에서 증명해 보일 수 있는 기록.

아니나 다를까, 차를 우리던 뤠이슈는 수면 문제부터 이것저것 묻기 시작했다.

"어째서 밤마다 네다섯 번씩 깨시는 거예요?"

"별거 아냐. 낮에 잘 자면 괜찮아."

"빈뇨 문제예요, 아니면 어디가 불편하신 거예요?"

"이제 막 이사를 해서 아직 적응이 잘 안 돼."

"말 돌리지 마시고, 진짜 하고 싶은 얘기를 확실하게 해보세요."

"뤠이슈, 마음 놓거라. 내 일에 그렇게 시간 낭비할 필요 없잖니."

"또 다른 문제는 없으세요? 아윈 누님 말로는 10분 전의 일도 금방 잊어버리신다고 하던데."

"어떤 일을 말하는 거야?"

"아, 아무것도 기억을 못 하시는 게 오히려 나은 일이겠네요."

뤠이슈가 담배를 입에 물었다.

내가 생각해도 이렇게 또렷한 정신으로 살아가는 건 분명 고통이다.

"그럼 의사 진단을 받아보죠. 바로 접수해놓을게요."

뤠이슈는 자리에서 일어났다. 겨우 한 모금 뻐끔거리던 담배를 재떨이 바닥으로 힘껏 내리꽂더니 후다닥 문밖으로 나가 전화를 걸었다. 통화를 마치고 소파로 돌아온 뤠이슈는 차를 마시다가 바닥으로 퉤 하고 뱉어냈다. 그러고는 아윈을 불러 차통에 든 찻잎을 전부 버리라고 소리쳤다.

"이렇게 수면을 방해하는 건 드시지 말아야죠. 다음에 꽃차를 좀 갖다 드릴게요. 그걸 마시면 마음이 안정되고, 쓸데없는 생각도 안 들 거예요. 지금 이 난관을 극복하시도록 도울 테니 제 말 들으세요. 방금 미나코한테 얘기해 놨어요. 내일 오후에 모시러 오면 일단 가서 정기 검진부터 받으세요. 요즘 의학 기술이 얼마나 뛰어난데요……."

"나도 대체 어떻게 된 건지 알고 싶구나."

내 말에 뤠이슈가 되물었다.

"병이 생긴 것 같으세요?"

"가끔은 괜찮다가도 또 가끔은 아주 우울하거든."

"그건 아윈 누님에게 들어서 알아요."

그때 아윈이 과일 두 접시를 들고 왔다. 자리를 뜨려는 아윈을 뤠이슈가 불러세웠다.

"그저께 누님 가게 주방장님을 만났는데 집주인이 방을 빼라고 했다면서요. 진짜예요?"

"원래 마음에 드는 집도 아니었어요, 다른 곳을 찾아봐야죠."

아윈이 쓴웃음을 지으며 고개를 숙였다.

"아니면 여기서 묵으시는 건 어때요? 돈은 안 받을게요. 급여도 올려드리진 못하지만."

뤠이슈는 잠시 나를 바라보더니 아윈을 향해 웃으며 입을 열었다.

"짝이 있는 것도 좋잖아요. 어쨌거나 지금 상태가 이러시니."

2 ————————

뤠이슈가 나를 데리러 왔던 날, 나는 뤠이슈의 상황에 대
해 아는 게 전혀 없었다. 머릿속에는 그저 그 아이에게
빚을 졌다는 생각뿐이었고, 최근 몇 년간 어떻게 지냈을
지 마음만 아팠다. 거의 5년 만이었던 그날 오후, 뤠이슈
뒤를 따라갔다. 초인종을 누르는 걸 보고 자신의 노력으
로 산 아파트라는 걸 알았다. 뜻밖에도 집안에는 누군가
있었다. "하이" 하는 큰 소리와 함께 문이 열렸다. 나의
시선은 제일 먼저 현관에 걸린 그림에 꽂혔다. 그 아래
누군가 서 있었다. 구불구불한 머리를 높게 올린 스타일
에 몸집이 왜소한 여성이었다. 목소리는 크고 낭랑했는

데, 메아리치듯 울리던 음성이 멈칫하던 순간 낯선 사람 보듯 나를 바라보는 시선이 느껴졌다.

뤠이슈가 미나코를 언급했을 때 얼핏 낯설다 싶었는데 알고 보니 그녀는 나의 일본인 며느리였다. 일본인 학교를 졸업한 후 부모를 따라 타이완에 머물다가 2년 전 무역 박람회에서 뤠이슈를 만나 결혼의 연을 맺었다. 그 과정은 불명예스러웠다고 한다. 상대의 부모가 충격적인 사건을 이유로 둘의 교제를 반대했던 것이다. 하지만 뤠이슈 역시 결혼을 축복해줄 가족이 없었으므로 사랑에 대한 의지를 더욱 확고히 지켰고, 그 결과 두 사람은 법원에서 결혼 절차를 마쳤다.

뤠이슈에게 이미 무슨 이야기를 들었는지 미나코는 날 보고도 '아버지'라고 부르지 않았다. 목구멍에서 쥐어짜듯 "아라" 하는 소리만 내뱉었다. 악의가 담긴 소리는 아니었지만 검연쩍은 얼굴과 순간적으로 멈칫하는 동작에서 외부인을 향한 무관심과 의심의 표현이라는 걸 알 수 있었다.

그때 뤠이슈가 나를 소개했던가. 좁은 현관에서 아주 잠깐 마주 보고 인사한 게 전부였다. 셋이 차례로 거실에 들어서는데, 뤠이슈와 미나코가 손을 맞잡고 앞장섰다. 그때 미나코의 손바닥을 일부러 주무르듯 움켜쥐는 뤠이슈의 손이 눈에 들어왔다. 지극히 미세한 그 움직임이 그로부터 며칠을 머릿속에서 떠나지 않았다. 생각할 때마다 마음이 편치 않았다. 손을 주무르던 그 동작은 아마도 이해해 달라는 뜻이었을 것이다. 걱정 말고, 당분간만 참아줘……와 같은 의미의 암묵적인 약속과 배려였으리라.

그때부터 당연하게도 낮 시간은 미나코와 함께 보냈다. 미나코가 일본어 외에는 모를 것 같아서 나는 의사소통에 힘을 빼지 않으려고 뭘 하든 되도록 직접 했다. 그럼에도 간혹 문제가 있었다. 이를테면 내가 서랍을 열고 드라이버를 찾았더니 미나코가 갑자기 "아라" 하는 것이다. 가끔 벽에 기대 멍하니 있을 때도 "아라" 하는 소리가 들려왔다. 처음에는 '아라'가 일본인이 자주 쓰는 말버릇인 줄 알았는데, 여러 번 듣다 보니 장음으로 소리 나는 경우도 있었다. 내가 문을 열고 발코니에 나갔을 때였다. 미나코가 방에서 나와 내 뒷모습을 보더니 '아라'에 글자 하나를 더 붙여 말했다. "아-라-라"

매일 저녁 뤠이슈는 퇴근하고 돌아오면 '아라 며느리'

가 이러쿵저러쿵 늘어놓는 이야기를 들었다. 두 사람은 일본어로 소통했는데 말소리가 무척이나 빠르면서도 절절했다. 그 모습은 마치 황혼 녘에 목을 서로 엮은 채 둥지로 돌아가는 두 마리의 새 같았다. 대화를 알아듣지는 못해도 주제가 나라는 건 알 수 있었다. 대화하는 내내 시선이 나를 향했기 때문이다. 주제는 바로 그날 내가 했던 행동들과 미나코가 '아라'를 내뱉었던 일들이었다.

결혼한 아들은 어쩐지 못 미더워서 아들 대신 일본어를 약간 할 줄 아는 옛 친구에게 물어보았다. 친구의 이야기를 듣고서야 단박에 이해했다. '아라'는 다소 부정적인 말이었다. 일본 여성들이 보통 놀라거나 '생각지도 못했다'거나 '어떻게 이럴 수가 있지'와 같은 뉘앙스로 쓰는 감탄사라고 했다.

친구의 보충 설명에 따르면 '아라라'의 의미는 조금 달랐다. '아라'가 가진 의미 위에 부정적인 속뜻이 한 겹 더 해진다. 누군가에게 실망했을 때 느끼는 한탄과 비슷하며 더 이상 기대하지 않는다는 의미였다.

뤠이슈는 지난 과거의 일을 미나코에게 어떤 식으로 이야기했을까. 뤠이슈는 아버지인 나를 어떻게 생각하고 있을까. 상상하기가 두려웠다. 사회에 발을 들이자마자 세속의 여론을 맞닥뜨리고, 뒤이어 여자 쪽 부모의 완강한 거절 앞에서 동정을 구하려고 얼마나 비굴해져야 했을까.

그 모든 난관을 만든 게 나라고 생각하면 뤠이슈 앞에서 아무 말도 할 수 없었다.

이 집에 들어온 첫날 밤, 짐 가방을 바닥에 내려놓지 않고 작은 서랍장 위에 놓아둔 건 그래서였다. 도망치고 싶다는 생각뿐이었다. 날이 밝기 전에 어서 이곳을 떠나야 했다. 가정을 꾸리는 것도 쉬운 일이 아닌데 나는 폐만 끼칠 뿐이었다. 언젠가 아래층 이웃들이 나를 알아보기라도 하면 아들 부부는 더욱 기가 찰 것이다.

한밤중에 쪽지를 썼다. 민폐를 끼치고 싶지 않다고, 나 혼자서도 괜찮다고……. 가방을 들고 쪽지를 접어 그 자리에 두었다. 방문을 여는데 거실이 환했다. 뤠이슈가 그곳에 앉아 있었다. 탐조등이 내 얼굴을 비추듯 두 눈이 나를 향했다.

"어쩐지 밥을 반도 안 드신다 했어요."

뤠이슈의 말에 화장실에 가려던 참이라고 얼버무렸다.

그러자 뤠이슈가 말했다.

"해명은 확실히 하셔야죠. 어째서 그런 일을 벌이셨던 건지."

/

방으로 돌아와 고민을 거듭했다. 뤠이슈가 지금도 사실을 받아들이지 못하고 있다는 건 여전히 그 그림자 안에 있다는 뜻이었다. 내가 돌아온 것이 새로운 출발이 아니라 오히려 뤠이슈를 자극하는 셈이다. 그렇다면, 한밤중 훌쩍 떠나버리기보다 차라리 샌드백이 될지언정 분노가 사그라지도록 이곳에 남아 도와주는 편이 나을 것이다.

다음 날, 나는 이곳을 떠나지 않았다. 그리고 일자리를 구하기 위해 여기저기에 이력서를 내러 다녔다. 돈이 부족한 건 아니었지만, 지금 가장 필요한 건 이미 잃어버린 것들이라는 걸 알고 있었다. 또다시 우울한 얼굴로 뒷걸음질만 친다면 이 집에서 더는 얼굴도 들지 못할 터였다.

하지만 교도소 동기들 대부분이 늘 벽에 부딪혔던 것처럼 나도 너무 순진했다. 사회의 극악한 대우는 교도소 안에서의 형벌 그 이상이었다. 내가 어디에서 왔는지 과감하게 이야기하면 상대방은 미간을 찌푸리며 약간 동정을 표하다가 이내 거절했다. 전문 영역에 대한 경력을 어떻게든 설명해보려고 애써도 면접관은 이력서를 대충 훑다가 나를 떨어뜨렸다. 부잣집 뒷마당의 수중 펌프 옆에 쪼그려 앉아 있다가 낮잠에서 깬 집주인에게 "이렇게 큰 저택에는 충직한 집사가 한 명 필요할 겁니다……"라고 말해본 적도 있다. 집주인은 냉담하게 '필요 없다'고 했다.

새로 오픈한 쇼핑몰에서 전단지 나눠주는 일을 하기도 했다. 사람이 가장 많이 모여드는 곳이라 그야말로 인산인해였다. 사람이 붐비는 곳이니 청결에 까다롭지도 않았고 그저 복음을 전하는 선교사처럼 전단지만 나눠주면 그만이었다. 출입구 통로에 서 있는데 그제야 전에 없던 안도감이 들었다. 하지만 그 순간도 오래 가지 못했다. 쑤(素)의 둘째 남동생, 즉 좋게 말해 손아래 처남을 마주친 것이다. 인파를 따라 나오던 그가 갑자기 사람들 사이를 헤치며 내 앞으로 달려들었다. 내 손에서 전단지 뭉치를 낚아채 공중으로 휙 던져버리더니 바닥에서 하나를 주워 퉤 하고 침을 두어 번 뱉고는 내 얼굴에 뭉개버렸다.

집으로 돌아왔지만 차마 말할 수 없었으므로 내가 누굴 만났는지 퉤이슈는 당연히 알지 못했다. 남자는 치욕을 당하면 일단 마음을 감춘다. 마치 몽둥이에 두들겨 맞던 개가 일단 머리를 수그린 채 달아나버리듯 그렇게. 그 참담한 마음을 굳이 끌어안고 올 필요가 없었다. 그런 모독은 일찍이 몸에 상처로 새겨진 지 오래였고, 건드려질 때마다 무너진다면 결국에는 어딜 가도 마찬가지일 테니까.

이곳에 머물기로 마음먹은 뒤부터 퉤이슈는 내게 비수 같은 말투로 이것저것 캐묻기 시작했다. 내가 견디지 못할 때까지 질문은 계속되었다. 함께 보내게 될 마지막 생활에 기대까지 했던 나였지만, 퉤이슈의 이성과는 어긋났던 모양이다. 퉤이슈의 두 눈은 초조했다. 활활 타오르는 불길과 같은 기세로 자신의 어머니가 왜 죽은 건지, 그리고 나는 어째서 그런 비극을 야기한 건지 분명하게 밝히라고 했다.

일의 진상이라면 설명해주겠다 약속한 적도 없지만 앞으로도 밝히지 못할 것이었다. 모든 증거를 하나하나 밝혀내는 건 뤠이슈의 어머니를 한 번 더 죽이는 일이나 다름없었다. 그 순간이 되면 나는 벗어날 수 있겠지만, 모친에 대한 뤠이슈의 믿음은 부서질 터였다. 그건 내가 원했던 결과가 아니었다. 누가 뭐래도 뤠이슈는 나의 아이였다.

그러나 하루하루 날이 지날수록 뤠이슈의 반복되는 문책과 불안, 그리고 숨김없이 드러나는 실망스러운 눈빛 속에서 날로 커져 가는 증오가 보였다. 나는 의구심이 들었다. 뤠이슈는 왜 나를 여기로 데리고 왔을까. 그저 슬픔을 달래고 싶은 마음에 매일 내게 분노를 터뜨리는 걸까.

그럴수록 나는 특별한 일이 아니면 방문을 걸어 잠그고 지냈다. 아라 며느리가 장을 보러 나가면 그 틈을 타 거실을 돌아다니거나 물을 채워오거나 면접 결과를 물어보러 전화를 몇 통 걸었다. 저녁 식사 시간은 세 가족이 모여 앉아 밥을 먹는 유일한 시간이었으므로 피할 수가 없었다. 아들 부부는 나란히 앉았고 나는 아라 며느리와 빈 의자를 사이에 두고 앉았다. 혼자 앉기에 좋은 자리인 듯했지만, 일종의 거리 두기라고도 할 수 있었다. 분위기는 좋을 때도 있고 나쁠 때도 있었다. 분위기가 안 좋으면 아라 며느리는 총명함을 발휘했다. 어눌한 중국어에 일본식 말투를 섞어가며 이런저런 이야기를 웃음과 함께 늘어놓곤 했는데, 그럴 때마다 뤄이슈의 차가운 얼굴에 나는 더욱 슬퍼졌다.

말없이 조용히 밥만 먹었다. 저쪽 너머에 있는 반찬은 건드리지 않았다. 사실상 고개를 숙이고 있으니 젓가락을 뻗을 수도 없었다. 무력하고 따분한 그 식사 자리에서 문득 지금처럼 밥을 먹던 어린 시절이 떠올랐다. 어린 내가 두부 부침 한 조각을 막 집었을 때였다. 대머리독수리가 공중에서 급강하하듯 동생의 젓가락이 내 젓가락을 가로막았다. 두 쌍의 젓가락이 접시 위에서 팽팽히 대치한 채 물러서지 않는 동안 두부는 이미 두 조각으로 부서져 버렸다. 그러자 옆에 있던 더 작은 대머리독수리가 낚아채 물어가 버렸다.

왜 갑자기 그 장면이 떠오른 건지, 그리고 그때 나는 왜 울지 않았던 건지 모르겠다. 어쩌면 50년 후 어느날 눈물 날 만한 저녁 시간이 있을 거라는 걸 예감했던 건지도 모른다. 애통한 처지에 알 수 없는 감정이 한꺼번에 북받쳐왔다. 그런데 난 웃고 있었다. 입에 밥이 있다는 것도 잊고 침이 지글거리며 끝없이 나오는 꼴사나운 모습으로. 입은 음식으로 가득 차 있고 두 볼은 터질 듯 불룩한데 차마 뱉을 수가 없었다. 다급한 마음에 입꼬리를 벌리자 허리띠부터 바지, 무릎까지 온통 따끈따끈한 음식 잔해로 뒤덮였다.

장음이 더해진 "아라라" 하는 소리가 들려온 건 바로 그때였다. 뤠이슈는 성가시다는 얼굴이었다. "내버려둬."

그 말에 놀랐지만 그렇다고 특별히 가슴 아프지는 않았다. 오히려 난감한 그 상황에 불현듯 스치는 깨달음이 있었다. 앞으로 계속해서 이렇게 둔하고 성가신 바보처럼 군다면 우리는 아무 탈 없이 잘 살아갈지도 모른다고. 진상을 밝히려는 뤠이슈 역시 적당한 선에서 멈출 것이니 그때부터 이 가정은 아픔 없는 날들로 돌아갈 수 있을 거라고.

／

내가 기발한 생각에 빠져 있을 때, 뤠이슈는 습관처럼 식사 후 걷는 일에 몰두하고 있었는데 산책을 나가는 대신 식탁에서 나와 쉬지 않고 걸었다. 식탁부터 소파까지 대략 3.5미터, 손님방까지는 고작 4미터였다. 손님방에서 거실을 그대로 지나 안방까지 직행해도 열 몇 걸음이면 끝이다. 방 3개에 거실이 2개 딸린 이 작은 중산층 아파트 안에서 과연 어디까지 갈 수 있을지. 단지 내에 러닝머신도 있고 근처에는 어린이 공원도 있었지만, 뤼이슈는 집 안에서 벽에 부딪혀가며 몇 번이나 돌고 도는 걸 택했다. 그래야만 갇혀 있는 생각에서 벗어날 수 있다고 믿는 것처럼.

알고 보니 내게 할 말이 있었는지 걸으면서 계속 이야기를 했다. 간혹 라탄 의자에 앉아 있는 나를 고개 돌려 바라보기도 하고, 내게서 멀어질 때면 말소리가 의자 등받이로 떨어지는 걸로 보아 나를 기준으로 천천히 걷고 있는 듯했다. 혼잣말하듯 쏟아내는 이야기는 모친 중심으로 흘러갔다. 나의 상처를 정확히 겨누고서.

"의지할 데 하나 없는 여자를 그렇게 죽게 하다니."

"어머니가 평소에 뭘 그렇게 잘못한 거죠? 그렇게 잔인할 필요는 없었잖아요."

"그 일이 있고 난 뒤로 밖에서 밥만 먹어도 손가락질받았어요, 알고 계세요?"

"여기서 모시고 산다 해서 우리가 용서했다고 생각하진 마세요."

점점 빨라지는 걸음에 하마터면 몇 번이나 벽에 부딪힐 뻔했다. 금방이라도 검은 연기를 무시무시하게 뿜어낼 듯한 이 제트기를 바라보고 있자니 정신이 퍼뜩 들었다. 언젠가 이성을 잃고 최후의 일격을 가할지 모르니 수시로 대비를 해야 한다. 예를 들면 "여기서 나가주셔야겠어요" 같은 말에.

물론 그 말이 나올 때까지 내가 가만히 기다리는 일은 없을 것이다. 여덟 번쯤 왕복하던 뤠이슈는 이제 한계에 다다른 듯 보였다. 나는 재빨리 라탄 의자에서 몸을 일으켰다. 뤠이슈의 뒷모습을 뒤로 하고 방으로 몰래 들어갔다.

부부가 잠시 내게 내놓은 아기방에 누웠다. 천장 위로 은청색의 가짜 별들이 은은하게 빛나고 있다. 쑤(素)가 손쓸 수 없는 로맨스에 빠져 있던 그때의 기억은 수시로 나를 찾아왔다. 쑤는 아마도 저 별처럼 움켜쥘 수 없는 것을 좋아했던 것 같다. 대부분의 로맨스는 언제나 슬픔을 동반한다는 걸 모른 채. 더구나 일의 특성상 밖에서 혼자 있는 시간이 많았을 텐데, 왜 조심하지 않았을까…….

한참을 누워 있어도 잠이 오지 않으면 일어나서 팔굽혀펴기를 몇 번 했다. 그러다 숨이 끊어질 듯 가빠오면 욕실에 가서 거울을 보며 무엇이 달라졌는지 살폈다. 어찌 됐든 여기 머무는 동안에는 너무 편해 보여서는 안 된다. 안색은 평범하게, 눈빛은 너무 밝지 않아야 좋을 것이다. 살고 싶지 않지만 그렇다고 죽을 수도 없지 않은가. 물론 이 모순의 경계를 감당하는 게 쉽지 않을 테니 그저 죽은 듯이 살거나 혹은 죽고 싶지만 또 살고도 싶은 마음으로, 오늘 하루가 끝나면 다시 내일을 적당히 마주하는 수밖에.

그런데 며칠 뒤 한밤중, 생각지 못한 일이 벌어졌다.

3 ──────────

그날 저녁, 아들 부부는 일찍 잠들었다. 나는 약물에 의지해 겨우 자다 깨기를 반복하고 있었다. 결국 침대 밑으로 내려왔다. ─지금 생각해도 그때의 기억이 아주 생생하다.─ 거실로 나가는데 하반신이 선득해서 내려다보니 팬티 차림이었다. 집에는 며느리가, 그것도 툭하면 긴장해서 '아라'를 연발하는 며느리가 있었으니 그냥 넘길 수가 없어 서둘러 방으로 돌아갔다. 허둥대던 그 찰나, 나도 모르게 습관처럼 바지와 셔츠를 모두 챙겨 입었다.

거실로 나가 몇 분 동안 멍하니 앉아 있었다. 사방이 컴컴한 와중에 작은 벽 등 두 개만 불을 밝히고 있다. 나처럼 잠들기 어려운 밤을 겪어본 사람이라면 벽에 드리워진 희미한 빛에 무언가를 떠올릴지도 모르겠다. 적어도 어둠 속 불빛에 모든 것이 고요하고 평온해지는 기분 정도는 느낄 수 있으리라. 그러나 내가 떠올린 생각은 달랐다. 내 삶에는 잊을 수 없는 일들이 많았다. 어떻게든 빨리 떨쳐버리려 애쓰며 살았다. 그럼에도 이렇게 깊은 밤, 불빛 속의 기다란 그림자를 바라보고 있자니 지난 기억들이 몰려와 나를 헤집어놓는다.

결국 자리에서 벌떡 일어섰다. 현관 테이블에 놓인 열쇠를 집어 들고 밖으로 나갔다. 몇 분 뒤, 나는 차를 끌고 과거의 나에게 가장 익숙했던 거리를 달리고 있었다.

깊은 새벽, 마치 유령이 나를 인도하듯 쑤의 친정집에 도착했다.

／

설명을 빠뜨린 게 있는데, 예전에 나는 쑤의 집에 있는 개가 정말 싫었다. 흉하게 생긴 건 둘째치고 정말이지 사람을 우습게 알았다. 이 집을 단골로 드나들었던 나 같은 사람도 그 밑도 끝도 없는 공격 앞에서는 속수무책이었

34

다. 보통 주인을 보면 키우는 개를 알 수 있다고 하는데, 손위 처남은 정말 그 개처럼 성격이 거칠기로 소문난 사람이었다. 한때 경제적으로 어려운 사람들을 돕기도 했다지만 그렇다고 한들 나쁜 본성이 어디 가랴. 온순하고 귀여운 고양이도 영악하고 까칠하게 키워낼 사람이었다.

어찌어찌 개는 잘 피해갔지만 그렇다고 개 주인까지 피할 수 있는 건 아니었다. 나는 차를 뒷골목에 세워두고 등나무 넝쿨이 드리워진 옆문을 통해 정원으로 몰래 들어갔다. 쥐도 '개'도 모르게 들어왔다고 생각하던 찰나, 희미한 달빛 아래 어둑한 발코니에서 평소 취침이 늦었던 손위 처남의 스산한 목소리가 들려왔다.

"누구야?"

"접니다."

"그게 누군데?"

"저라고요."

"이 개자식아, 누구냐니까 어디서 수작이야."

"저라니까요."

"이름 대봐."

"저 매부입니다. 처남, 잊으셨습니까?"

"여긴 뭐하러 왔어. 그런 배짱이면 당장 하늘로 가서 동생한테 참회나 하지."

"쑤가 갖고 있던 물건이요. 가지러 와도 된다고 하셨잖습니까."

"아직 감빵에서 썩고 있는 줄 알았더니. 개새끼, 너 같은 쓰레기를 벌써 내보낼 줄이야."

처남은 욕을 하는 동시에 발코니 난간을 내리쳤다. 탕- 하는 충격음이 쇠 파이프 속에서 진동하더니 주변의 문과 창문, 통유리창까지 파르르 흔들리며 소리를 냈다. 곧이어 누군가 발코니로 나오더니 어둠 속에서 버럭 소리를 질렀다.

"누구야? 도대체 누구냐고?"

"저게 누구냐고? 우리 누이동생을 죽게 만든 쓰레기지."

목소리의 주인은 전단지를 내던지던 그 자식이었다. 난간 밖으로 뛰어내리려는 그 자식을 옆에 있던 큰 손이 붙들었다.

"내버려둬라. 어차피 더 갈 데도 없는 놈인데."

나는 장인의 이름을 부르기 시작했다.

"내 동생 죽고 나서 아버지 뇌졸중 온 거 몰라?"

자리를 뜨지 않고 버티는데도 내려와서 불을 켜주는 사람은 없었다. 아래층은 어두컴컴했고 위층 역시 창문의 불빛을 제외하면 온통 암흑이었다. 목을 빼고 위를 올려다보니 마치 새 머리가 난간 위에 나란히 놓여 있는 것 같았다. 누군가 어깨를 들썩일 때야 겨우 미세한 빛줄기가 틈새로 새어 나올 뿐이었다.

"셋 셀 때까지 안 가면 경찰 부른다."

전단지를 내던졌던 녀석의 말에 나는 귀뜀하듯 입을 동그랗게 오므렸다.

"제가 대신 스물까지 셌는데요."

처남이 갑자기 휴대폰을 들어 전화를 걸 줄은 상상도 못했다. 나는 그저 쑤의 물건을 다시 가져가고 싶었을 뿐인데.

어두컴컴한 대치 상황 속에서 문득 눈앞으로 하나둘 환영이 스쳤다. 가슴이 아리기 시작했다. 거리에 일렬로 들어서 있는 나의 시계점이 보였다. 내 손으로 직접 일궈낸 브랜드들이었다. 직원들은 하나같이 뛰어나고 성실했다. 나는 매일 황색 재킷을 입고 순찰을 다니면서 점점 나이 들어가는 시계 장인들을 돌아가며 챙겼다. 그들이

루테인 복용을 깜빡할까 두려웠다. 오죽하면 자녀들이
전화해 일을 그만둘 거라고 대신 전하는 목소리가 꿈에
서도 들리는 것 같았다.

눈앞을 스치던 화면들이 발코니 위에 쌓인 새똥 속에
뒤덮여 뭉개졌다.

얼마나 오랫동안 내게 욕설을 퍼부은 걸까. 경찰차 소
리는 들리지 않았다. 대신 뭬이슈의 차가 갑자기 긴박한
태세로 들어섰다. 처음에는 나를 도와주러 온 줄 알았는
데, 뭬이슈는 달려오자마자 대뜸 내 목과 어깨부터 붙들
었다. 한밤중 달아난 정신병자를 제압하듯 낮은 목소리
로 내게 말했다.

"그만 좀 하세요."

다음 날, 뭬이슈는 퍼렇게 질린 얼굴로 입을 다문 채
말이 없었다. 아침 일찍부터 나를 피하더니 저녁 식사 시
간이 되어도 내가 식사를 마친 후에야 식탁에 앉았다. 그
마저도 밥을 반쯤 먹다가 안 되겠는지 젓가락을 탁 내려
놓고는 모퉁이 뒤에 숨은 나를 향해 큰 소리로 말했다.

"어젯밤은 몽유 증상인 거죠? 우리 얼굴에 얼마나 먹칠을 한 건지 알고 계세요?"

벽이 사이에 있어 다행이었다. 뤠이슈가 계속 말을 이어갈 수 있도록 나는 잠자코 있었다.

"물건 가지러 갔다고 하면 그 사람들이 순순히 '그렇구나'라고 할 줄 알았어요?"

미나코가 달려와 고개를 내밀었다. 흥미로운 광경이다 싶었는지 발을 붙이고 서서 귀를 쫑긋 세웠다.

식사 중인 한 사람과 벽 가까이 의자에 앉은 나. 부자의 모습이 이렇게 변한 것은 분명 감정적으로 무언가가 사라졌다는 뜻이었다. 그 자리를 대신 꿰찬 건 뤠이슈의 분노였다. 노골적인 말투로 볼 때 앞으로도 돌이킬 여지가 없어 보였다.

뤠이슈의 태도가 이렇게 급변한 건, 일단 내가 어떤 물음에도 대답하지 않았기 때문이고 두 번째는 당연히 갑작스레 수치스러운 일을 겪게 했던 지난 밤 때문이었다. 엎친 데 덮친 격으로 들이닥친 심리적 타격에 진상을 밝혀내겠다던 기대는 엎어진 것이나 다름없었다. 그러니 이 기세를 몰아 옛일을 들추며 나를 거침없이 몰아붙이는 것이리라. 공격은 측면에서도 날아왔다.

"과거에 당신을 그렇게 우러러본 내가 정말 바보였네요."

그대로 두었다. 단 한마디도 반박하고 싶지 않았다. 발
코니의 전등이 깜박거려서 아라 며느리에게 슬그머니 손
짓했다. 주의를 다른 데로 돌리려는 나의 의도에 동의하
듯 며느리는 얼른 마른 수건을 가져다 전구를 돌려 뺐다.
발코니는 순식간에 더 어두워졌다.

뤠이슈는 말을 멈추지 않았다. 어떠한 대답도 바라지
않는 말투로 마치 궁지에 몰린 짐승이 자신의 상처를 핥
듯 그렇게. 물론 아직 식사 중이었으므로 먹는 속도는 점
점 느려지고 있었다. 조금 전까지 타오르던 분노는 거의
해소된 건지 불꽃이 사그라들어 가물거리는 듯한 독백이
이어졌다.

"이제 다시는 묻지 않을 거예요. 어차피 더 할 말도 없
으실 테고 저도 정신병자는 아니니까요."

미나코가 후다닥 달려가 뤠이슈의 음식을 데워주고는
돌아오며 혀를 낼름 내밀었다. 문이 덜 닫혔는지 창밖에
서 세찬 바람 소리가 들려왔다. 흡사 가늘고 차가운 피리
소리 같았다. 어쩔 수 없이 유리문을 또 가렸더니 며느

리가 단박에 알아듣고는 부리나케 달려가 문을 닫았다. 삐걱하는 소리와 함께 집 안이 순식간에 조용해졌다. 마침 식탁 위로 또렷한 말소리가 들려왔다.

"아프신 것 같던데요. 뭐, 그것도 나쁘지 않겠죠."

그 말에 갑자기 투지가 솟았다. 벽 뒤로 숨기고 있던 얼굴을 내밀고 뤠이슈를 바라보다가 목에 힘을 잔뜩 실으며 스스로 비수를 꽂았다.

"앞으로 얼마나 제어가 안 될지 나도 두려워. 요 며칠 내 이름도 잊어버릴 때가 있었거든."

"여기가 누구 집인지는 기억하세요?"

"기억하지. 미나코가 여기 살고 있으니까 당연히 미나코 집 아니겠어."

좀 더 모질게 나오자면 나 혼자 사는 집이라고 대답할 수도 있었다. 입씨름 같기도, 교묘한 전략전 같기도 한 게 왠지 조금 재미있었다. 뤠이슈의 감정을 조금 누그러뜨리면서 동시에 내 안의 어떤 장치가 날 돕고 있는 기분이었다. 매일 뭐가 그리 비장하냐고, 때로는 히죽 웃는 척하는 것도 좋다고. 뤠이슈도 재미를 느꼈는지 뜻밖의 대답이 이어졌다.

"미나코의 집은 일본에 있어야 맞죠."

"아, 나는 또 한국인인 줄 알았네."

미나코가 눈을 동그랗게 떴다. 이번에는 작은 소리로 '아라' 하고 내뱉었는데 매우 놀란 얼굴이었다.

잠시 후, 이쯤이면 배가 찼다 싶었는지 뤠이슈가 결론을 지었다.

"아무래도 옆에 계속 있어줄 사람을 찾는 게 좋겠어요. 야밤에 이유 없이 나가는 일 없게."

처음 그 이야기를 들었을 때만 해도 별다른 눈치를 채지 못했다. 애초부터 나를 내보낼 계획이었다는 건 나중에 알았다. 아원은 바로 뤠이슈가 찾아낸 인물이었다. 내가 병에 걸렸을 가능성이 있다는 게 뤠이슈 입장에서는 상당히 좋은 일이었다. 괴로운 상황을 온전히 견뎌내느니 차라리 나의 병을 구실 삼아 둘의 관계를 다시 만들어가는 편이 나을 테니까. 그리고 만일 나의 뇌가 폐인 수준으로 퇴화될 수 있다면 뤠이슈도 더 이상 괴로워할 필요가 없었다. 뤠이슈 눈에 애초에 죽어 마땅한 사람은 내가 아니던가. 그런 내가 불행히도 눈앞에 버젓이 살아 있으니 이것으로 뤠이슈는 견디는 법을 배우게 되리라.

물론 이건 그저 나의 짐작일 뿐, 어쩌면 뤠이슈를 오해하고 있는 건지도 모른다. 하지만 부자간 갈등의 결과가 여기까지라는 사실은 견디기 힘들었다. 함께 한 시간은 반년도 채우지 못했고 이제야 같은 길을 걷는다고 생각했는데, 아무것도 바로잡지 못한 채 이렇게 헤어져야 한다니.

문득 뤠이슈가 막 초등학생이 되었던 때가 떠올랐다. 뤠이슈가 흙망고(대만에서 가장 오래된 망고 품종 중 하나로 초록색 껍질에 달콤하고 진한 맛이 난다.—옮긴이)를 무척이나 좋아해서 나는 초여름만 되면 한 아름 사 들고 귀가했다. 바닥에 신문지 두 장을 펼쳐두고 둘이 그 위에 쪼그리고 앉아 껍질을 까먹었다. 그런데 망고를 먹고 난 다음 날이면 뤠이슈가 등이 아프다고 난리였다. 단 한 번도 예외가 없었다. 의사를 찾아가 봐도, 각종 민간요법을 다 써봐도 소용이 없어서 결국 우리가 도출해낸 결론은 딱 하나였다. 흙망고 안에 뤠이슈의 체질에 맞지 않는 어떠한 알레르기 인자가 있을 거라는 것, 그러니 먹지만 않으면 괜찮을 거라는 것.

몇 년 후, 그때의 추측이 틀렸다는 걸 알았다.

원인은 바로 흙망고의 껍질을 벗기다 보면 손이 금방 더러워져서 한 번에 연거푸 몇 개씩 먹었던 데 있었다. 게다가 바닥에 너무 오래 쪼그리고 앉아 있던 것도 한몫했다. 성장기 아이의 등이 긴 시간 굽은 채로 있으니 견딜 수 있을 리가. 그런데도 영문도 모른 채 등이 아프다고 외쳐대면 우리는 그 원인을 모두 흙망고 탓으로 돌렸다.

그렇다면, 또 시간이 얼마나 흘러야 모친의 일 역시 나의 탓이 아니라는 걸 알게 될까.

물론 이제는 말할 수 없게 되었지만.

／

둔한 척하면서 동시에 동정심을 끌어내는 건 생각보다 어렵지 않았다. 옆에 있는 사람을 바라보되 상대의 눈이 아닌 다른 곳에 시선을 두고 얼굴을 보지 않으면서 나의 인생이 얼마나 비참한지만 생각한다. 그러다 보면 얼마 안 가 머릿속이 절로 아득해지고, 운이 좋으면 눈물 몇 방울이 맺히기도 한다.

나는 치매 환자로 살기 시작했다.

뤠이슈의 계획은 의사의 진단을 빌어 나를 아득한 삶

으로 밀어 넣고 그것으로 용서할 힘을 얻어보겠다는 것이었다. 평온하게 살 수만 있다면 나는 그걸로 좋았다. 존엄 따위 없는 부친으로 살아가래도 못할 것이 없었다. 자존심을 지키자고 뤠이슈를 상대로 끝까지 내 고집만 내세운다면 결국 뤠이슈를 잃게 되리라.

동기는 서로 달랐지만 목표는 약속이나 한 듯 일치했다. 미나코만 감쪽같이 모르고 있었다. 부자 사이의 이런 암묵적 일치는 다소 망측한 일이므로 굳이 미나코를 끌어들일 필요가 없었다. 더구나 이런 불명예스러운 일은 아는 사람이 적을수록 더 현실적이었다. 쌀을 훔치러 간다고 쌀집 주인에게 먼저 상의할 수는 없지 않은가.

다음 날부터 나의 일거수일투족은 확대 해석되기 시작했다. 뤠이슈는 일하다가도 전화를 걸어 나의 일상에 대해 물었다. 전화기가 미나코 손에 있어서 나는 그저 수시로 나를 돌아보는 미나코의 표정으로 대화 내용을 짐작할 뿐이었다. 오늘은 어디가 이상했는지, 무슨 이야기를 했는지, 혼잣말은 하지 않는지 등등. 뤠이슈의 질문에 미나코는 줄줄이 대답을 이어갔다. 도저히 귀를 뗄 수 없었다. 짤막한 설명을 어찌나 리드미컬하게 하는지 곧 혀라도 깨물 것만 같았다.

통화가 끝나면 아라 며느리는 꼬마 탐정처럼 더 영리하게 굴었다. 아예 나를 아이 취급하면서 수시로 이것저것을 가리키며 무엇이냐고 물었다. "이건 일본 천황이 웃고 있는 모습이야.", "저건 일본원숭이가 나무를 오르고 있는 모습이네.", "저건 결혼사진이잖아. 미나코 자신의 얼굴도 못 알아보는 거야?"와 같은 말로 계속 대꾸하자니 점점 지쳤다. 하지만 미나코는 진지하게 자기 책임을 다하고 있었다. 그래서 한 번은 소원을 이뤄주마 마음먹고, 건물 뒤쪽의 불덩어리를 가리키며 무서워했더니 미나코가 놀란 얼굴로 말했다.

"저번에 얘기했잖아요, 저건 노을이라고."

뉴스에서 굵직한 사건이 흘러나올 때도 내가 침묵하면 미나코는 걱정스러운 듯 화면을 가리키며 재차 설명해주었다.

괜한 의심을 사지 않으려면 가끔은 똑똑한 척도 필요했다. 이를테면 실은 잘 모르는 디지털 제품에 대해 그럴듯한 의견을 내놓은 적이 있었는데, 미나코가 배운지 얼마 안 된 표현을 써서 어설프게 대답했다.

"어, 처, 구, 니 없네요."

한 번은 거리에서 방충망이 달린 창문을 유리로 바꾸는 소리가 들려왔다. 미나코가 저건 물어본 적이 없다 싶었는지 갑자기 저게 뭐냐고 물었다.

"미나코."

나는 살짝 짜증이 나서 정색을 했다.

"저렇게 간단한 건 미나코도 뭔지 알잖아?"

내 말투를 읽어낸 미나코는 당황한 듯 멀쩡게 웃었다.

퇴근 후 집에 돌아온 뤠이슈는 나를 더욱 놓아주지 않았다. 말은 없었지만 두 눈은 내 뒷모습을 계속해서 쫓았다. 잠깐이라도 방심했다간 탄로 날 게 뻔했으므로 뤠이슈 앞에서는 어떻게든 약해 보이려고 더 굼뜨게 움직였다. 더 이상 공격이 필요 없는 상태라는 걸 확신할 수 있도록.

그러나 방문을 닫고 침착하게 나를 마주하는 순간이면, 나는 여전히 뤠이슈의 무자비한 공격에 변명거리를 찾았다. 서른이라는 한창나이에 일도 어느 정도 성과를 거두었고 결혼 생활까지 원만하게 해나가고 있으니 그정도면 저렇게 차가운 감정만 축내고 있을 게 아니라 행복하고 안락한 삶을 살아야 마땅한 것 아닌가. 모친의 죽음 때문에 이렇게 된 것이니 일의 경위를 모르는 이상 앞으로도 이렇게 헛된 나날이 계속될까 두려웠다.

그러나 살다 보면 분명 약해질 수밖에 없는 순간들이 존재한다. 가만히 침대에 누워 있는데 문득 뤠이슈만큼 젊었던 시절의 어느 날이 떠올랐다. 대학에 갓 입학했을 때 나는 보통의 신입생들보다 꼬박 10년이나 늦은 나이였다. 나이 차이 때문에 누군가를 사랑하는 일조차 당당하게 할 수가 없었다. 매일 땀으로 축축해진 손과 무거운 발걸음으로 강의실에 들어서면 칠판도 잘 안 보이는 제일 뒷줄에서 창가에 앉은 그 여학생의 뒷모습만 멍하니 바라보았다.

서른이 넘도록 한 번도 느껴보지 못했던 사랑이었다. 그간 표출되지 못했던 감정들이 내 안에 두둑하게 자리했다. 대담하게 사랑해보자 마음도 먹어보고, 직장 경험이나 안정성 면에서도 자신이 있었다. 여학생의 선배였던 남자친구는 기껏해야 길거리에서 목청껏 소리만 질러대는 사람이었다. 머리띠를 두른 채 죽음을 무릅쓰고 함께 앉아 있던 두 사람의 모습이 내 눈에는 고작해야 학생 운동 속에서 소꿉놀이하는 것처럼 보였다. 나는 그 남자를 안중에 두지 않았다.

그러던 어느 날, 우연히 친구를 통해 그 남자의 배경을 듣게 되었다. 나는 그날로 그에게 두 손을 들었다. 나만큼이나 보잘것없는 사람이었다. 타이시(臺西) 하이커우(海口) 사람으로 해안가 끄트머리의 가장 가난한 시골에 살았다. 그 마을은 내게 지독하리만큼 귀에 익은 곳이자 이름만 들어도 가슴 아픈 곳이었다. 나는 그렇게 굴복할 수밖에 없었다. 그건 나의 무른 성격 때문이었을까? 일종의 타협적인 선택이었다고 할 수는 없는 걸까?

이유라면 오로지 마을 뒤쪽에 자리한 그 지역 두 번째 공동묘지 때문이었다. 열 살이었던 나의 누나가 그곳에 묻혔다.

4 ⎯⎯⎯⎯⎯

이야기가 주제를 벗어났다.

뤠이슈와 차를 마셨던 그다음 날이 기억난다. 목요일이라 아원은 쉬는 날이었는데, 뤠이슈가 차를 끌고 나를 데리러 왔다. 뤠이슈 앞에서 느릿느릿 문을 닫은 뒤 모두 잠갔다가 돌아서서 문을 다시 열었다. 매우 조심스러웠다. 별다른 이유 없이 안으로 들어섰다. 시동을 끄지 않은 차에서 엔진 소리가 들려왔다. 창밖을 보니 뤠이슈가 차에 기대어 담배를 피우고 있었다. 캐주얼한 바지에 운동화 차림으로 보아 마치 나와 사냥이라도 갈 태세였다.

진료실 간호사가 아직 부르지도 않았는데 뤠이슈는 진

작부터 들어가서 친근하게 굴었다. 말소리는 선명하게 들리지 않았다. 내 차례가 되어 진료실 의자에 앉았을 때, 의사는 벌써부터 자비로운 얼굴을 하고 있었다. 끝소리를 한껏 올리며 내게 묻기 시작했다.

"성함이 어떻게 되시나요? 간호사가 좀 전에 혈압을 쟀나요? 양손을 쭉 뻗어보시겠어요?"

나는 줄곧 고개만 숙이고 있어야 했다. 마침 의사의 명치쯤에 깜빡하고 채우지 않은 단춧구멍이 보였다. 일찍이 차에서 뤠이슈가 내게 경고했었다. 아픈 환자처럼 보여야 한다고, 그렇지 않으면 의사가 필요한 사람이라는 걸 모르지 않겠느냐고.

의사 가운의 단춧구멍은 꽤 컸다. 아마 출근 전에는 잘 채우고 왔을 것이다. 신입 간호사가 졸졸 뒤따라오며 "차이(蔡) 선생님, 차이 선생님" 하고 불러대는 바람에 돌아서는 순간 단추가 빠진 것이리라.

때마침 몹시 흥분하며 의사 이야기에 맞장구치는 뤠이슈의 목소리가 들려왔다. 단춧구멍에 시선을 고정한 게 과연 효과가 있었다.

"차이 선생님, 보셨죠. 요즘 약간 치매처럼 이러신다니까요. 예전에는…… 유머러스하고 입담도 얼마나 좋았다고요. 지금은 한마디도 안 하려고 하세요."

다행히 의사는 역시 의사였다. 내가 알기로 의사들은 '치매 같다'는 표현을 함부로 쓰지 않는다. 보호자가 증상을 두고 대신 진단하는 건 더 꺼릴 수도 있었다. 예상대로 의사는 대답 대신 그가 인지한 증상을 타이핑하는 데 집중했다. 작성을 마친 뒤에는 다시 예약을 잡아서 추가로 심리 검사를 해보자고 했다. 지금은 일단 채혈을 한 후 수치를 보며 판단할 수밖에 없다면서.

얇은 커튼이 쳐진 진료실 밖으로 나오는데, 더 궁금한 게 있느냐는 의사의 목소리가 들려왔다. 뤠이슈가 아직 일어서지 않은 모양이었다. 속삭이듯 이야기하는 걸 보니 내 증세를 과장해서 설명 중인 것 같았다.

집으로 돌아가자 아라 며느리가 경악스러운 질문을 던졌다.

"진짜 치매예요?"

뤠이슈가 주춤하더니 눈을 크게 뜨고 아내를 바라보다가 대답 대신 약봉지를 내게 던졌다. 그런데 뤠이슈가 잠시 깜빡한 건지 나를 이곳으로 잘못 데려왔다.

오후에 집으로 나를 데리러 왔었는데, 어째서 지금은 뤠이슈의 집으로 데리고 온 걸까. 치매인지 아닌지 밀착 관찰이라도 하려면 잠시 함께 살아야겠다고 생각한 걸까? 역시 그런 좋은 일은 일어나지 않았다. 세수를 하고 나온 뤠이슈가 창밖을 보며 말했다.

"식사 후 모셔다드릴게요. 미나코가 카레밥을 많이 만들어서 남으니까 가져가서 내일 점심으로 드세요."

"내일은 아윈이 오는 날이니까 점심밥 있어."

"아윈한테 시간 낭비 좀 그만하라고 하세요. 해 뜨면 이불 갖고 나가서 햇볕에 말리고, 또 집 뒤에 있는 공터요. 설 전에 얼른 시간 내서 땅 좀 만져놓으라니까, 내가 풀을 키우랬어요? 채소 심는 게 어려우면, 외국인 노동자 구해다 쓰면 그런 건 금방 해요."

듣기 좋은 말투가 아니어서 나는 말없이 약봉지를 꺼낸 뒤 미지근한 물을 챙겼다. 그때, 옆에서 며느리가 뜬금없이 또 '아라' 하는 소리를 냈다.

"또 뭔데?"

뤠이슈가 짜증이 난 얼굴로 미나코에게 고개를 돌렸다. 허리를 굽힌 채 탁자 밑에 들어가 있는 미나코가 보였다. 눈을 커다랗게 뜨고는 상체를 앞으로 이동했다가 다시 뒤로 물러나면서 뭔가를 찾고 있었다. 작지만 다부지면서도 유연한 체형이었다. 탁자 밑에서 기어 나온 미나코의 손 위에 노란색 알약이 있었다.

"다음부턴 약 드실 때 개수를 정확히 확인하세요. 병원에서 빠뜨릴 리 없잖아요."

뤠이슈가 고개를 절레절레 흔들며 말했다. 무표정한 얼굴로 내게 시선을 주지 않은 채 일상적인 이야기를 하듯이.

살다 보면 수많은 실수를 범하지만 대부분은 고칠 수 있다. 게다가 이렇게 작은 알약 하나라면 더더욱. 내가 자초한 것이니 내 탓이라 해두자. 하필 그 타이밍에 떨어뜨리고 말았지만 정말이지 고의는 아니었다. 하지만 이렇게 변명조차 못 하는 걸 보면 혹시 정말 치매가 아닐까?

／

다음 날 아침, 아원이 왔다. 나는 냉장고를 가리키며 며느리가 만든 카레밥이 맛있으니 먹어보라고 했다. 부족하다면 점심에 나는 국수를 먹어도 좋다고 덧붙였다. 아원은 내가 무슨 이야기를 하든 곧이곧대로 받아들이지 않는 데 익숙해진 것 같았다. 좋다거나 싫다는 말 없이 고개만 끄덕이며 사다리 위로 올라갔다. 커튼을 주문하려고 사이즈를 재는 것 같았는데, 차를 마시던 날 뤠이슈가 던졌던 차가운 표정이 상처가 되어 마음에 남아 있는 게 분명했다. 테이블 위로 오후의 햇살이 비추던 날이었다.

외출을 하려고 현관에서 신발을 신었다. 오전에는 일단 거리를 돌아다니다가 집으로 와서 점심을 먹은 후 근방의 야트막한 산으로 산책을 갈 계획이었다. 신발 끈을 동여맸을 때, 아원이 굳이 사다리에서 내려오더니 앞치마를 문지르며 나 대신 문을 닫았다. 그러다 바닥에서 열쇠를 줍더니 하늘을 바라보며 말했다.

"비가 올 것 같은데, 오늘은 집에 계시는 게 어때요?"

지난번에도 같은 말을 한 적이 있었다. 그날은 외출 중에 정말 비가 내렸다. 마침 한약방의 치러우(騎樓, 필로티와 비슷한 형태로, 건축물의 1층을 사람이 통행할 수 있도록 복도식으로 만든 건축 양식이다.-옮긴이) 아래 바둑판이 펼쳐져 있길래 노인 몇몇이 치열하게 시합하는 모습을 구경했다. 비는 황혼이 가까워질 무렵에야 겨우 그쳤다. 또 한 번은 집을

55

막 나서는데 비가 이미 내리고 있었다. 정말 고민스러웠다. 우산을 쓰고 나가자니 쇼핑이라도 나가는 사람 같고, 그냥 집에 있자니 방해꾼이 되는 기분이었다. 어쩔 수 없이 안전한 구석 자리를 찾아 아윈을 피했다. 아윈이 나에 대해 하나하나 기록하고 있을 텐데 다른 건 몰라도 둔해 보인다는 말은 빠지면 안 되므로 너무 민첩하게 행동해선 안 됐다.

행동만 조심하면 그만일 텐데 왜 굳이 아윈을 피하기까지 해야 하는지. 괜한 짓이라는 건 알지만, 굳이 이유를 꼽아야 한다면 아윈은 아직 젊기 때문에 온전히 마음 놓고 믿을 수 없어서였다. 아직 젊다는 건 여전히 매력이 있다는 뜻이지만, 한편 뭐이슈가 보낸 스파이였으니 아윈을 어느 위치에 두어야 할지 난감했다.

비가 올 것 같다는 말에 잠시 망설이다가 결국 밖으로 나갔다. 차양 바깥으로 나가자마자 바람이 한차례 불어오더니 정말 비가 주룩주룩 내리기 시작했다. 하는 수 없이 집으로 뛰어 들어가 신발을 벗고서 아윈이 사다리 위에 있는 틈을 타 부랴부랴 욕실로 들어가 빗물을 털었다. 밖으로 나오는데 아윈이 문 앞에서 기다리고 있었다.

카레밥을 들고 서서 카레 이야기가 아닌 다른 질문을 던졌다.

"가족이라고는 세 명밖에 안 되는데 왜 두 집에서 따로 살아요?"

그리 이상한 일이 아니라고 답해주고 싶었다. 두 명이어도 떨어져 사는 경우는 더 많다. 설사 혼자여도 따로 사는 일이 생기기도 한다. 마치 지금 나의 육체와 영혼이 그렇듯. 모두가 이미 나를 그렇게 바라보고 있던 것 아니었나?

아원은 우리 집 일을 모르는 게 분명했다. 아마도 유일하게 모르는 부분일 것이다. 그러니 아원과 내가 나눌 수 있는 이야기는 더더욱 없었다. 아원이 집안일에 바쁜 시간을 빼고, 내가 애써 피해 있는 시간을 빼면 둘이 마주할 일은 정말 제한적이었다. 그나마 점심 식사 때 짧은 시간 함께하곤 했는데, 그마저도 나는 원형 탁자 위에서 점심을 먹었고 아원은 가스레인지 맞은편 식탁 옆에 서 있었다. 기다란 인조석 상판에는 평소 식기류나 양념, 그리고 이웃이 나눠준 양배추와 수세미 등이 놓여 있는데, 식사 시간이 되면 아원은 그것들을 살짝 옆으로 치웠다.

그 작은 공간에는 작은 밥그릇과 내 식판에 덜고 남은 반찬들을 모아놓은 접시 하나만 놓였다. 고양이 식사처럼 아주 적은 양이었다.

우리가 따로 사는 이유는 당연히 말할 수 없었다. 다른 집이었다면 물질적인 이유라거나 가족 간의 애정 혹은 역경 끝에 맞는 행운 같은 것들을 기대할 수도 있겠지만 우리 가족이 마주한 불행은 말 그대로 청천벽력이었다. 그 결말은 모두를 경악하게 했다. 앞으로 가질 수 있는 희망이라면, 이제 더는 어떤 결말도 없다는 것뿐이었다.

/

보름 후, 갑자기 편지 한 통을 전달받았다. 받는 곳 주소는 차후에 추가로 기재된 것이고 줄이 그어진 원래 주소는 뤼이슈의 아파트였다. 차를 타면 금방인 거리를 굳이 편지만 재발송한 걸로 보아 뤼이슈는 당분간 이곳에 오지 않을 모양이었다.

편지를 뜯자마자 라이쌍(赖桑)의 필체라는 걸 알았다. 작년에 헤어지면서 뤼이슈의 주소를 그에게 주었다. 라이쌍은 일찌감치 자신의 고향집 주소를 쪽지에 적어둔

58

상태였다. 읽기 편한 글씨에다 그의 사람됨을 닮은 필체는 빈틈이 없었다. 서로 주소를 교환한 뒤로는 이야기를 나눌 기회가 없었다. 그가 마지막으로 본 건 마치 죽은 이를 보내고 나면 뒤돌아보아서는 안 된다던 누군가의 말처럼 그저 손만 흔들던 내 뒷모습이었으니까.

드디어 라이쌍도 출소를 했다.

우리는 안에서 약속했었다. 먼저 나오는 사람이 축하의 자리를 마련해주기로. 오래 걸리더라도 기다렸다가 바로 편지로 소식을 전하자고 약속했다. 편지를 읽는 도중 눈시울이 붉어졌다. 기이한 감정이었다. 사실 아주 친한 사이라기보다는 잠깐 바람 쐬는 시간에 고작 대화만 몇 마디 나누는 수준이었다. 그러나 시간이 쌓여가자 어둡던 영혼은 유난히 가까워져갔다. 무언가가 내면 아주 깊은 곳을 거세게 두드리는 것 같았다. 비슷한 건 세상만사에 침묵한다는 점이었다. 굳이 말하지 않아도 상대방이 이미 들었다는 걸 알 수 있을 정도였다.

라이쌍의 죄는 비교적 가벼웠다. 다만 입소한 지 얼마 되지 않았기 때문에 나보다 몇 개월 늦게 자유를 되찾았을 뿐. 그가 무슨 죄를 지었느냐고 묻는다면, 궁지에 몰린 절망적인 상황에서 불의를 참지 못해 사람을 다치게 했다고 할 수 있었다. 다들 라이쌍이 저지른 작은 죄에 관심을 두기보다 뒤에서 손가락질하기 바빴다. 감추려 할수록 더 드러나기 마련인 그 작은 목소리들 속에서 라이쌍이 두 번째 수감이라는 걸 알았다. 젊을 때는 교도소 생활을 조금 더 오래 했는데 영문을 알 수 없는 '사상 범죄'라고 했다. 어쩐지 그를 보면 척연한 마음이 들더라니.

설사 더욱 가까운 사이가 되었다고 한들 더 많은 걸 알았을 것 같지는 않다. 사상 문제는 바이러스처럼 전염되지 않는다. 신체상으로는 멀쩡한데 도리어 머릿속을 탓하는 것이다. 머릿속에 종양 말고 또 어떤 결함이 있을 수 있단 말인가? 그런데 그게 가능했다. 라이쌍은 직접 쓴 책 한 권 때문에 수감되었다. 그 시대는 그랬다. 사상을 이유로 영문도 모른 채 억울한 처지가 되는 일이 부지기수였다. 감옥 안에서 사상범을 본 적도, 들은 적도 없다고 하면 그건 거짓말이었다.

라이쌍은 지난달 말에 출소했다고 편지에 썼다. 제일 먼저 나를 찾아올 생각이었으나 과거에 알던 여러 단체에서 식사 약속을 잡아두었다고 했다. 그 때문에 고향에 가서 제사를 지낸 뒤 타이베이로 가야 하는데, 시간이 맞는다면 타이베이로 가기 전에 나를 만나고 싶다고 했다. 편지 끝에는 날짜까지 적혀 있었다.

편지가 전달되기까지 시일이 걸렸던 터라 만남의 날이 당장 코앞이었지만 연락처도 적혀 있지 않았다. 편지를 잘 받았다고 안심시키려면 답장을 서둘러야 했다. 그리고 가장 중요한 건 이사했다는 사실을 밝히는 일이었다. 이곳저곳으로 이동하느라 지쳤을 그가 헛걸음하지 않게 편지와 봉투에 새로운 주소를 신경 써서 적어두었다.

편지를 부칠 때만 해도 기뻤다. 낙엽이 가득한 우체국 뒤 오솔길을 따라 걸었다. 황금 트럼펫 나무가 가지 하나당 평균 몇 송이의 꽃을 피우는지 세어보기도 했다. 왜 하필 그때 뤼이슈가 불현듯 떠오른 건지 모르겠다. 뤼이슈는 내가 세상과 거의 단절되어 있다는 걸 분명히 알고 있었다. 그런 내게 손편지가 오는 건 극히 드문 일이다. 이 미천한 연결고리조차 줄을 그어버렸다는 건 나라는 사람 자체를 지워버린 것과 다름없었다.

집에 돌아오니 아윈은 주방에서 이미 요리를 마친 상태였다. 식탁 위에 놓인 병이며 깡통 등 잡다한 용기들을 정리하다 나를 보더니 "식사하세요!"라고 소리쳤다. 내가 반응을 안 보이자 슬그머니 등 뒤로 와서 물었다.

"평소답지 않게 고개를 푹 숙이고 들어오시네요. 무슨 일 있으세요?"

별일 없으니 일 끝났으면 이만 돌아가도 좋다고 대답했지만 아원은 돌아가지 않았다.

창문에 커튼이 걸리자 맞은편의 계단 입구가 어둑해졌다. 계단에 발을 막 올리는데 아원이 불을 환하게 켰다. 계단참의 모퉁이에 다다르자 머리 위 조명에 불이 들어왔다. 뒤따라오던 아원이 보였다. 나는 그대로 서서 이제 따라오지 않아도 괜찮다고 했다.

"그럼 무슨 일이 있으셨던 것 같다고 기록할게요."

"더 자세히 써요. 뤠이슈가 내 일을 망쳐놓고 나를 완전히 남 취급하고 있다고."

"제가 도울 수 있는 일이 있다면 다른 건 안 적을게요."

"좋아요, 이 동네는 빠삭하죠? 친구를 대접하고 싶은데 어디가 좋아요?"

라이쌍이 곧 올 거라는 이야기를 대략 들려주었더니 아원은 고민도 없이 자신이 일하는 일식집을 추천했다.

조용한 데다가 술도 마실 수 있고 전부 대만식 퓨전 요리라서 걱정 없이 대접할 수 있을 거라고 했다.

"그럼 두 사람으로 예약해줘요. 뤠이슈한테는 알릴 필요 없고요."

아윈은 알았다고 대답하며 웃더니 아예 노트를 꺼내 날짜와 시간을 적어놓았다. 아윈의 도움으로 한 가지는 해결된 셈이었다. 이제는 라이쌍의 상황만 주시하면 된다. 만일 주소가 바뀌었다는 사실을 전혀 모른 채 찾아온다면, 뤠이슈 집 앞으로 가서 막아야 한다. 그게 유일한 방법이라고 생각하니 오후 내내 마음이 울적했다. 뤠이슈는 내게 왜 이러는 걸까, 도대체 왜…….

아윈은 식탁에 반찬 두 가지와 국을 차려놓고 퇴근 준비를 하고 있었다. 저녁을 먹고 가라고 했지만 여전히 좋다 싫다 답이 없었다. 대신 열쇠를 손에 쥐고 내 뒤를 지나다가 불현듯 내 귓가에 대고 말했다.

"아픈 데 없으시잖아요. 앞으로는 안 그러셔도 돼요."

5 ─────────

날은 흐르는데 라이쌍에게서 답장이 오지 않았다. 만나기로 한 날짜가 코앞으로 다가와 초조하던 와중에 이메일이 떠올랐다. 이메일을 사용하면 언젠가 이곳을 떠나게 되더라도 편지가 재전달되거나 심지어 유실되는 일도 없을 터였다.

아침 일찍 뤠이슈에게 전화를 걸어서 노트북을 하나 사달라고 부탁했다. 기본형이면 충분하고 색은 검정색이면 좋겠는데 브랜드는 대신 골라달라고 했다. 뤠이슈는 바쁘다는 말 외에 별다른 답이 없다가 잠시 후 내게 물었다.

"그런데…… 그 전에 제가 먼저 여쭤봐야 할 게 있을 것 같은데요."

나는 이메일만 주고받으면 되니 다른 기능은 필요 없다고 설명했다.

"노트북 같은 거 필요 없으시잖아요."

뤠이슈는 바빠 보였다. 그래서 이렇게 대꾸하는 것이리라.

"이메일만 주고받을 수 있는 거면……."

"그건 문제가 아니에요. 이메일 못 쓰는 컴퓨터가 어디 있어요. 그런 게 아니라 친구가 없으시잖아요."

"뤠이슈, 내 돈 갖고 있는 거 최대한 꺼내 써도 좋아."

"제 말을 오해하셨어요, 돈 문제가 아니잖아요. 제대로 쓰지 못하면 그냥 죽은 기계밖에 안 될 텐데, 최소한 친구 이름 정도는 입력이라도 해야 하지 않겠어요? 매일 모니터 앞에서 멍 때리고 있을 것도 아니고."

"그냥 쓰기 쉽고 편한 거면 돼."

"그래도 제 생각에 아직은……."

전화가 갑자기 끊겼다.

통화를 끝내고 보니 언제 들어왔는지 아윈이 조리대

옆에 있었다. 사실 아윈이 들어오지 않아도 이미 안에 있는 것처럼 느껴질 때가 많았다. 오랫동안 수리를 하지 않은 데다 방치되어 있던 집이라 가루나 먼지가 많아서인지 아윈은 수시로 물통을 들고 다니며 이곳저곳을 닦았다. 간혹 모습은 안 보이는데 어디선가 바닥 닦는 소리가 들려올 때도 많았다.

과거에 결혼을 준비하며 대대적으로 인테리어를 했던 집이었다. 그 후 수년간 여러 차례 지진과 홍수 등을 겪으면서 외벽이 벗겨지고 지금은 사방이 흙벽 상태로 남았다. 뤠이슈는 고색창연하다며 떠들어댔지만 완전히 다른 느낌이었다. 그때는 그 말에 그저 조용히 웃었다. 젊은 시절 피땀 흘려가며 겨우 샀던 집에서 이제는 아들의 종용으로 죽을 때까지 살아야 한다니 삶이란 내내 이토록 추연한 것이었다.

생각이 많아지다 보니 이야기가 또 다른 데로 샜다.

방금 이야기했던 아윈은 파를 다지고 있다. 소리가 거의 들리지 않을 만큼 세심한 칼질로 아주 빠르게. 저렇게 집중하고 있는 걸 보면 내가 뤠이슈와 나눈 어색한 대화를 듣지 못했을 것 같은데, 이상하게도 파는 파일 뿐이고 왠지 전부 알고 있을 것만 같다.

통화도 끝났으니 자리에서 일어나면 오늘의 행선지를 정해야 한다. 불과 며칠 전까지만 해도 30분을 얼빠진 척 가만히 앉아만 있어도 자연스러웠지만, 그날 아윈이 던진 말을 들은 뒤로는 어떻게 해야 할지 난감해졌다. 얌전히 외출하는 것 말고 또 어디를 배회해야 한단 말인가.

하지만 오늘은 외출하기에 적합하지 않았다. 오른쪽 발목을 삐었기 때문이다. 바닥에 한가득 널린 낙엽과 노란 꽃을 고개 묻고 바라보다가 볼록한 돌부리에 쓸리면서 앞으로 엎어진 게 화근이었다. 라이쌍에게 편지를 부쳐서 너무 기쁜 마음과 동시에 갑자기 우울한 기분이 몰려오면서 생긴 일이었다. 이렇게 덤벙대는 건 처음이었다. 쑤의 일이 내 책임으로 돌아왔을 때도 나는 넘어지지 않았다. 하물며 쑤는 다시 일어설 기회조차 없지 않았던가. 일어서지 못한 인생을 두고 더 말해 무엇하랴.

그냥 집에 있기로 했다. 그렇다고 위층으로 오르락내리락하기도 불편하니 할 수 없이 대화거리라도 찾아야 했다. 집안이 적막한 절간처럼 고요해서 아윈에게 오늘 점심 메뉴라도 묻고 싶었다. 대답은 없을지언정 최소한 메아리라도 있겠지 싶었다. 아윈이 뒤돌아서는 타이밍에 몇 번 곁눈질로 뜯어봤다. 말라서인지 키가 커 보였다. 소매를 말아 올린 하얀 셔츠는 가게 유니폼인 듯했고, 약간 넉넉한 청바지에 검은 운동화 차림이었다. 나이는 많아 봐야 마흔 살 남짓으로 보였다.

오로지 옆모습밖에 보이지 않았는데 약간 차갑게 거리를 두는 느낌이었다. 아윈이 입을 열 때까지 기다리려면 최소한 점심 식사 시간은 되어야 할 것 같았다. 아윈은 평소 조리대에 비스듬히 기대서서 밥을 먹었다. 국은 고개를 살짝 아래로 숙이고 숟가락으로 한 입 두 입 떠먹었다. 입가에서 흐읍- 하는 소리를 내고는 한참을 머금었는데, 꼭 양치질 중인 사람처럼 금방이라도 입안에서 뱉어낼 것 같았다.

그때 아윈의 손이 멈추었다. 기다란 손가락은 살집이 별로 없었다. 그걸 본 순간 아윈에게 채소를 심으라고 전하라던 뭬이슈의 말이 떠올랐다. 채소를 심으려면 일단 흙부터 부드럽게 풀어야 하는데, 묵혀둔 지 오래돼서 돌처럼 단단해진 공터가 문제였다. 그런 궂은일을 아윈에게 어떻게 시킨단 말인가. 아윈은 일식집에서 주방일 외

68

에도 음식 준비와 세팅까지 맡는다고 했다. 주방장이 휴가라도 내는 날이면 대타로 초밥을 만드는 날도 있었다. 뤠이슈가 그 사실을 모를 리 없을 텐데 아윈에게 이렇게까지 나온다니 할 말이 없었다.

결국 라이쌍의 답장을 기다리던 그날 오전, 나는 집 뒤로 나가 바짓단을 걷었다.

철조망 안으로 잡초가 무성했다. 흐리고 약간 비가 오는 날이라 다행이었다. 며칠간 연달아 비가 내린 덕에 토양이 부드럽고 축축해져서 둥근 삽을 쓰기에도 딱 좋았다. 두 손으로 손잡이를 힘껏 받치고 발바닥으로 헤드 윗부분을 밟으며 웃차 밀어 넣으면 어느새 삽이 흙으로 깊숙이 들어가면서 양배추를 수확할 때처럼 바사삭하고 빈틈없이 갈라지는 소리가 났다.

다친 오른쪽 발목이 조금 거슬렸다. 힘을 쓸 수 없어서인지 한파 속에서 다리가 더욱 차갑게 느껴졌다. 발목 아랫부분은 통증이 느껴지지 않을 만큼 얼었다. 결국 땅에 늘어뜨린 채로 오른발을 끌다시피 했더니 역으로 손바닥에 힘이 가해지면서 손아귀에 점점 핏발이 섰다. 손잡이를 놓으면 금방 손바닥으로 피가 퍼졌다.

점심시간이 되기 전에 잠시 일을 마무리하고 발을 씻은 뒤 아무도 모르게 얼른 바짓단을 내렸다.

공터는 주방과 붙어 있었는데, 쪽문이 없어서 집 옆의 도랑을 끼고 돌아야 들어갈 수 있었다. 원탁에 앉아 점심을 먹다가 문득 벽에 구멍이라도 있으면 어쩌나 싶어 공터와 가까운 벽을 뚫어지게 바라보았다. 사실 아원은 이어폰을 꽂고 밥을 먹기 때문에 흙 파는 소리를 듣지 못했겠지만.

오후가 되어도 해는 보이지 않았다. 양쪽의 이웃집 틈새로 바람이 쏴쏴— 하며 끊임없이 불어왔다. 어느새 공터 전체가 부숴지고 저녁 무렵에는 흑토가 두 개의 언덕 모양으로 솟았다. 이제 중간에 물이 지나갈 수로를 정리하는 일만 남았다. 아쉽게도 시간이 늦은 데다가 아원도 곧 퇴근하려는지 문밖으로 고개를 내밀길래 하는 수 없이 헐레벌떡 돌아 나와서 아무 일도 없었던 것처럼 현관으로 갔다.

출소한 이후 처음으로 의미 있는 일을 한 기분이었다. 만약 뤠이슈가 시켰다면 이렇게 기꺼이 나서지는 못했을 것이다. 그렇다면 날 움직이게 한 건 무엇이었을까. 말로 설명하긴 어렵지만, 확실한 건 아윈에게 보답을 하고 싶었다. 아윈은 내게 깊은 감동을 준 사람이었다. 하루하루 우울해져 가는 날들 속에서 내가 얼마나 의식이 또렷한지 알고 있는 유일한 사람이었다. 외부인이라서 가능한 일이었을 것이다. 이 집에서 가장 멀리 떨어져 있지만, 오히려 그렇기 때문에 누구의 마음이 부서졌는지 또 누가 아윈 외에는 아무도 없는 삶을 살고 있는지 전부 보이는 것이리라.

라이쌍과 만나기로 약속한 날이 되었다. 아침에 우체부가 다녀간 후, 라이쌍이 내 답장을 받지 못했다는 걸 확신했다. 오히려 마음이 놓였다. 이제 곧 오후 4시가 되면 나는 뤠이슈의 집으로 출발할 것이고, 라이쌍이 약속대로 도착만 하면 그를 데리고 아윈의 가게로 가도 충분히 여유가 있을 것 같았다.

뤠이슈의 집 로비에서 30분을 기다린 끝에 마주친 건 뜻밖에도 미나코였다. 마트에 다녀오는 길인지 치러우 아래에서 마늘과 미나리가 든 봉투를 가슴 앞에 한가득

들고 오다 고개를 들더니 나를 보았다.

"아라."

미나코가 어리둥절한 얼굴로 말했다.

"친구를 기다리는 중이야."

미나코는 친구가 몇 시에 도착하느냐고 물었다. 집으로 올라가서 기다리라며 손님이 도착하면 관리인이 알려줄 거라고 손짓으로 설명했다.

생각해보니 맞는 말이었다. 아직 30분이 더 남은 데다가 치러우는 차디찬 바람받이가 따로 없었다. 집으로 올라가자마자 거실 밖 발코니로 뛰어나갔다. 맞은편 통로가 훤히 내려다보이는 각도였다. 4시 30분이 지나니 드물게 희미한 햇살이 비쳐서 누군가 나타나면 한눈에 보일 듯했다.

기다리던 도중 화장실에 다녀오다가 한때 내가 묵었던 아기방이 창고 방으로 바뀌어 있는 걸 보았다. 문밖 여기저기에 놓여 있던 잡동사니 역시 어느새 깔끔히 정리되고 없다. 나라는 존재가 정말 거추장스러운 짐이긴 했나 보다. 내가 나간 후 공기마저 달라졌다. 그렇다고 해서 너무 슬퍼하고 싶진 않았다. 큰 집 하나 마련한다는 게 어디 말처럼 쉬운 일이던가. 젊은 세대는 자기 자신으로 살아가려면 타인을 포기해야 했다. 심지어 그게 자기 사람일지라도. 시대 환경이 그들을 이렇게 가르쳤으니 각박한 경제 사회를 탓할 수밖에.

아, 라이쌍! 소리 없는 비명이 나왔다.

확신할 수는 없지만 누군가가 눈에 들어왔다. 평범한 체격은 비슷했는데, 야구 모자를 앞으로 깊게 눌러써서 이마는 그늘에 가려져 있었고 두 눈은 앞을 똑바로 바라보고 있었다. 다른 곳으로 가려다가 치러우 밖에 잠시 서 있더니 주머니에서 잔돈 비슷한 것을 꺼냈다. 예상대로 잡화점 입구의 공중전화 옆으로 향하는 걸 보고 나는 급히 식탁으로 고개를 돌렸다. 아라 며느리는 고개를 숙인 채 채소를 다듬고 있었다. 전화 소리는 울리지 않았다.

건물 앞으로 달려나갔다. 아까 그 사람은 어느새 맞은편 치러우에서 아까와 같은 각도로 이곳의 문패를 바라보고 있었다. 라이쌍이 맞는 듯했다. 손을 몇 번 흔들었더니 그제야 내게로 시선이 닿았다. 라이쌍은 이제 주저하는 대신 스스로가 우스운지 머리를 흔들었고, 그러자 모자챙이 한쪽으로 비뚤어졌다. 길가의 차를 비켜가며

성큼성큼 나에게 달려왔다.

사실 아까 나는 그의 모습에 무척이나 가슴이 아려오던 차였다. 그의 모습에서 내가 보였다. 그곳에서 막 나온 사람들은 누구나 그랬다. 특히 억울하게 갇혔던 사람들의 느릿하고도 어설픈 행동거지는 사실 세상에 대한 불신이자 비타협이고 불안이다. 공중전화 한 통조차 어떻게 걸어야 할지 모르는 이들.

작년 이맘때, 내게도 그런 날들이 있었다.

허, 허허, 허허허허. 라이쌍이 웃었다. 리드미컬한 웃음소리였다.

"관리인 말이 그런 사람은 없다는 거야. 잘못 찾아왔나 싶어서 일단 전화부터 해봐야겠더라고. 진짜 여기 사는 거 맞았네."

라이쌍이 모자를 벗었다. 살짝 벗겨진 이마와 풍상을 겪은 얼굴이 드러났다. 서글서글한 눈빛은 여전했지만 애수가 서린 어둑한 그림자는 감춰지지 않았다. 처음 출소했을 때 모든 가족과 친구들이 사라지고 없더라는 이

야기를 했던 게 기억나서 요 며칠 몇 군데나 돌아다녔느
냐고 물었다.

"고향집은 여전히 싸늘하지. 그래도 친척 중 몇 명은
만나자고 할 줄 알았는데 다들 바쁘다더라. 하는 수 없이
일단 윗지방으로 올라가서 여기저기 돌아다니다가 좌담
회에도 두 번 참여했지. 거기에서 막 내려오는 참인데.
왜, 오늘 이 자리 취소하려고 나한테 답장 보낸 거였어?"

라이쌍은 쓸쓸한 미소를 지으며 은행 하나를 까서 입
에 넣었다. 전채 요리가 나와서 겸사겸사 사케 두 병을
주문했다. 손님은 우리까지 세 테이블이었고, 조리사 뒤
쪽 벽에는 일본 가수의 콘서트가 방영되고 있었다.

둘이 식당에 앉아 있는 건 처음이라 약간 어색했다. 스
크린에서 고음이 나오거나 잠시 애처로운 멜로디가 들리
면 우리 둘은 고개 들어 눈길을 한 번 던졌다가 다시 돌
아와 상대의 말만 기다렸다. 교도소에서도 라이쌍의 침
묵은 유명했다. 어쩌다 한 번 입을 열어도 언제나 착 가
라앉은 목소리였다. 단순히 서열이 높다고 해서 형님으
로 존중받는 것도 아니었다. 평소 그는 어떤 일에도 관여
하지 않았다. 옆에서 아무리 소란을 피우며 싸워도 자신

과는 무관한 듯 행동하는 사람이었다.

마 요리를 입안 가득 넣고 있는 라이쌍을 보니 문득 예전에 그가 했던 말이 떠올랐다. 라이쌍은 고문을 당했던 경험 이후 한 가지 습관이 생겼는데, 아침 식사에 만터우(소가 없는 찐빵-옮긴이)가 나오면 크게 한입 떼어 숨겨놓았다가 만터우가 말라서 딱딱해지면 입을 틀어막는 용도로 썼다. 극심한 고통을 견디거나 울고 싶은 충동을 참아낼 때 매우 효과적이라고 했다. 일단 입안 가득 물면 다시 뱉어내기가 힘든데 코는 숨을 거세게 들이마셔야 했기 때문에 그 어떠한 감정도 순식간에 사라진다는 것이다.

그때 나는 딱히 나눌 이야기가 없어서 어릴 적 이야기를 들려주었다. 어느 날 대들보 아래 밧줄을 묶고 의자 위에 올라갔던 아버지 이야기였다. 마침 나는 밧줄 안으로 들이민 아버지의 얼굴을 보았는데, 그때는 그저 재미로 사진을 찍으려는 건 줄 알았다. 내 시선을 알아챈 아버지가 의자에서 뛰어내리기 전까지만 해도. 어른이 되고서야 그게 무엇인지 알았다. 가끔은 무의식중에 아버지를 따라 하고 싶을 때도 있었다. 특히 슬프고 절망스러운 날이면 마치 올가미 안으로 머리를 넣으라고 부추기는 귀신이라도 있는 것처럼 영문 모를 충동이 일었다…….

그때 라이쌍이 내 이야기를 듣고서는 무릎을 '탁' 치더니 형제처럼 어깨를 감싸며 가볍게 흔들던 기억이 난다. 이를 꽉 악물고 버티던 순간이었는데 그 흔들림 속에서 더 많은 기억이 되살아났다.

"살구꽃 피었을까?"

갑작스러운 질문에 어리둥절해서 나는 무슨 살구꽃이냐고 되물었다.

"아까 차 타고 작은 공원을 지나다가 살구나무가 몇 그루 심겨 있는 걸 봤거든."

라이쌍의 잔이 비어서 술을 따라주는데 혼잣말하듯 읊조리는 목소리가 들렸다.

"하얀색이면 좋겠네."

나는 황금트럼펫 나무에 노란 꽃이 핀다는 것 말고는 아는 게 없었다. 하얀 살구꽃이 무엇을 떠올리게 한 건지 라이쌍의 목소리가 간절했다.

"라이쌍, 앞으로 어떻게 지낼 계획이야?"

"허허, 일단 내년에 살구꽃이 필 때까지 잘 지내다가 그때 다시 생각해보지. 자네가 반년이나 더 일찍 나왔으니 그 질문은 내가 해야 맞는 거 아닌가. 본업으로 돌아갈 거라고 했던 것 같은데."

말없이 고개를 젓자 라이쌍은 단번에 알아들었다.

"안에서나 밖에서나 제일 많이 들었던 말이 못 돌아간다는 거였지. 아, 정말이구나. 나처럼 이렇게 인권이니 자유니 그런 것들에 목숨 거는 사람들은 자신이 이 땅을 위해 희생과 헌신을 한다 생각하지만 그 결과는 말이야, 감옥이 날 놓아주는 순간 바로 또 바깥세상에 격리당하는 거야. 어차피 새로운 시대는 낡은 것을 잊을 거거든. 자유를 누리고 있는 것들이 또 자유를 짓밟는 거지."

콘서트에서 우레와 같은 박수 소리가 터져 나왔다.

"참, 자네가 나가고 며칠 안 돼서 사건이 하나 있었어. 어떤 자식이 소란을 피워서 간수 둘이 왔거든. 어찌나 발버둥을 치는지 끌어내느라 고생 좀 했지. 근데 이 자식이 버티다 안 되니까 소리를 지르는데 온 복도에 자네 이름이 울리지 않겠어. 부인을 죽이고도 가석방으로 나가는데, 자기는 돼지를 죽였는데 왜 못 나가냐고 소리를 지르더군."

음식이 나왔다.

나무 창문은 미스트 유리창과 투명한 유리창으로 되어 있어서 마치 두 가지 풍경 같았다. 연결지어 바라보니 거리에 비가 오고 있다. 아윈이 가져온 메뉴 중 세 번째 음식은 손낚시로 잡아 올린 해산물 요리였다. 라이쌍이 술잔을 들어 내게 건배를 했다. 가게 조명이 약간 어둑해졌다. 라이쌍은 이렇게 신선한 성게는 처음이라고 했다. 콘서트 무대에는 여자 세 명이 나왔는데 가운데 있는 여자는 기타를 메고 있었다. 반쯤 열린 주방에는 아윈을 닮은 여자가 하얀 모자를 쓰고 있었다.

돼지를 죽인 그 사람과 내가 다른 이유는, 나는 돼지를 죽이지 않았다는 것이다.

라이쌍은 더더욱 살인과 거리가 멀었다. 그는 사상범이었고, 그게 어떤 사상이었는지 알고 있는 자들이 몇 명 있었다.

화장실에 다녀온 라이쌍이 수건으로 손을 닦으며 내게 무슨 생각을 하느냐고 물었다.

"자네가 과거에 무얼 했는지는 몰라도 난 자네가 무척 궁금해."

라이쌍은 나를 빤히 쳐다보며 기이하다는 듯 말을 이

었다.

"교도소에 들어가고 얼마 안 돼서 자네에 대해 들었지. 몇 년간 아무도 만나질 않았다더라고. 새끼, 떳떳하지 못 하네. 제일 처음 든 생각은 그거였어. 그 안에 갇힌 사람 중에 관심받길 바라는 사람은 아무도 없지만, 오로지 자 네만 사람들을 밖으로 밀어냈지. 두 번이나 찾아왔다던 그 여자 말이야, 세 번째가 되니까 그제야 나한테 어떻게 하면 좋겠느냐고 물었잖아. 하하, 어떻게 하면 좋겠냐니. 그때 내가 뭐라고 대답했더라……. 가만 보자. 이상하네, 진짜 기억이 안 나. 혹시 기억해?"

"만나야 한다고 했어……."

"그런데 결국 또 안 만났지. 괜한 충고를 한 거였어."

"라이쌍, 갑자기 그 이야기는 왜 꺼내는 거야?"

"이 이야기를 하려고 오늘 여기 온 거니까. 좌담회에 갔다가 그 여자를 만났거든."

상상도 못 한 에피소드에 우리는 술 두 병을 더 시켰다.

창밖으로 잔잔히 내리던 비는 9시가 넘어가자 차양 위로 간간이 떨어졌다.

라이쌍은 좌담회가 끝난 후 옛 친구들 몇 명과 행사장

밖으로 나왔다고 했다. 다들 인사를 하고 헤어지는데 한 여자가 계단 아래를 지키고 서 있다가 라이쌍에게 먼저 다가왔다. 자신의 이름은 '린종잉(林重櫻)'이며 좌담회 홍보 포스터에서 라이쌍의 이름을 봤다면서.

"나를 어떻게 아냐고 물었더니 자네가 편지에 나를 언급한 적이 있다더라고. 이봐, 만나지도 않으면서 편지는 보내고 있었다니 이상하잖아. 처음부터 둘이 아는 사이였구나 했지."

"만날 수 없으니까 편지를 보내기 시작하더라고. 출소 직전에 마지막 편지를 받았어."

"마지막 편지? 그러니까 출소 후에는 연락을 끊었단 소리야?"

"그랬다고 봐야지. 마주할 수가 없었어. 곤란하게 만들고 싶지도 않았고."

라이쌍은 "어쩐지"라고 하더니 혼자 술을 잔에 따라 한 입에 털어 넣었다.

"그럼 어쩌나. 자네한테 전해달라는 말이 있어서 온 건데, 들어볼 테야?"

순간 나도 모르게 목구멍에서 '응' 소리가 터져 나왔다.

기쁨을 넘어선 놀라움이었다.

"계속 그 여자를 피할 생각이라면 나도 취소하고. 굳이 전할 필요 없으니까."

"라이쌍, 자넨 아마 내가 느끼는 절망감을 모를 거야."

"그거라면 내가 제일 잘 알지. 절망감도 실은 날 두려워해. 절망스러울 때마다 나는 낚시를 갔어. 밤을 꼬박 새우며 필사적으로 고기를 잡고 나면 그걸 다시 바다에 하나하나 놓아줬지. 방생하려던 게 아니라 그보다 더 미친 생각이 있었거든. 그 고기들이 다시 내게 와서 잡히길 바랐어. 근데 정말이지, 단 한 번도 다시 잡히질 않더라. 바다가 너무 넓어서가 아니라 한낱 물고기도 아는 거야. 또다시 상처받을 순 없다는 걸."

구운 은행이 다 식어버렸다. 그래도 라이쌍은 두 알을 가져다 껍질을 벗기더니 입에 던져 넣었다.

"동생, 우리 축하하려고 만났잖아. 자네는 분명 행복한 물고기일 거야."

순간 라이쌍이 손가락을 딱- 하고 튕기더니 말했다.

"아, 맞다. 생각났어. 역시 내가 기억력은 좋다니까. 그 때 내가 그런 말을 했었지. 그 여자를 만나면 또 어떠냐고, 적어도 이 세상에서라면 말이야……."

그는 "그치, 그치?" 하며 얼굴을 기울여 나의 눈을 바라보다가 허허 웃었다.

주방에서 하얀 모자를 쓴 여자가 우리를 등진 채 서 있었다. 냄비 속에서 기름이 끓어오르자 불을 줄였다. 지글거리던 소리가 순간 잠잠해졌다가 잠시 후 서서히 되살아나기 시작했다. 기름 솥 안에서 수많은 기포들이 가볍게 뛰놀다가 여기저기에서 서로를 부르며 점차 퍼져나가는 듯했다.

나는 더 이상 참을 수가 없었다.

"라이쌍, 아까 한 얘기 말이야. 그 여자가 전해달라던 말이 뭐였어?"

순간 라이쌍의 얼굴에 웃음이 사라졌다. 자세를 고쳐 앉더니 한숨을 돌리고는 정색한 얼굴로 내게 말했다.

"그 여자를 사랑해줘."

2

1 ————————

아마 단번에 눈치채지는 못했겠지만, 라이쌍이 언급한
그 여자는 바로 20여 년 전 대학 졸업을 앞두고 있던 그
여학생이다. 앞서 살짝 언급했던 것처럼 나이 차이가 열
살이나 나는 난감한 상황에서 나는 연모하는 마음을 달
래려고 강의실에서 남몰래 뒷모습만 바라보아야 했다.
그 주인공이 바로 라이쌍이 말한 린종잉이다.

　종잉의 조건, 특히 학생 운동에 당당하게 참여하던 모
습을 떠올려 보면 어떻게 나와 그리도 수많은 연결점을
가질 수 있었는지 의아할 것이다. 상황은 이랬다. 제일
처음 접견자 명단에서 그 여자의 이름을 보았을 때, 솔직

히 말하면 아주 머나먼 타향에서 우연히 마주한 것처럼 주체할 수 없는 애환이 희미하게 다가왔다. 두 번째 그 이름을 보았을 때는 그로부터 3개월 후였지만, 어떻게 해야 할지 몰라 두근거리는 감정이 여전히 살아 있었다. 만남은 거절했지만 서글픈 마음을 그날의 일기장에 모두 꾹꾹 눌러 적었다. 그리고 그 여자의 이름이 명단에 세 번째로 등장했을 때는 라이씽을 막 알게 되었을 때였다. 어딘가 나와 매우 비슷한 사람이라는 생각이 들어서 나를 내내 곤혹스럽게 했던 그 일을 이야기하고 조언을 구했다.

라이씽을 다시 만난 그날 저녁, 그가 기억나지 않는다고 했던 대답은 사실 이미 내 일기장에 적혀 있었다. "만나봐. 어쨌든 자네 세상 안에 그 사람이 있는 거잖아."

그러나 사실 종잉은 졸업 이듬해에 자신이 흠모하던 선배와 결혼했다. 그 후 최소 반년간 나는 가두시위에서 남편 뒤를 딱 붙어 따라다니던 종잉의 모습을 바라만 보았다. 아이러니한 건, 나와는 점차 무관해지던 종잉의 소식이 도리어 그때부터 돌이킬 수 없는 내 삶의 운명이 되어버렸다는 점이다. 이건 뒤에서 다시 자세히 이야기하겠다.

종잉은 내리 세 번을 면회에 실패하자 그때부터 편지를 쓰기 시작했다. 내가 출소할 때까지 2주 혹은 보름 남짓에 한 통씩 보냈는데 기간으로 치면 총 4년 8개월이었다. 편지에는 자신의 처지를 하소연할 때도 있었지만, 주로 내 이야기를 전해 듣고 자신의 감정을 공유하는 내용이 많았다. 내 범죄 경위에 대한 깊이 있는 질문도 꽤 있었다. 답장의 속도를 보면 내가 편지를 보내기도 전에 대부분 종잉의 다음 편지가 먼저 도착해 있곤 했다. 편지를 쓰는 일이 종잉에게 정신적인 의지가 되고 있다는 뜻이었는데, 이건 예사로운 일이 아니었다. 언젠가 출소한 후, 내게 만나자고 요청해온다면 그때 나는 당당하게 마주할 수 있을까?

/

그날 저녁 곤드레만드레 취했던 라이쌍의 이야기를 먼저 해야겠다. 10시가 넘어 나는 라이쌍을 부축해 정류장으로 갔다. 라이쌍이 유일하게 걸치고 온 재킷은 지퍼마저 고장 나 있었다. 용기 내서 그의 주머니에 돈을 약간 밀어 넣다가 곧바로 들켜버렸다. 라이쌍이 너무 기겁하며 놀라는 걸 보고 순간 내가 너무 무례한 짓을 한 건가 싶었다. 하지만 찬바람이 기승을 부리는 정거장에서 내가 할 수 있는 건 그저 라이쌍이 끈질기게 꺼내 드는 그 돈을 다시 품 안으로 찔러 넣는 것뿐이었다. 밤바람이 지나는 길을 따라 라이쌍의 오른쪽 뺨 위로 물처럼 맑은 빛이 번쩍였다. 해 질 녘부터 내리던 빗물이 아니었다. 평범한 자가 건넨 돈 몇 푼에 내몰린 감격의 눈물이었다.

말이 나온 김에 다음 날의 이야기까지 해보려 한다.

아마 내가 다소 시시한 사람이라는 생각이 들지도 모르겠다. 하지만 나처럼 50대이거나 이미 40대에 들어서 중년의 초입에 있는 사람이라면 라이쌍 같은 사람들에게서 내가 느끼는 서글픈 감정을 이해할 것이다. 남자라면 누구나 그런 감상에 젖어들 때가 있다. 문득 누군가를 찾아가 대화를 하고 싶다거나 눈물을 몇 방울 흘리기도 하고 온몸을 땀으로 적시고 싶어질 때가 있다. 꾹꾹 억눌려 있던 자신이 한 번쯤은 해방될 수 있도록.

그리하여 그날은 아침부터 아픈 다리를 이끌고 집 뒤의 공터로 나갔다.

이번에는 흑토를 고르는 데 쓰려고 써레를 준비했다. 일단 바닥을 한 번 뒤집으니 크고 작은 돌들이 끝없이 튀어 올랐다. 돌을 전부 줍고 나서 써레질을 한 뒤 지난번에 남겨둔 자리에 물길을 그럴싸하게 만들었다. 뤠이슈가 만족하겠다 싶을 만큼.

말이 잡다해지는 걸 보니 왠지 불안해진다. 금방이라도 무슨 일이 터질 것 같다. 아니, 어쩌면 이미 일이 벌어진 후라 내가 이렇게 변했는지도. 그렇다. 나는 줄곧 두려웠다. 출소 후 아직 안정을 찾지 못한 건 둘째치고 주위 사람들에게서 재차 심판을 받고 있었다. 교도소 입소 당시에는 생각지도 못한 일이었다. 가장 흔한 예로 예전에 잘 알던 이웃들은 나와 실수로 부딪히기라도 하면 후다닥 고개를 숙이며 나를 비껴갔다. 아니면 턱을 살짝 떨어뜨리며 인사를 대신하거나 고작해야 '흥' 하고 콧방귀를 뀌는 정도였다. 그나마 젊은 사람들은 그렇게 방어적이지 않아서 발길을 멈추고 몇 마디를 나누기도 했지만, 그마저도 금방 가족들에게 불려갔다.

그러한 나락 속에서 종잉은 내게 마치 짙은 안개 위로 반짝이는 이슬 같았다.

하지만 라이쌍이 전해준 이야기가 사실이라고 해도 마냥 기뻐할 수만은 없었다. 앞으로 나는 종잉을 어떻게 마주해야 할까. 일단은 머릿속의 어지러운 세상을, 특히 내게는 여성에 대한 나의 세상을 다시 정리하는 일부터 해야 하는 건 아닐까.

／

짧지 않은 수감 기간, 종잉 외에 나를 찾아온 사람은 딱 셋이었다. 모친을 포함해 가족 대표로 왔던 큰동생, 갤러리를 연 친구, 그리고 매장 오픈 업무를 담당했던 최고 경영자까지. 그들은 면회가 이뤄지지 않자 편지를 보내왔다. 나는 큰동생에게 어른들을 잘 모셔달라는 당부와 함께 다시 모일 날을 기다려달라고 밝은 어투로 답장을 썼다. 갤러리를 연 친구는 내가 타이완의 조각가 주밍(朱銘)의 목조 작품을 소장하고 있다는 소식 때문에 고객이 거금의 돈을 맡겼다고 했다. 나는 일찍이 돈이 부족해져서 팔아버렸다고 간략히 답장을 보냈다.

최고 경영자에게는 각 지점의 운영을 재정비할 수 있도록 비교적 상세하게 답장을 썼다. 적자가 나거나 임대

91

기간이 만료된 곳은 일괄적으로 영업을 종료하도록 했고, 수익이 있는 곳은 이익금의 절반을 직원들과 공유하고 나머지는 아들 뤠이슈가 총괄할 수 있도록 지시했다.

친밀한 정도만 놓고 보면, 나와 가장 먼 사람은 종잉이었다.

하지만 가장 불가사의한 대상 역시 종잉이다. 과거에는 그렇게 그리워해도 사랑이라고 할 수 없었던 관계였는데, 오히려 나중에 편지를 주고받으며 깊고 두터운 우정이 쌓여갔으니까. 물론 종잉의 첫 편지는 매우 신중했다. 자신이 면회를 원하는 이유는 오직 인터뷰를 위해서라고 했다. 나의 특수한 사례를 기반으로 남성 역할에 대한 자신의 색다른 시선을 입증하면서 이른바 '지나치게 판에 박힌 구조적 문제'를 부각시키고 싶다는 것이었다.

한때 동기였다는 것, 그리고 미련스럽고도 쓸쓸한 감정이 더해져 나는 종잉을 만나고 싶지 않았다. 하지만 답장은 꽤 길게 썼다. 어느 누구도 받아들이지 못할 만큼 고독했던 당시의 내게 종잉은 지난날을 돌아볼 수 있는 유일한 사람이었다. 게다가 대학 시절은 내 인생에 있어 굴곡이 많던 전환점이자 가히 운명이 좌우된 시기이기도 했다. 이 추억의 문을 내 손으로 닫아버린다면, 나는 앞으로 두 벽 사이만을 오가며 질식하는 날만 기다려야 할 것 같았다.

손에 종이가 잡히는 대로 무작정 답장을 써 내려갔다. 대충 휘갈겨 쓰는 수준이었다. 나중에는 신중해야 할 것 같아서 항상 노트에 초안을 먼저 작성했다. 써도 될 이야기와 안 될 이야기를 파악한 뒤 차근히 편지지에 옮겨 썼다. 얼마나 많은 이야기를 썼는지 기억은 안 나지만, 종잉의 호기심을 충족시킨 건 확실했다. 보물이라도 되는 듯 기쁘게 들어주는 모습을 보고 싶기도 했다. 종잉을 터놓고 이야기할 수 있는 상대로 여기게 될 거라고는 생각지 못했기 때문에 그 암담한 세상 안에서 쑤의 이야기를 들려주었다. 쑤의 출현과 죽음, 그리고 내 마음에 남겨진 그림자까지 전부.

/

군 복무를 마치고 나에게 가장 익숙했던 시계업으로 돌아와 어느 체인 시계점에서 근무하던 때였다. 언제나 촌각을 다투는 업계의 특성상 그곳에 오래 머물다 보니 시간은 금이라는 철칙이 일찌감치 몸에 뱄다. 온갖 태엽으로 온몸을 팽팽하게 조인 채 살았다. 하루라도 빨리 창업해야 한다는 태엽, 가정을 꾸리고 싶다는 태엽, 고향에서 홀어머니를 모시고 와 호강시켜 드려야 한다는 태엽, 그리고 나머지 하나는 언제나 상상 속에서만 돌고 또 돌았는데 그건 바로 '반드시 출세하리라'는 태엽이었다.

머릿속은 언제나 다른 사람들이 낭비해버린 시간으로 가득 찼다. 매일 밤 잠들기 전이면 조금 더 일찍 일어나는 방법을 고민했다. 스무 살 무렵에 다양한 마케팅 구호에 이미 빠삭한 상태였고, 열정 넘치는 서비스 정신에다 특히 세심하고 친절했다. 내 손으로 거래한 고객에게는 허리를 깊이 숙여 인사했다. 그건 아버지에게서 배운 비굴함이었다. 아버지는 궁핍하던 시절, 한 그릇에 10위안 하는 양배추 덮밥을 팔았다. 손님이 간 뒤에도 뒷모습을 향해 연신 '감사합니다'를 외쳤다. 가끔은 혼자 중얼거리듯 되뇌일 때도 있었다.

제대 후 대학에 돌아갈 계획이었던 내가 본사의 부름으로 다시 복직을 한 건, 당시 아버지의 병이 위중한 상태였고 아우와 누이동생들은 여전히 학생이기 때문이었다. 그런 데다가 어머니는 학번을 수놓거나 바지를 수선하는 등의 자질구레한 재봉 일 말고도 예전에 일했던 곳에서 나이 든 의사의 잡일을 겸하고 있었다.

복직하던 당시에는 별다른 고민을 하지 않았다. 어차피 아는 거라곤 시계뿐이니 차라리 평생 직업으로 삼아 노력해보자 싶었다. 쏴가, 그러니까 스물한 살의 그 여자아이가 나타난 건 바로 그 뜻밖의 전환점에서였다.

인생을 살다 보면 어떤 중요한 순간이 운명처럼 찾아온다. 내게는 그 순간이 군 복무를 하던 2년의 세월 동안 멈춰 있다가 제대하고 나서야 다시 움직이기 시작했다. 운명이라 부르는 바로 그 순간이 가게 밖 거리에서 하늘하늘 다가오고 있었다.

물론 말처럼 쉽게 온 건 아니었다.

당시 나는 매장 오픈을 앞두고 홍보 일로 바빴다. 어머니의 날 판촉 활동으로 엄청난 실적을 거두고 새로 오픈하는 매장의 지점장으로 승진했기 때문이었다. 체인 시스템이 시작된 이래 최연소 진급이라는 기록을 세웠다. 가난이라는 무거운 짐과 오랜 시간 보이지 않는 채찍질을 해온 덕에 누릴 수 있는 영광이었다. 고등학교 동창들이 일찌감치 대학을 졸업하고 더 높은 학위를 취득하러 다니는 동안 나는 매일 아침 눈뜨자마자 스쿠터를 타고 500미터 반경의 거리를 다니며 오픈 특가 전단지를 돌렸다. 며칠 연속 끝없는 피로에 시달렸지만 오픈하는 날 모든 빛이 발하기를 기다렸다.

예상대로 지역 주민들이 나의 부름에 당일 오전부터 줄지어 가게를 찾았다. 칵테일을 마시고 증정품을 받으러 온 사람들이 대부분이었지만, 개중에는 진열장 안에 있는 진열품에 호기심을 보이는 사람도 적지 않았다. 왁자지껄한 인파 속을 정신없이 오가던 나는 일손이 부족하다는 걸 심각하게 깨닫고, 그 즉시 치러우 기둥에 조수를 구한다는 벽보를 붙였다.

그날의 이야기는 종잉에게 보냈던 답장에도 특별하게 기록되어 있다. 왜냐하면, 그날 저녁 쑤가 나타났으니까. 인파가 흩어진 거리 위로 비가 내리던 저녁이었다.

✦

여자는 우산을 쓴 채 거리를 건너왔다. 가게 입구에 놓인 우산꽂이에 우산을 꽂더니 고무 발판 위에다 발을 몇

96

번 문질렀다. 보통 사람이라면 집에 들어갈 때 하는 행동
이었다. 가게에 들어오면서 저렇게 신발을 닦는 손님은
아주 드물었기 때문에 자연스럽게 여자에게 시선이 갔
다. 가을·겨울용 기다란 원피스 차림이었으나 앳된 얼굴
은 감춰지지 않았다. 턱을 약간 치켜들고 시선을 마주치
기 싫은 것처럼 눈을 내리뜨고 있었다.

여자는 내내 말없이 남성 시계만 보다가 롤렉스 시계
를 가리켰다. 나는 여자가 살 수 없을 거라고 생각했지만
늘 하던 대로 차분하게 두 가지 스타일을 꺼내 벨벳 천
위에 적당히 올려놓았다. 여자는 시계를 집어 들자마자
착용해보려 했는데 동작이 영 서툴렀다. 착용법을 잘 모
르는 듯 좌우 방향마저 반대였다.

시계를 착용할 어르신의 연령대가 어떻게 되는지 친절
하게 물었지만 여자는 대답이 없었다. 몇 번이고 시계를
살펴보다가 은백색의 베이직한 스타일을 골라 들고 대뜸
가격을 물었다. 단단히 벼르고 온 모양이었다.

계산기를 두드리면서 오픈 축하 이벤트로 15퍼센트 할
인을 하면 6만 3천 위안이라고 알려주었다. 천 단위 이하
액수는 뺐다. 여자는 정말 지갑을 꺼내 열더니 손가락을

넣어 몇 번 움직이다 멈추고는 할인을 더 해줄 수 없는지 물었다. 해줄 수 있는 만큼 최대한 다 해달라고 했다. 나는 더 깎았다가는 해고당할 날만 기다려야 할 테니 에누리 없이 딱 6만 위안으로 해주겠다고 답했다. 그러자 여자는 지갑을 다시 열어 샅샅이 살폈다. 안에 있는 걸 꺼내서 보여주지는 않았지만, 믿어달라는 얼굴로 말했다.

"다 긁어모아도 2만 위안 정도뿐이라서요."

지평선의 끝이 바다의 끝과 어찌 같을 수 있으랴. 평소 약간의 액수로 흥정이 오가면 나는 직원가나 지점장 권한 등과 같은 술수를 쓴다. 액수 차이는 크지만 판매하고 싶은 제품은 윗선에 전화 거는 시늉을 하다 마지못한 척 슬그머니 거래를 성사시켰다. 그러나 지금처럼 절반의 액수도 감당할 수 없는 경우라면 '감사합니다'라는 인사 말고는 할 수 있는 게 없었다.

여자는 벨벳 천 위에 놓인 시계를 내 쪽으로 쓱 밀었다. 난처한 기색이 역력했지만 망설임 없이 돌아서서 가게 밖으로 나갔다. 나는 입구까지 배웅하면서 다음에 또 방문해달라고 90도로 허리 굽혀 인사했다.

그러나 여자는 바로 자리를 뜨지 않았다. 카운터로 돌

아와서 아까 꺼냈던 시계를 정리하다가 밖을 보니 여자가 그대로 서 있었다. 가만 보니 비가 더 거세게 내리고 있었다. 여자가 펼친 우산이 바람에 날려 앞으로 쏠렸다가 뒤로 휘어지며 엎치락뒤치락했다.

가게 밖으로 나간 손님이 그 자리에 서 있는 경우는 물론 그전에도 있었다. 나이 든 아주머니가 특히 많았다. 값을 깎다가 안 되면 씩씩거리며 문을 박차고 뛰어나가서는 내가 따라 나오길 기다렸다. 부드러운 말투로 다시 안으로 안내하면 그제야 입이 찢어지게 웃으며 나를 따라 들어오곤 했다. 이번에는 상황이 달랐다. 내키지 않아서가 아니라 액수 차이가 너무 크기 때문에 의견 맞추기가 어려워 보였다. 뒤따라 나가면 그 액수에 동의한 걸로 오해할 수도 있었다. 더군다나 고작 비가 온다는 것 말고 이유가 없지 않은가.

몇 분 뒤에도 비는 여전히 잦아들 기세가 보이지 않았다. 나는 어쩔 수 없이 황 조수에게 따뜻한 차를 타다가 갖다주라고 시켰다.

여자는 거절하지 않았다. 우산을 접고 치러우 기둥 아래로 되돌아와서 한 모금 두 모금 천천히 차를 마셨다.

잠시 후 컵을 들고 가게로 들어오더니 내게 말했다.

"조수를 구하시는 것 같은데, 저도 괜찮나요? 어차피 그 시계는 제가 살 거거든요."

구매 의사를 강하게 표현하는 건 내 비위를 맞추려는 의도 같았지만 그게 진심이라고 해도 대뜸 거절할 이유는 없었다. 외적으로도 제격이었고, 나이와 리액션 역시 딱 좋았다. 게다가 내일 또 바빠서 정신없이 보낼 걸 생각하면, 어두운 밤에 나타난 이 적임자를 재빨리 받아들이지 않을 수 없었다.

그러나 채용 조건으로 따지면, 대화할 때 침착하지 못한 것과 친화적이거나 부드럽지 않은 인상이 걸렸다. 말하자면 냉기가 흐르는 얼굴이었다. 분명 돈 많은 집안에서 태어나 고생 한 번 안 해봤을 것 같았다. 가난한 집 출신이라면 예리한 눈빛부터가 다르지, 저렇게 무엇이 됐든 상관없다는 태도를 보일 리 없었다. '제가 살 거거든요' 따위의 우쭐함만으로 이런 심부름 같은 일을 얼마나 오래 해낼 수 있을지. 그저 재미로만 여길지도 몰랐다.

어쩔 수 없이 여자에게 말했다.

"조수가 되는 건 손님일 때랑은 다릅니다. 웃음기 하나

없이 어떻게 하겠어요?"

순간 여자가 갑자기 나를 향해 웃어 보였다. 그런 눈웃음은 처음이었다.

,

체인점은 규정상 유니폼을 입었다. 남성은 하얀 와이셔츠에 노란 넥타이를 매고 날이 추울 때는 남색 조끼를 걸칠 수 있었다.

여성 유니폼도 같은 스타일이었는데 하의는 긴 바지 대신 무릎 위로 10센티미터 정도 되는 회색 치마를 입었다. 마찬가지로 남색 조끼를 걸칠 수 있었다.

첫날 유니폼 치수를 재는데 여자가 살짝 불만스러운 말투로 색깔 선택이 안 되냐고 물었다. 유니폼은 쇼핑할 수 없으니까 빨간 치마를 입겠다면 차라리 직접 회사를 차리는 게 어떻겠느냐고 했더니 여자는 내 말을 이해하면서도 어깨를 으쓱했다. 나는 이 여자를 왜 그리 급하게 고용했을까 답답해졌다. 여자에게 맡긴 업무는 몇 가지 되지 않았다. 손님이 들어오면 '안녕하세요.', 나갈 때는 '감사합니다, 또 오세요.'라고 인사하는 일, 예의 갖춰 차를 대접하는 일, 용무가 없을 때는 손님 오른쪽 뒤편에 서 있다가 결정을 못 한 손님이 도움을 청하면 몇 가지 디자인을 번갈아 착용해 보여주면서 시선을 사로잡는 일 등이었다.

그렇게 일주일이 흘렀다. 오후 내내 무더운 데다 손님이 없던 어느 날, 심부름으로 동료 둘을 은행에 보내고 나니 가게가 잠시나마 조용해졌다. 그러자 여자가 지난번 그 롤렉스 시계를 다시 보여달라고 요구했다. 그건 금기 사항이었다. 이런 고급 매장을 관리하면서 함부로 행동해서는 안 되는 일이다. 손님이 있을 때는 시계를 뺐다 꼈다 자유롭게 할 수 있어도 일단 손님이 가고 난 후 깨끗한 상태로 정리된 후에는 제품을 이유 없이 꺼내 만지작거리는 건 의심을 살 만한 행동이다. 아무리 명문화되어 있지 않다고 해도 일종의 지켜야 할 선으로서 분별 있게 굴어야 했다.

나는 여자에게 물었다. 이 롤렉스 시계가 대체 어떤 의미인 건지.

여자는 원래 아버지의 날 선물로 사려고 했으나 어쩔 수 없이 뒤로 미뤄 생일 선물로 드릴 생각이라고 했다.

나이치고는 확실히 손이 큰 것 같았다. 불현듯 나의 아버지가 떠올랐다. 병든 몸을 이끌고 노점상을 할 때, 아버지 발을 데워주던 온풍기가 바로 예순 살 생일 선물이었다. 그마저도 쓰기 아까워했던 아버지는 움츠러드는 찬바람 속에서도 수시로 플러그를 빼놓다가 기침이라도 나면 그제야 마지못해 전원을 켰다.

"이 업무를 좀 더 알면 좋을 텐데. 성과금을 받으면 더 빨리 살 수 있을 테니까요."

그저 지나가는 말로 던진 이야기에 여자는 갑자기 해법을 찾은 것처럼 잔뜩 들뜬 얼굴을 했다.

"정말 성과금이 있어요? 점장님, 진작 알려주시지. 업무라면 저도 해볼 수 있죠. 한번 시켜보면 아실 거예요."

여자는 그 시계에 단단히 정신이 팔린 듯했다. 수습 기간의 평가는 아직 더 지켜봐야 했고, 온 지 얼마 안 되어 기본기도 부족한 상태가 아니던가. 이런 사람에게 고객을 맡긴다는 건 사업 포기나 다름없었다. 어찌어찌 카운터에 세워둔다고 해도 기껏해야 꽃 한 송이 취급을 받을 뿐, 그 옆에는 반드시 누군가가 붙어 있어야 했다.

여자는 실적을 올려보겠다는 결심을 하자마자 미친 듯이 전화를 돌리기 시작했다. 노트에서 끄집어낸 번호들로 계속해서 전화를 걸었다. 상대는 아주머니 아니면 건(乾)이라는 돌림자를 가진 언니나 동생들이었다. 일단 안부를 몇 마디 나눈 뒤 도와달라는 말을 꺼냈다. 상황이 급박하니 빨리 와달라고, 하지만 가족들은 절대 모르게 해야 한다고 했다. 통화에 빠져들 때쯤에는 키득거리며 몸을 들썩이기도 하고, '죽겠다'거나 '미쳤냐'는 등의 말을 섞어 쓰기도 했다. 그날 여자는 입이 바싹 마를 때까지 입을 닫지 않았다.

그런데 생각지도 못한 일이 벌어졌다. 연이어 며칠간, 갑자기 가게를 방문하는 손님들이 이상하리만치 늘어난 것이다. 손님들은 들어서자마자 여자를 찾았고 다들 하나같이 옛 친구를 만난 듯 반가워했다. 어깨를 두드리며 손을 맞잡다가 일상적인 이야기를 나누곤 했는데, 개중에는 친목회라도 나온 것처럼 여자를 얼싸안고 펄쩍펄쩍 뛰는 사람도 있었다. 분위기가 오른다 싶으면 여자는 손님들을 소파에 앉히고는 카운터로 돌아와 제품 카탈로그를 몇 부 챙겼다. 카운터를 향해 콧방귀만 안 뀌었을 뿐, 미간 사이로 우쭐한 기색이 역력했다.

사람들이 시끌벅적하게 소파에 모여 앉아 카탈로그를 보며 손으로 이것저것을 짚어댔다. 마치 식당에서 음식을 주문하는 사람들처럼 활기가 넘쳤다. 평소 내가 가장 회의적으로 바라보던 장면이다. 떠들썩함이 오고 간 자리는 대개 결과가 좋지 않았다. 흡사 모델하우스 구경이 끝나면 멋지고 감동적인 찬탄을 늘어놓다가 쓱 빠져나가려는 사람들처럼.

하지만 이곳을 방문한 이상 손님이었고 자주 있는 자리도 아니었으므로 직원 둘은 차며 커피를 대접하느라 바빴다. 나도 가만히만 있을 수는 없어서 적당한 위치에 자리를 잡고 뒷짐을 지고 있다가 누가 소지품이라도 떨어뜨리면 얼른 다가가 주워줬다.

이런 풍경은 단 하루로 끝나지 않았다. 여자의 친지며 친구들이 연이어 며칠이나 찾아왔다. 물론 개중에는 회포를 풀러 온 사람도 있었다. 왜 그리 오랫동안 안 보였느냐고 목청을 높이거나 얼른 집으로 돌아가라며 여자를 설득하기도 했다. 심상치 않아 보였다.

판매 성과는 대단했다. 단 며칠간의 실적만 해도 인기 제품인 롤렉스 데이-데이트(Rolex Day-Date) 손목시계는 순식간에 두 개나 팔렸고, 시티즌(Citizen)은 세 개, 중년 남성들이 가장 좋아하는 세이코(Seiko)는 추가 조달을 해야 할 만큼 폭발적인 인기였다. 벽에 걸린 괘종시계처럼 이사 축하 선물로 쓰이는 장식품은 눈에 보이는 대로 상자에 담아달라고 할 정도였는데, 마치 짜장면이나 짬뽕을 포장하러 온 사람들 같았다.

인터넷이 아직 발달하지 않았던 시대였다. 여자가 전화를 걸어 불러 모은 이들 대부분은 돈 많은 사람들이었다. 눈 하나 깜짝하지 않고 주머니에서 돈을 꺼냈다.

이상한 점은 어떻게 여자의 전화 한 통으로 그렇게 많은 사람이 쪼르르 응했냐는 것이었다. 나중에야 알았지만, 여자는 부잣집 딸이며 여자의 아버지는 지방 정치 세력의 유망주로 명성이 대단한 사람이었다. 들리는 말에 의하면, 일본인들이 들어오면서부터 집안 전체가 번창하기 시작해서 수많은 토지와 농경지는 물론이고 현재는 사당만 해도 몇 채를 소유하고 있으며 심지어는 농어촌 협동조합에도 그들의 발자취가 남아 있다고 했다.

이 사연을 알게 된 건 며칠 뒤였다. 그날, 롤렉스 시계
에 여자의 아버지 존함이 새겨졌다.

2 ————————

량허우 선배에게.

선배의 편지를 아주 오랫동안 보고 또 보았어요. 마음이
어찌나 기쁘고 따스해지던지. 면회를 세 번이나 거절당했으
니 진작 풀이 죽었을 만도 한데, 저는 정말 진심이었거든요.
그렇지 않았다면 이렇게 뻔뻔스럽게 편지로 바꿔 연락을 지
속하지는 못했을 거예요.

제 임무는 사회적으로 제기된 논제를 온전히 따르는 일이
에요. 언젠가 이 논제의 방향이 바뀐다면 이 임무가 조금은
수월할 수도 있겠죠. 아는 게 많지 않아 괴로워하면서 계속
선배를 추궁할 필요도 없을 테고요. 그런데 말이에요. 언젠

가 이 모든 게 물거품이 되어 제 일이 없던 게 되어버린다면, 그때는 어떻게 해야 할까요?

편지를 통해 선배에게 솔직하게 이야기하고 싶었어요. 량허우 선배, 저는 포기할 마음도 없거니와 이 주제로 연구 계획서를 작성해서 대학원에 지원할 계획이에요. 이제 어린 나이는 아니지만, 이 주제로 진실하고 합리적인 담론을 펴낼 수 있다면 저에게는 더욱 의미 있는 자아실현이 될 테니까요.

선배가 아내와의 과거를 기꺼이 털어놓아 주셨잖아요. 그것도 아주 구체적인 부분까지 들려주셨죠. 특히 쑤의 외모에 대해서 솔직하면서도 저속하지는 않게 설명하는 걸 보면서 아직도 마음 깊이 아내를 사랑하고 있다는 걸 알았어요. 처음부터 선배에게 가졌던 믿음이 더욱 확실해졌죠. 만약 선배가 가해자였다면, 그런 슬픈 과거를 저에게 처음부터 털어놓을 수 있었을까요?

선배의 답장이 정말 궁금하고 또 무척이나 기다려집니다. 처음에는 멋진 여성이었던 한 사람이 어쩌다 무너져내리게 된 건지 들려주세요. 저 또한 그래요. 이상이 사라져버린 그림자 속에서 몇 년을 살고 있죠. 나아갈 수도, 미래를 마주할 용기조차도 제게는 없었어요. 나를 이끌어줄 지표가 내 삶에 남아 있기는 한 건지 감히 기대할 수도 없었죠. 어쩌면 선배가 그 사람일지도 몰라요. 아내의 이야기를 모두 들려주시면, 그땐 저도 제 이야기를 들려드릴 수도 있을 거예요. 대개 한 여자의 처음은 언제나 가장 아름답거든요. 선배는 여자의 삶이 누군가의 손으로 그려지는 것 말고 여자 스스로 자신의 목소리를 낼 수 있다고 생각하시나요?

╱

이름을 새긴 롤렉스 시계가 상자 안에 예쁘게 담겼다. 여자는 아직도 성에 안 차는지 문구점으로 달려가 화사한 포장지를 사왔다. 카운터에서 꽤 그럴듯하게 포장한 뒤, 주소를 적어둔 우체국 택배 상자 안에 넣었고 카드도 잊지 않았다.

곁눈질로 주소를 슬쩍 보니 우리 가게에서 끽해야 5킬로미터도 되지 않는 곳이었다. 그 말은, 아버지의 날을 축하하러 집으로 갈 생각은 없으며 대신 최고로 좋은 선물을 부치겠다는 뜻이었다.

가출을 한 게 아니라면 또 어떤 불편한 비밀이 있는 걸까? 여자가 냈던 이력서를 다시 꺼내 보았다. 대학은 끝까지 마치지 못했고, 2년 사이에 직장을 네 번이나 바꿨는데 가장 최근에는 보험을 팔았다. 이곳저곳을 전전하는 사이 시간은 헛되이 흘러가버렸다. 그렇다면 아주 잠시 마음이 동해 시작한 이 일은 더 짧게 끝날지도 모른다. 나는 자연스럽게 내 돈이 걱정되기 시작했다. 롤렉스 시계를 거래한 건 맞지만 금액은 아직 반 이상 받지 못했기 때문이었다. 애초에 여자는 일단 장부에 달아놓은 뒤, 성과금이 나오면 거기에서 빼는 걸로 하자고 요구했다. 나는 그런 게 어디 있느냐며 펄쩍 뛰었다. 갓 들어온 신참이 전부 이런 수작을 쓰면 나 같은 점장은 결국 불량 채권에만 매달려 운영해야 한다고도 덧붙였다. 하지만 그렇다고 해서 다짜고짜 칼같이 자를 수도 없는 노릇이었다. 어쨌든 판매 일부분은 여자의 공헌이 컸으니 도리를 지켜야 마땅하지 않은가. 결국 나는 급한 대로 내 돈을 가져다 조용히 채워 넣었다.

시계를 선물로 부친 후, 가게를 찾는 손님은 역시나 눈에 띄게 줄었다. 여자도 생기가 없어 보였다. 축 늘어진 채 생각에 잠겨 있거나 바깥 인기척을 살피는 정도였다. 나는 요 며칠 피곤해서 그런가보다 싶어 일일이 따져 묻지는 않았다. 하지만 수시로 벽시계만 맥없이 바라보고 있는 건 용납할 수 없었다. 손님이 들어와도 계속 저 상태라면 제품을 권한다 한들 김이 샐 터였다.

"점장님, 여기 있는 시계는 미국 시간 말고 없어요?"

나는 구석에 있는 원형 시계를 가리키며 영국 시간도 있다고 알려주었다.

"브라질은 대충 몇 시쯤일까요, 지금?"

"미국보다 2시간 빠르지, 아마. 3시간은 안 되는 것 같고."

아는 선에서 최대한 건넨 대답이었다.

"점장님, 점장님은 시간이라는 건 부정확해도 괜찮다고 생각하세요?"

／

브라질이 몇 시 몇 분인지가 왜 그토록 중요한지는 나중에야 알았다. 여자에게는 어릴 적부터 알고 지낸 남자 친구가 있었는데 이 남자가 가족을 따라 곧 브라질로 이민을 간다는 것이었다. 가족들은 편도 항공권까지 끊어주며 여자를 초대했다. 이 일은 여자의 아버지에게 발각

되었고, 여자는 꼬박 3일을 방에 갇혀 있다가 비행기가 출국한 뒤에야 밖으로 나올 수 있었다. 부녀 사이의 갈등은 또 하나의 신호탄이 되어 여자의 가출 계획을 앞당겼다. 그해 여자는 열여덟 살, 아르바이트와 학업을 병행하며 대학에 갓 입학하던 해였다.

나는 이 이야기를 작은 술집의 바에서 여자에게 들었다. 여자는 칵테일을 세 잔 마시더니 위스키로 바꾸었다. 하얗던 얼굴은 불이 나기 시작했고, 횡설수설하는 와중에 취한 듯 비틀거렸다. 그날은 롤렉스 시계를 선물로 부치고 난 후의 어느 날이었다. 날이 어둑해지고 퇴근 시간이 다가오자 진작부터 가방을 들고 카운터에 기대 서 있던 여자가 아리송한 말을 건넸다.

"점장님, 중요한 일이 하나 있는데요. 듣고 싶으면 저랑 같이 술 마시러 가요. 결정은 편하게 하세요."

"무슨 일인데?"

"가보시면 알죠."

술집은 여자가 찾은 곳이었다. 술 역시 여자가 골라 주문했다. 나는 한 잔을 비우기도 전에 머리가 핑 돌았다. 비교하자면 여자는 나보다 주량이 센 편인데다가 최소한

의 배짱도 있었다. 탁자 위에 엎드린 나를 보고 여자가 내 귓가로 가까이 다가왔다.

"점장님, 앞으로 점장님이라고 안 부를래요. 량허우라고 불러도 되죠? 진짜 웃기다, 어쩜 이름을 이렇게 지을 수 있지. 량허우, 있잖아요. 오늘 저녁, 정식으로 사직 의사를 말씀드립니다. 내일부턴 출근 안 할 거예요."

나는 혼미한 와중에 한참을 따져보다가 일한 지 보름도 안 되었다고 일러주었다.

"그게 뭐 어때서요. 제가 잡혀가길 바라는 건 아니죠? 아마 맞아 죽을 거예요. 아빠가 심어놓은 사람이 없는 데가 없어요. 작년에는 미행당하는 것도 모르고 있다가 이란(宜蘭) 시골까지 끌려간 적도 있어요. 다행히 저녁에 고열이 나는 바람에 응급실에서 몰래 도망쳤다니까요. 생각해봐요. 성과금 받으려고 그렇게 많은 사람한테 연락을 돌렸는데, 아무 일도 없으면 이상하잖아요. 이제 와서 생각하니 무섭더라고요. 시계 사러 왔던 사람들이 전부 다 불어버린 건 아닐까요?"

탁자에 딱 붙은 채 여자를 바라보았다. 불그스름해진 코와 눈, 그리고 이마가 내 눈앞에 있었다. 반항적인 여자로 생각하고 바라보면 코 밑으로 약간 치켜 올라간 입술이 참 매력적이었다. 죽어도 굴복하지 않으려는 오기가 보였다. 언젠가 내가 수면 위로 낚아 올렸던 가시고기의 입을 닮았다. 굳세게 다문 채, 숨이 끊길지언정 절대열지 않으려 버티던 그 입이 떠오른다.

"적어도 월급 나오면 그때 다시 얘기하자."

"아, 알겠다. 돈 못 받을까 봐 걱정하시는구나. 좋아요, 그럼 이건 어때요? 이렇게 좋은 사람을 손해 보게 둘 순 없지. 오늘 저녁에 나를 차라리 량허우 씨한테 파는 거예요. 어때요? 량허우, 량허우, 량허우, 부끄러운가 보네. 솔직히 말이에요, 내가 그렇게 비싼 시계를 사려고 했던 건 아버지한테 보여주고 싶어서였거든요. 당신 딸은 이렇게 잘 지내니 앞으로 귀찮게 자꾸 찾지 말라고."

여자는 술을 한 잔 더 따랐다. 반쯤 마시더니 아까와는 달라진 목소리로 흐느끼듯 중얼거렸다.

"브라질은 지금 대체 몇 시일까. 분명 온갖 쓰레기들이 개랑 자고 있겠지."

여자는 울기 시작했다. 목과 어깨를 타고 내려온 머리카락이 파르르 흔들렸다. 종업원이 다가와 문 닫을 시간이 되었다고 일러주어서 하는 수 없이 여자를 부축해 밖으로 나왔다. 팔다리 어느 곳 하나 가누지 못하는 여자를 택시 안으로 밀어 넣으니 의자 위로 그대로 엎어졌다. 택시 기사는 내가 따라 탈 때까지 기다렸다. 안 타면 여자도 태울 수 없다며 고개를 가로저었다.

모든 것이 처음이라 너무나 낯설었다. 나는 여자에게 어디 사는지, 어디로 가야 하는지 재차 물어야 했고 대신 핸드백까지 열어 열쇠를 꺼낸 뒤 여자의 집 문을 열었다. 집에 들어서자마자 여자는 바닥으로 주저앉았다. 나는 무조건 도망가야겠다는 생각이 들었다. 여자는 우리 가게의 직원일 뿐인데 내가 시계값까지 몰래 채워 넣었다는 사실이 소문이라도 났다가는 좋을 게 없었다.

바닥에 널브러져 있는 여자를 바라보니 깰 때까지 기다리는 건 어려워 보였다. 여자가 스스로 자기 방까지 기어들어 가는 건 더 불가능해 보였다. 결국 담요를 찾아다 덮어줘야겠다 싶어서 허둥지둥 발을 들어 올리는 순간, 오른쪽 신발이 휙 날아가 여자의 발 앞으로 떨어졌다. 엉겁결에 여자는 신발을 주워서 공중에 똑바로 들더니 술을 더 가져오라고 소리쳤고 나중에는 술을 신발 안에 콸 콸 따르기까지 했다.

"우리 한 병만 더 마셔요. 내가 괜찮아지면 그때 가요."

괜찮을 수 있긴 한 걸까?

종잉에게 보낸 답장에 이 이야기는 당연히 언급을 피했다.

삶에는 피해야만 하는 순간들이 존재하니까. 피할 수 없다면 그건 운명이다.

여자는 자기를 안고 일어나라고 했다. 외투를 벗겨 달라고, 침대에 눕혀 달라고 하면서 바로 자리를 뜨지는 말아 달라고 했다. 그러고는 지금껏 자신을 팔아본 적이 한 번도 없다고 말했다.

"점장님, 지금 무슨 생각해요? 혹시 제가 우스워 보여요? 걱정 따위 다 잊으려면 이래야 하는 거 맞잖아요. 우리 한번 시험해봐요. 근데 그 전에 차가운 물부터 갖다주세요. 날 위해 기꺼이 찬물을 가져다줄 수 있다는 걸 보여줘요."

나중에 여자는 안아달라고 했다. 날이 밝을 때까지 자신을 안고 이야기를 해달라면서. 마치 브라질에서 날아온 음성 같은 목소리로, 멈추지 말고 계속. 여자의 요구를

117

전부 들어주었다. 그것도 모자라 얼음 수건을 가져다주고 싶어서 냉장고를 열었지만 얼음만 보였다. 그릇에 얼음을 담고 수건을 넣어 적신 뒤 꺼냈더니 얼음 수건이 만들어졌다. 처음엔 이게 무슨 날벼락인가 싶었는데, 가만 보니 나는 아주 선한 일을 하고 있었다. 그러고 나니 서서히 맑게 뜨는 여자의 두 눈 앞에서 조금 흥미로운 기분이 들었다. 나를 바라보는 말랑한 눈빛에 심장이 여자의 허리춤 가까이에서 사정없이 뛰기 시작했다. 온몸이 춤을 추듯 쿵쾅쿵쾅. 머나먼 무아지경 속으로 어슴푸레 빠져들고 있었다. 탐닉의 즐거움에 집으로 돌아가야 한다는 것마저 잊어버린 아이처럼, 돌아갈 수 없게 되어버린 아이처럼, 종국에는 행복하고도 외로운 아이처럼.

／

종잉 씨에게.

내게 물었었죠. 여자의 삶이 누군가에 의해 그려지는 것 말고 여자 스스로 자신의 목소리를 낼 수 있다고 생각하느냐고.

난 그렇다고 생각해요. 애통하지만 확실하게 대답할 수 있어요. 쑤는 오로지 자기 삶을 살고 싶어 했어요. 그랬으니 세속을 뛰어넘는 목소리를 단번에 낼 수 있었죠. 반항하는 쑤는 정말 멋있었어요. 이제 막 이성에 눈뜬 서툰 사랑이었을지언정 그 사랑을 위해 집을 버리고 떠났잖아요. 그런데 가만히 생각해보면 고작 열여덟 살이었어요. 열여덟에 그토록 선명한 목소리를 낼 수 있었던 걸 보면, 세상에 태어나 처음 울었던 그 순간에도 온 힘을 다 써버렸을 거예요.

그로부터 보름 후에 고작 열흘 치밖에 안 되는 쥐꼬리만 한 월급을 쑤 대신 받았지만, 역시나 쑤는 가지러 오지 않았습니다. 함께 술을 마셨던 그다음 날, 정말 그림자처럼 사라져버렸거든요. 그 모든 일은, 그러니까 내게는 새벽을 여는 이슬처럼 꿈만 같았던 환상은 내년 그리고 후년 점차 퇴색되어 가는 아버지의 날을 보내는 동안 점차 흐릿해져 갔어요.

나는 또 그저 그런 날들을 보냈습니다. 그러다 5년 후쯤, 마케팅 부서로 돌아가게 되면서 다시 책을 집어 들어야겠다는 생각이 들었어요. 종잉 씨는 아마 기억 못 하겠지만, 강의실에서 첫날 마주쳤던 사람이 바로 종잉 씨였어요. 그때 종잉 씨가 나를 행정 업무 담당자로 오해했죠. 검은 테 안경까지 쓰고 있었으니 오죽했을까요. 창가 쪽 의자 걸쇠가 빠졌는데 바로 수리해줄 수는 없냐고 물었잖아요. 가장 좋아하는 자리라면서. 그때 내가 두말하지 않고 제일 뒷자리에서 깨끗한 책걸상을 골라다 옮겨주었죠. 그때 종잉 씨가 그 의자에 앉으며 얼마나 좋아하던지. 깔끔한 단발머리에 햇살처럼 웃는 얼굴이 내 꿈속을 완전히 장악해버렸어요. 나중에는 그저 꿈 같은 환상이 돼버리고 말았지만.

종잉 씨, 그땐 그런 시대였어요. 여성의 목소리는 사회에서 주어지는 게 아니라 오로지 자신의 힘으로 꺼내야 했던 시대. 종잉 씨의 목소리는 거리에 있었죠. 쑤의 목소리가 가출 후 어둑한 밤에 있었던 것처럼. 하지만 그 모든 목소리도 결국에는 절규일 뿐, 여성들이 원하는 진정한 자기 자신을 대표하지는 못했을 겁니다.

종잉 씨가 내게 한 질문이 감각으로 들을 수 있는 목소리를 말하는 거라면 난 오히려 이렇게 답하고 싶어요. 종잉 씨의 목소리를 난 듣지 못했다고. 종잉 씨의 목소리는 사랑하는 사람에게만 가닿았을 뿐, 나에겐 아니었다고. 지금 이 순간, 고통스러운 감옥 안에서 20여 년의 기억들을 써 내려가고 있는 것처럼 그때의 나는 그저 외로운 강의실에 앉아 있어야만 했으니까요. 그런데 참 아이러니하죠. 그때는 감히 고백도 못 하던 제가 인제 와서는 전부 다 털어놓을 용기라도 생긴 걸까요?

아, 이야기가 마침 여기까지 흘렀네요. 드디어 쑤의 소식을 이야기할 타이밍이에요. 6년 전에 사라졌던 쑤가 말도 못하게 침울하던 그 시기에 갑자기 돌아왔습니다.

/

"밥 한 끼 사주세요."

쑤의 목소리였다. 주변이 소란스러웠다. 간간이 행상인들이 물건 파는 소리와 찰칵하고 공중전화기를 내려놓는 소리로 보아 터미널인 듯했다. 하지만 쑤가 승차 직전인 건지 아니면 도착 직후인 건지는 판단이 서지 않았다. 다만 쑤가 말하는 '밥 한 끼'가 설에 가족들이 함께 모여 먹는 제야 음식을 뜻한다는 건 바로 알았다. 마침 그날은 온 가족이 모두 모여 전통 음식을 먹으며 새해를 기념하는 날이었으니까.

나는 이제 막 고향으로 내려가는 차를 타려던 중이며 새해 연휴 내내 고향에 있을 예정이라고 대답했다. 쑤는 갈라진 목소리로 조금도 망설임 없이 말했다.

"주소를 알려주세요. 잠깐만요, 펜 좀 꺼낼게요."

이어서 또다시 주변의 잡음이 들려왔다. 똑딱- 하고 핸드백 닫는 소리도 들렸다. 여전히 시원시원하면서도 깔끔한 그 천성이 목소리를 타고 전해져왔다. 왜 전화를 걸었는지 설명은 없었지만, 순간 무언가 떠올랐다. 과거가 마치 한순간처럼 느껴졌다. 앞발을 떼자마자 뭉그적대는 뒷발에 제자리로 되돌아온 것처럼.

쑤는 주소를 받아 적은 뒤 '안녕'이라고 말했다.

50킬로미터 떨어진 고향 집은 어머니가 주방에서 음식을 장만하느라 분주했다. 장사를 마치고 돌아온 아버지는 문밖에 쪼그리고 앉아 자전거를 씻고, 어른과 아이들이 곧 사방에서 터뜨릴 폭죽 무더기를 에워싸고 있을 때…… 쑤가 걸어왔다. 나무 아래를 지키던 토종 개가 사납게 짖어대자 쑤가 몸을 낮춰 아이를 품에 안았다.

쑤는 한때 내 이름을 부른 적이 있었다. 하지만 다시 마주한 그 순간, 이제 더는 부르지 못할 거라는 예감이 들었다.

"아빠라고 불러봐."

쑤가 말했다. 아이는 쑤의 품에서 두 눈만 굴리다가 쑤

에게 등 떠밀려 앞으로 나왔다. 아빠라고 불러봐. 쑤가
한 번 더 말했다. 나의 동생들을 비롯해 삼촌, 고모까지
모두가 우리를 둘러싸고 있었다. 어리둥절한 얼굴로 서
로를 바라보며 내가 어떤 표정을 지을까 궁금해했다. 나
는 쑤를 바라보았다. 두 눈은 나를 살짝 피하는 듯했지
만, 겁이 난 듯한 얼굴은 아니었다. 전화를 걸어 이야기
한 대로 나를 찾아왔지만 고작 밥 한 끼 때문일 리 없었
다. 당연히 무언가 용건이 있으리라.

아이는 쑤를 닮았다. 두 눈은 까맣게 빛났고 두 뺨은
살집이 없어서 갈고리 모양의 초승달이 떠올랐다. 그건
나와 다른 점이었다. 날 닮았을 리가 없었다. 확률상으로
도 더더욱 그럴 수는 없었다. 눈 깜짝할 사이 벌써 얼마
나 오랜 시간이 흘렀는데.

둥그런 테이블을 앞에 두고 어머니는 쑤의 옆자리이자
나의 옆에 앉았다. 그러니까 우리 둘 사이였다. 어머니는
음식을 집어 아이에게 주다가 고모의 눈초리에 다시 자
세를 고쳐 앉았다. 자리 하나가 갑자기 빈 틈을 타 고개
숙여 테이블 아래를 바라보니 노란색 패브릭 슈즈와 회
색 데님 치마가 눈에 들어왔다. 차로 이동할 것을 생각해

서인지 위에는 재킷을 걸쳤고 얼굴에는 화장기가 없었다. 여기저기를 헤매다 잠시 온 듯한 가벼운 복장이었다.

"뤠이슈라고 했지? 내 옆에 와서 앉을래?"

아버지가 약물 치료 후 쉬어버린 목소리로 입을 열었다. 아이는 대답 대신 젓가락을 입에 물고 아버지를 바라보며 까르르 웃었다. 그제야 다른 가족들도 아이를 따라 즐겁게 웃으며 저마다 아이에게 장난을 쳤다. 아직 제야 음식의 맛은 제대로 누리지 못했지만, 모두의 그릇 안으로 유쾌한 행복감이 흘러넘쳤다. 기쁜 빛이 어리는 식사 자리 앞에서 쑤는 팔짱을 긴 채 앉아 있었다. 혼자 버려진 듯한 모습으로.

둘러앉아 이야기를 나눈 후, 어머니는 우리에게 큰 이불을 깔아주었다. 이웃집에서 남은 솜이불을 모아다가 침대 판 위에 겹겹이 깔았다. 여럿이 함께 쓰는 기다란 침대는 오랫동안 사용을 안 한 탓에 벽면이 온통 물때로 가득했다. 나방들이 창틀을 향해 날아들면서 듣기 싫은 소리를 냈다. 빛이라고는 희미한 빛살뿐인 그 공간이 유독 더 어둡게 느껴졌다.

우리는 옷을 입은 채로 침대 위에 누웠다. 밤중에 피난을 나와 어수선한 마을로 도망 온 사람들 같았다. 가운데 자리에서 아이는 잠이 들었고, 어른 둘은 멍한 눈빛으로 좌우 양쪽에 자리 잡았다. 때마침 창밖으로 차가운 달빛 한 줄기가 드리웠다.

한참을 누워 있던 쑤는 몸을 뒤척이다가 나를 등지고 누워 이야기를 시작했다.

"있잖아요, 너무 복잡하게 생각할 거 없어요. 진짜 점장님 아들이니까. 이렇게 될 줄은 나도 정말 몰랐어요. 믿어줘요, 계획한 건 아니었어요. 내가 뭐 하러 그런 계획을 하겠어요. 뭔가 이상하다는 걸 알았을 때는 이미 4개월이었어요. 타이베이에 있는 쇼핑몰에서 같이 일하던 동료가 마침 나랑 같은 상황이었거든요. 그래서 둘이 약속했어요. 아이를 낳는 게 아무것도 없는 것보다는 나으니까. 내 말 듣고 있어요? 원래는 진작에 찾아오려고 했는데, 아빠한테 제보해 줄 사람들이 사방에 있을 것 같더라고요. 잔뜩 부른 배를 안고 숨을 곳도 없고, 돌아오는 건 더 엄두가 안 났어요. 다행히 동료 어머니가 대단하신 분이어서 마지막까지 나를 돌봐주시고, 어머니가 계신 대서소에서 일도 시켜주셨죠. 매일 그저 이 문서 저 문서를 작성하는 일이었지만."

등지고 있어 얼굴이 보이지 않았으므로 쑤는 담대하게 말을 이어갔다.

"아이가 학교 들어갈 준비를 해야 하잖아요. 동료 어머니가 더는 미루면 안 된다고, 얼른 아이를 데려가서 호적 등록을 해야 한다고 하시더라고요. 못 믿겠다면…… 그럼 DNA 검사라도 하면 되잖아요. 점장님 아들이 아니면 제가 뭐 하러 강요하겠어요. 뭐예요, 듣고 있는 거예요?"

손가락으로 쑤의 등을 톡톡 두드렸다. 쑤는 한참이 시나서야 돌아누웠다. 두 눈에 눈물이 그렁그렁했다. 눈을 감자 눈물이 후두둑 떨어져 내렸다.

"신세 질 생각은 없어요. 돈은 내가 알아서 벌 거니까. 점장님은 우리 아빠만 조심하면 돼요. 아빠가 이미 알아버렸거든요. 조만간 찾아올지도 모르니까 마음의 준비를 해두는 게 좋을 거예요. 아빠 밑에 있는 사람들 전부 총을 갖고 있다고 들었어요."

나는 아무것도 겁나지 않는다고, 월급을 가지러 오기를 줄곧 기다렸다고 말했다.

이야기가 끝나자 주위가 고요하게 내려앉았다. 순간

쑤와 내가 서로를 마주 바라보고 있다는 사실이 느껴졌다. 미동도 하지 못한 채 두 눈만 깜빡이면서. 둘이 이토록 평온하게 누워 있는 건 처음이었다. 결국 눈을 반쯤 감고 나의 이야기를 시작했다. 최근 몇 년간 가게에서 있었던 일부터 내근직으로 옮겨진 일, 짬을 내서 대학을 다니고 있으며 예전부터 수강하고 싶었던 몇몇 과목 등에 대해서⋯⋯.

이야기는 반도 진행되지 않았는데 쑤가 갑자기 말을 잘랐다.

"점장님, 계속 듣고 싶긴 한데 조금 피곤해서요. 내일 다시 얘기하는 거 어때요?"

／

종잉 씨에게.

요 며칠 교도소에서 누군가 난동을 부려서 이번에는 요점만 간단히 써야겠습니다.

지난 편지에 쑤가 돌아왔다는 이야기만 했죠. 너무 급하게 마무리 짓느라 우리 가족 이야기를 깜빡했는데, 가족들 모두 쑤를 마음에 들어 했어요. 물론 다들 곧 손윗사람이 될 거라는 기대도 한몫했겠죠. 아버지의 폐병은 거의 호전되었고, 어머니 얼굴에 일찌감치 자리 잡았던 주름도 웃음과 함께 지워지더군요. 우리가 집을 나올 때는 우리 집 강아지까지 흥분해서 들고 뛰고 난리도 아니었다니까요. 나는 말입니다, 그때 종잉 씨가 결혼한다는 소식을 갑자기 듣긴 했지만, 뭐랄까요. 쑤가 다시 돌아왔다는 건, 하늘이 내게 주는 숙제 같았습니다. 내 인생은 바로 그 순간부터 달라지기 시작했어요.

참, 말이 나와서 말인데 쑤의 본명은 위민쑤(余敏慛)예요. 그때 쑤가 겪은 가장 큰 변화라면 아마도 개명을 한 일이었을 거예요. 호적 등록을 할 때가 돼서야 '위쑤'가 되었다는 걸 알았죠. 어떤 특별한 의미가 있는 건지는 잘 모릅니다. 쑤에게 물어봐도 정확히 설명할 수가 없다고 했으니까요. 그저 추측하건대 스스로에게 거는 기대 같은 것이 아니었을까요. 그래서 새로운 이름 '위쑤'로 의연하게 돌아왔을 거고, 그건 곧 과거에 안녕을 고하겠다는 뜻이기도 했을 거예요. 더는 제멋대로 살지 않겠다는, 영원히 떠나지 않을 거라는 결심이었을 겁니다.

/

　고향 집에서 나온 후, 쑤와 뤠이슈―지금은 나를 그렇게 대해도 당시에는 얼마나 귀여웠는지 모른다.―를 데리고 도시의 작은 역에서 내려 두 블록을 걸었다. 새로 지어진 두 건물 사이에 끼어 있는 오래된 아파트에 다다랐다. 감추려 해도 이젠 늦었다. 문을 열자, 방 하나에 작은 거실뿐인 최악의 공간이 고스란히 쑤의 시선에 닿았다. 텔레비전이 벽에 붙어 있고 맞은 편에 일자 소파가 놓여 있어서 마치 작은 객차 같았다. 계단으로 오르내리면 엘리베이터를 타는 것보다 저렴한 곳이었다. 나 혼자 살던 곳이었으니 이렇게 느닷없이 세 사람이 되리라고는 꿈에도 상상하지 못했다.

　"내일 묵을 곳을 알아볼 테니까 일단은 그런대로 견뎌줘. 잠은 아이랑 둘이 내 침대에서 자."

　"아직 아빠라고 안 불렀잖아."

　쑤가 뤠이슈를 잡아끌며 말했다.

　"천천히 해도 돼. 뤠이슈, 이따가 우리 같이 만화 보자!"

　여전히 적대감이 가득한 얼굴이었지만 나는 아무래도 상관없었다. 그 뒤로 정말 많은 일이 있었다. 의식주부터 시작해 앞으로 어떻게 살아가야 할지 어느 것 하나 쉬운 게 없었다. 감정 문제는 더 어려웠다. 쑤도 뉘우치며 한탄했을 것이다. 고작해야 술을 좀 많이 마셨던 것뿐인 그날 밤을. 인생을 다시 살 수 있다면, 또 그렇게 취한다 해도 같은 일을 반복하지는 않으리라.

다음 날, 쑤의 말이 맞았다. 쑤의 아버지가 사람을 시켜 전화를 걸어왔다. 당장 만나러 오라는 것이었다. 그렇지 않으면 직접 와서 들쳐업고 가겠다고 했다.

쑤가 서둘러 지도를 그려주었지만 나는 사실, 이미 짐작가는 곳이 있었다. 과거에 쑤가 소포에 적었던 주소지이자 대로변에 있는 의원 사무실이었다. 비록 가게 하나 정도 되는 크기였지만, 아무나 넘볼 수 없는 독보적인 시내 중심지에 자리한 곳이다.

예상치 못한 일은 거기서 끝나지 않았다. 그날 오후, 의원 사무실 주임이 나를 옆 골목으로 데려갔다. 얼마 안 가서 내 눈앞에 문양이 새겨진 철제 대문이 나타났다. 과거에 쑤가 도망쳐 나왔던 그 집이었다. 문이 열리자 무성한 꽃과 나무들이 눈에 들어왔다. 도베르만 세 마리가 나를 맞이하듯 가만가만 다가왔다. 나를 뚫어지게 주시하는

여섯 개의 눈이 매우 차가웠다. 그때 차고지 쪽에서 장정
두 명이 머리를 내밀더니 도베르만의 이름을 불렀다.

／

소파에 앉아 기다렸다. 거실 건너편에는 커다란 원목
테이블이 있고 벽에는 크고 작은 편액이 가득 걸려 있었
다. 붉은 바탕에 검은 글자가 적힌 편액은 대부분 위성타
오(余聲濤) 부의장에게 보내온 축사였다. 승승장구 중인
차세대 인물이라는 사실에 내심 놀랐다.

쑤의 아버지가 방에서 나왔다. 개량된 중산복 위로 흰
스웨터의 목폴라가 보였다. 약간 어설픈 카리스마가 더
해졌을 뿐, 둥그런 얼굴은 정말이지 국부(國父, 중산복을 개
발해 애용했던 쑨중산을 의미 –옮긴이) 같았다. 으르렁대는 내
면의 소리가 벌써 귓가에 들리는 듯했다. 평온해 보이는
표정은 일렁이는 분노를 애써 잠재운 결과이리라. 흡사
폭풍 전야 속의 고요 같았다.

"어쩔 셈인가?"

쑤의 아버지가 물었다.

"쑤는 저만 괜찮다면 예식 없이 혼인 신고만 해도 좋다

고 했습니다."

"이 새끼가. 앞으로를 묻는 거잖아, 앞으로 내 딸한테 어떻게 할 거냐고. 젊은 사람들은 곧잘 이런 짓을 하다 막다른 길에 내몰리지. 내가 어젯밤에 무슨 생각을 했는지 알려줄까? 쑤는 출국시켜 버리고, 자네는 굴착기를 가져다 산 위로 보내버리겠다고."

"저희 둘 다 일부러 속일 생각은 없었습니다."

쑤의 아버지는 담배에 불을 붙이더니 깊게 들이마셨다. 그러고는 마치 스스로 질식사라도 하려는 듯 입을 굳게 다물고 있었다. 그는 참고 있었다. 조금이라도 지혜롭게 대처해야 할 때라는 걸 아는 듯이. 누군들 이렇게 되길 바랐겠는가. 이제 더는 잘잘못을 따질 때가 아니었다. 그 누구에게도 잘못이 없었다면 이렇게 찾아올 일도 없었을 것이다.

"자네는 앞으로 계속 자명종 팔고 손목시계 팔면서 살 계획인가?"

"그게 제 전문입니다. 할 줄 아는 게 그것뿐이라서요."

그는 진지하게 나를 뜯어보면서 '흥흥' 하고 의미를 알 수 없는 소리를 냈다. 아직도 속에서 분노가 사그라지지 않는지 다리 옆으로 주먹을 조용히 움켜쥐고 맥없이 몇 번 들어 올리다가 다시 내려놓았다. 가정환경이나 앞으로의 가능성을 두고 보자면, 그 브라질 친구가 나보다 몇 배 나았다. 진작 알았더라면…… 지금쯤 후회하고 있었을지도.

머리부터 발끝까지 나를 뜯어보던 쑤의 아버지는 굳은 목소리로 내게 경고했다.

"내 말 잘 들어. 나에게는 하나밖에 없는 딸이니까 알아서 해. 백 번 맹세한들 소용없고, 앞으로 어떻게 하는지 지켜보겠어. 제대로 못할 것 같으면 지금 얘기해. 또 내가 찾아가는 일 없게."

"할 수 있을 겁니다."

따가운 시선이 느껴져서 말을 바꿨다.

"최선을 다하겠습니다."

'최선을 다하겠다'는 말 때문인지 그는 또 한 번 '흥' 하고 콧방귀를 꼈다. 마치 모욕이라도 당한 사람처럼 이마 위로 핏줄 몇 가닥이 파르르 경련을 일으켰다. 서릿발이 서린 눈빛에는 살기가 비쳤다. 심하게 다친 사람처럼 흰자위에는 핏발까지 올라왔다.

"따라 들어와."

쑤의 아버지는 방금 걸어 나왔던 통로로 들어갔다. 뒤따라가는데 통로 끝이 햇살을 드리운 마당처럼 눈부시게 환했다. 들어가서 보니 기둥 없이 널찍한 실내 공간이 온통 통유리로 둘러싸여 있었다. 중앙에는 기다란 사무용 책상이 가로지르고, 좌우로 L자 모양의 소파가 마주 보고 있다.

그가 리모컨을 집어 들었다. 방안의 모든 블라인드가 일제히 내려오자 커다란 공간이 단숨에 어둑해졌다. 영상을 보여줄 모양인지 벽 상단에 숨어있던 스크린이 내 눈앞에 촤르르 열렸다. 영상은 흑백으로 보이는 어느 머나먼 경치에서 시작되었다. 외딴 시골 마을과 메마른 황톳길, 맨발로 진흙탕을 걷는 아이들, 그리고 추운 밤 외따로 켜진 등불 아래서 열심히 공부하고 있는 뒷모습 등이 이어졌다. 그런 다음 다채로운 컬러의 현대로 전환되면서 역경을 딛고 성장한 위셩타오가 등장한다. 이재민 구호 활동으로 재난 현장을 시찰하는 모습이었는데, 브리핑을 들은 뒤 손을 들어 침착하게 현장을 지휘하고 있었다. 도랑 청소나 관로 매설 작업 등 유권자를 위한 서

비스를 비롯해 여러 차례 이어지는 좌담회와 열띤 국회 대정부질문에서의 광경도 펼쳐졌다. 마지막으로 인산인해를 이룬 광장의 모습에서 갑자기 화면이 멈추었다.

"자네는 지금 뭐가 보이나?"

나는 수많은 사람이 보인다고 대답했다.

"위층 말이야. 저기 야외 테라스에 서 있는 사람 안 보이나?"

"좀 멀리 떨어져 있긴 하지만, 보입니다."

"나중엔 내가 저기 서 있게 될 거야."

말도 안 돼. 나는 속으로 기함했다. 잘못 본 게 아니라면 그 사람은 교황이었으니까.

"저게 바로 나의 무대지."

쑤의 아버지가 말했다. 나는 힘차게 고개를 끄덕였다.

"잘 알고 있습니다."

"위성타오가 맨손으로 여기까지 왔다는 얘기 못 들어봤나?"

뭐라고 대답해야 할지 난감했다.

"그러니까 자넨 내 말을 들어야 해. 시계가 특기라고 하니, 그럼 좋아. 창업을 한번 해보게. 자금은 얼마가 됐든 일단 내가 다 대줄 테니까. 그렇게 카운터에만 죽자 살자 붙어 있지 말란 얘기야. 평생을 그렇게 질금거리면서 살 생각이야?"

문득 롤렉스 시계가 떠올랐다. 쑤가 어렵게 손에 넣었던 그 시계.

저렇게나 딸을 애지중지하니 시계는 지금도 손목 위에 있을 것이다. 나는 그의 두 손으로 힐끗 시선을 던졌다. 긴 소매에 가려져 손목이 보이지 않았다.

3 ────────

지난번 병원 진료를 다녀온 뒤로 어쩐 일인지 뤠이슈가
보이지 않았다. 어차피 만나면 또 서로 빈정과 냉소만 주
고받을 게 뻔하니 좋을 게 없었다. 다만 의사가 제안한
심리 검사가 완전히 끝나지 않았기 때문에 병원에서 며
칠에 한 번씩 재촉하듯 전화를 걸어왔다.

　뤠이슈는 가라 마라 말도 없이 전부 며느리에게 맡겼
다. 나는 며느리의 습성을 속속들이 알고 있었다. 이야기
가 잘 안 풀리면 하루걸러 한 번씩 꼭 찾아왔고 내 증상
에 고견을 곧잘 늘어놓았다. 표현이 잘 안 되면 일본어를
시도하다가 그래도 못 알아듣는 것 같으면 어눌한 영어

몇 마디를 덧붙였다. 간혹 별것 아닌 일을 큰일보다 더 어렵게 이야기할 때도 있었다.

"가짜."

그 말을 들었을 땐 두려움이 엄습했다. 나를 꿰뚫어 보는 것만 같았다.

"무슨 말이야?"

"아라."

"병원 간다 약속했으니 갈 거야. 하지만 말을 그렇게 함부로 하면 안 되지."

"가짜."

미나코가 한 번 더 말했다.

"뤠이슈 불러와서 다시 얘기해."

전화기를 건네자 예상대로 옆에 숨어 있던 뤠이슈가 모습을 드러냈다.

"병원에 '가자'라는 얘긴데, 잘못 들으셨어요? 병원 규정상, 초진이 끝나면 심리 검사는 의무예요. 제대로 끝내야 의사가 결과에 따라 판단하고 처방을 내리죠."

결국에는 나 혼자 차를 타고 병원에 가는 것으로 결론이 났다.

질문지를 받아 들자마자 나는 바보가 되어야 했다. 하나같이 바보 같은 질문들 뿐이었다. 오늘은 몇 월 며칠입니까? 그럼 내일은 무슨 요일입니까? 이곳은 어디입니까? 당신의 전화번호는 무엇입니까? 어머니 성함은 무엇입니까? …….

의료진이 종이 한 장을 내밀며 '동그라미를 그릴 줄 아느냐'고 물은 건 예상 밖이었다. 나는 그릴 줄 안다고 답했다.

"좋아요. 이건 시계예요. 오후 3시가 어디인지 말해볼래요?"

어떻게 하면 시간을 잘못 그릴 수 있을지 한참 생각했다. 시계장이에게 시간 문제를 내다니, 운도 지지리 없는 사람이다. 농사꾼에게 백로를 본 적 있느냐고 묻는 것과 무엇이 다른가.

임상 치매 척도 검사를 받은 후, 인지 선별 검사까지 마쳤다. 의료 자원이 나 같은 사람에게 낭비되고 있다는 사실이 기가 막혔지만, 다른 방도가 없었다. 다만 훗날 누군가가 새로운 발견이라도 해서 가짜 치매도 후유증이 남는다고 겁을 주는 일이 생기지는 않을까 두려웠다. 최악의 상황은 가짜가 곧 진짜가 되는 일이었다. 그렇게 되면 희망은 사라져버릴 테니까.

／

초진 후 받아온 28일치의 약은 모조리 냉장고 안으로 던져 버렸다. 아원이 있을 때만 보는 앞에서 약을 먹었다. 어쩌면 아원은 이제 나에 대해 일일이 기록하는 게 귀찮아졌을지도 모른다. 하물며 바보인 척 굴지 않아도 된다는 말까지 하지 않았던가. 그런데 이상하게도 약을 먹고 나면 전신이 나른해지는 기분이었다. 뜻밖의 해방감도 느껴졌다. 세 번쯤 복용했을 때, 아원이 강하게 반대를 했다. 뤠이슈를 등지고 나를 돕고 있는 셈이었다.

"계속 이럴 바에는 차라리 비타민으로 바꿔 드시는 게 낫겠어요."

"그건 다르죠. 만약 채혈이라도 했다가 혈액에 약 성분이 없다는 게 발각되면요."

"이번 기회에 젊은 간병인으로 바꾸고 싶으신 건 아니고요?"

아원이 놀리듯 웃으며 말했다.

"무슨 그런 농담이 있습니까. 난 지금 이대로가 좋아요."

약 봉투를 다시 꺼냈더니 아윈은 할 수 없이 물 한 잔을 따라왔다. 그러고는 뜻밖에도 내 옆에 자리를 잡고 앉았다. 나 대신 하얀색 약 봉투를 뜯더니 계속 손에 들고 있었다. 마치 내가 입을 열 때까지 기다리는 것처럼.

나는 약을 냉큼 낚아채서 고개를 뒤로 젖히고 입 안에 털어 넣었다. 그때 갑자기 오른쪽 무릎 위로 누군가의 손이 살포시 내려앉는 게 느껴졌다.

보통 이런 약은 먹고 3~5분 정도 지나면 연기 한 줄기가 이마 가장자리를 따라 서서히 스쳐가는 느낌이 든다. 그러고 나면 머릿속을 무겁게 내리누르던 무언가가 순식간에 가벼워지는 것이다. 하지만 지금 같은 경우는 없었다. 알약이 아직 목구멍으로 넘어가지도 않았는데 무릎 위로 미세한 떨림이 느껴지는 건 아무래도 처음이었다.

물을 마셔서 알약을 꿀꺽 삼키고 났을 때 손은 이미 사라지고 없었다.

한가하게 환상에나 빠져 있다고 생각할지도 모르겠다. 하지만 무릎은 뇌가 없다. 고작해야 누군가의 손이 그 위에 닿았다고 조용히 내게 알려줄 뿐. 마치 수면 위를 다녀간 잠자리처럼 가볍게 잔물결만 남기고 떠났다고. 물론 내 무릎 위에 먼지가 묻어 있어서 아원이 그걸 보고 먼지를 집어 간 것으로 생각할 수도 있지만 아무래도 그건 조금 억지였다. 겨우 먼지 한 톨 때문에 무릎이 그걸 뇌에 전달하려 애를 썼겠느냐는 말이다.

괜히 좌불안석이 되어 집 뒤로 나가 작은 채소밭을 둘러보았다. 전에 심어둔 쑥갓이 싹을 틔웠다. 설은 이미 지났지만 청명절 무렵에는 새로 자란 채소들을 수확할 수 있을 것 같았다. 이랑과 이랑 사이를 걸을 때면 아원이 남기고 간 장화 발자국이 자주 눈에 띄었다. 간혹 내가 벌써 물을 준 것 같으면, 아원은 자발적으로 핀셋을 가지고 나와 작은 벌레들을 잡아다 페트병에 담곤 했다.

아원의 그런 섬세함은 평소 말이 없는 성격과도 관련이 있을 터였다. 침묵하는 여성은 대체로 감추는 게 많다. 그렇다고 이야기가 싫은 건 아닐 것이다. 마침 그날, 문득 무릎이 자신을 대신해 좀 더 따뜻하게 마음을 전달해주리라 생각했던 건 아닐까. 그래서 그랬을 것이다.

약 한 달이 흐르고 어느 오후. 그날은 아윈이 쉬는 날이었다. 전날 남은 음식으로 식사를 간단히 하고 해가 지기만을 기다렸다. 지난번 라이쌍과 만났던 일식집에서의 풍경을 기억할지 모르겠다. 주방에 있는 기름 솥에서 지글거리는 소리를 들었을 때 나는 사실 정신을 잃을 뻔했다. 어머니가 완자를 튀기고 있는 것만 같았으니까. 모자를 쓴 여자가 기름 솥 옆에 서 있는 걸 보고서야 어머니를 얼마나 그리워하고 있는지 깨달았다. 그 그리움이 우스운 환각을 불러일으켰다.

저녁 무렵이 되길 기다렸다가 아윈이 일하는 음식점을 조용히 찾아갔다. 장어구이와 청경채, 그리고 연어를 넣은 일본식 주먹밥에다 새우튀김 두 개를 주문했다. 튀김 요리가 내게 어떤 의미인지 이해하지 못할 것이다. 듣고자 하면 어디서든 들을 수 있는 게 튀김 소리니까. 그러나 적당히 좋은 소리는 아무 때나 들을 수 없다. 손님이 하나둘 빠져나가고 조리사가 한가해진 가게 안에 다른 잡다한 소음이 없을 때, 바로 그때라야 가능하다. 주방에 홀로 남은 기름 솥이 막 떠오르는 태양처럼 반짝거리는 훈영을 부옇게 일으키며 가열되기 시작한다. 안에서는 불길이 거세지기만을 기다리며 기포가 점점 모여들고 있다. 그러다 한순간에 팔팔 끓어오르면 모든 기포들이 즐거운 듯 앞다퉈 환호성을 지른다.

오로지 튀김 소리를 듣자고 이곳에 온 건 물론 아니었다. 그렇다고 또 무엇 때문에 왔는지 설명하자면 왠지 어렵지만, 겸사겸사 아원을 보고 싶은 생각도 있었던 것 같다. 조금 쑥스럽기는 하나 아원 때문에 갑자기 이곳에 오고 싶었던 건 맞다. 내 무릎에 닿았던 그 손은 그 후로 몇 날 며칠을 살펴본 결과, 분명 환상이 아니라 정말 누군가의 손이었다. 왜냐하면 그 후로 아원이 나만 보면 무언가 불편한 듯 시선을 돌렸기 때문이다. 마치 무언가 잘못한 것처럼, 무언가 크게 후회를 하는 것처럼, 혹은 조금은 겸연쩍은 듯도 보였다. 어쨌든 모든 행동이 자연스럽지도, 매끄럽지도 않았다. 퇴근 시간이 되면 누가 잡을세라 스쿠터를 타고 부르릉 시야에서 사라져버렸다.

우습게도 그때의 나는 너무 순진했다. 그게 잘못이었다. 어쩌면 아무것도 아니었을지 모를 일을 무의식중에 너무 심각하게 구는 바람에 정말 무언가가 있는 것처럼 변해버렸다. 특히 알약을 삼키려고 고개를 젖히던 찰나, 직감적으로 무언가 느껴졌어도 그렇게 우두커니 멈추지 말았어야 했다. 급하게 자리를 떠서도 안 되는 일이었다. 그런 이유들로 그 손이 상처를 입었을 테니까.

마지막 음식이 남았을 때, 기다리던 튀김 소리가 주방에서 새어 나왔다. 파르르 끓어오르는 소리가 차마 말 못할 근심을 억누르는 것처럼 답답하고도 은근하게 들려왔다. 그러면서도 임무에 최선을 다하듯 새우 두 마리가 들어오자 파도가 순식간에 에워쌌다. 새우의 몸통이 둥글게 말렸지만, 세찬 불길은 잦아들 새 없이 새우를 튀겨냈다. 사람을 갈급하게 만드는 소리다.

가스레인지는 센 불이 켜져 있고 스크린에서는 지난번의 그 콘서트 영상이 여전히 재생 중이었다. 그 혼잡함 속에서 내가 원했던 소리를 듣는 건 불가능했다. 새우가 다 익었는지 가스레인지마저 결국 꺼져서 그야말로 코미디 같은 상황이 되었다.

하얀 모자를 쓴 여자가 주방에서 나왔다. 아원이 아니었다.

문 닫을 시간이 가까워져 계산 후 밖으로 나가니 앞치

마를 벗은 주방장이 스쿠터 옆에 기대어 담배를 피우고 있었다. 나는 저녁 내내 그 사람은 왜 안 보이느냐고 물었다……. 주방장은 단번에 내 말을 알아들은 눈치였다. 아원은 결혼 준비 때문에 일을 그만두었다고 했다. 남자 쪽 집이 인테리어 중이라 가서 도와야 한다더라고.

/

순박한 여성의 전형적인 모습을 떠올려 보면, 아원의 침묵과 강단은 무척 아쉬운 점이었다. 곧 결혼한다는 소식에 마냥 기뻐할 수는 없었지만, 그렇다고 축하 자체를 해주기 싫은 건 아니었다. 다른 사람의 좋은 소식에 상처받는다면, 그건 대개 질투 때문이다. 난 그런 사람이 아니었다. 그저 순간적으로 어찌 반응해야 할지 몰라 망연히 멈춰 있었을 뿐.

그날 밤, 집으로 걸어가면서 마음속으로 나를 용서했다. 애초에 주방 소리를 들으러 간 것일 뿐 특별히 누군가를 만나려고 했던 건 아니지 않는가. 아니, 설령 그 사람을 만나러 간 거였다고 해도 그 소식을 들었을 때 마음이 편치 않은 건 당연한 일이었다. 순간 무언가를 잃은 것만 같았다. 그러나 곰곰이 생각해보면 처음부터 내겐 아무것도 없었는데 슬플 게 뭐가 있단 말인가. 서운한 마음이 얼마간 있을 뿐.

이 모든 게 다 신통치 않았던 그 튀김 소리 탓이다. 저녁 내내 나의 기분을 돌돌 튀겨 뒤집어놓았다.

심각하게 생각하면 참 괴로운 일이지만, 철이 든 이후 나를 떠났던 사람은 전부 여자였다. 기름 솥에서 지글거리는 기포 소리에 자주 빠져드는 건, 처음부터 어머니의 영향이었다. 어머니가 그때 완자를 튀기지 않았더라면, 튀김 소리만 생각해도 곧 누군가가 나를 떠날 것만 같은 애수를 굳이 어려서부터 겪지는 않았으리라.

어머니는 완자를 튀긴 그날 이후 나를 떠났다. 얼마 지나지 않아 누나도 떠났다. 라이쌍에게 전해 들었던 그 메시지를 생각해본다. 만약 종잉과 계속 이렇게 단절 상태로 지낸다면, 종잉도 화를 내며 아원처럼 나를 떠나버릴 수 있었다. 한 여자가 나를 두 번 떠나는 셈이다. 그러고 보니 쑤도 두 번째가 됐을 때 결국 날 완전히 떠나 버리지 않았던가.

새우를 튀기던 그날 밤의 이야기로 다시 돌아가야 할 것 같다. 만약 우리 어머니라면 그렇게 한참을 들여 튀겨 내지는 않았을 것이다. 더구나 비리비리하고 약한 새우라면 더더욱. 어머니라면 기름이 팔팔 끓어오르기 시작할 때, 지글지글 시끄럽던 기포들이 작게 소곤거리도록 약불로 줄일 것이다. 이때 손으로 빚어낸 채소 완자를 솥 안으로 미끄러지듯 넣는다. 완자들이 동글동글 몸을 굴리며 춤을 추는 걸 지켜보다가 황금색으로 변하면 즉시 건져낸 뒤 기름이 똑똑 떨어지기를 기다릴 것이다.

어머니와 함께했던 날들 중 마지막 중원절(中元節. 음력 7월 15일로, 죽은 자들을 기리는 중국 문화권 국가들의 민속 명절이 다.—옮긴이)이었다. 전날 밤, 어머니는 다음날 천후궁(天后宮) 광장에서 열리는 푸두(普渡)(대만에서는 중원절에 '푸두'라는 이름의 제사를 지내는데, 아파트나 가게·회사 앞에서 음식을 차려놓고 황금색으로 된 가짜 돈을 태운다.—옮긴이) 제사에 채소 완자를 튀겨서 가져가려고 집 뒤의 원두막 아래에 보일러를 설치했다. 어머니는 채소 완자가 친구들에게 대접하기 좋은 간식이라며 다 먹지 못해 남아도 어디든 편하게 가지고 다닐 수 있어 더 좋다고 했다.

하지만 그날 밤은 그런 이야기를 듣고 싶지 않았다. 어머니가 곧 집을 떠날 것 같은 생각이 들었으니까. 머지않아 어머니는 아버지를 데리고 중부 지역에 간다고 했다. 친구가 시장 뒤쪽의 큰 강가 바로 옆에 작은 가게 자리를 찾아주었는데, 매일 기차역에서 나오는 관광객이 개미처럼 우글거리며 대부분 가장 먼저 그 식당가로 향한다고 했다.

완자가 다 튀겨지자 어머니는 하나를 집어 후후 불어 식힌 뒤 내 입에 넣어주었다. 그런 다음 앞치마에 손을 문질러 닦고서 갑자기 무릎을 꿇고 앉더니 소리 낮춰 비밀을 하나 들려주었다. 약국에서 가져온 수면제를 밥에 섞어서 아버지에게 주었다고.

"그냥 알고만 있어. 절대 아버지 깨우면 안 된다."

"정말 못 깨어나는 거예요?"

나는 흥분한 채 소리를 질렀다. 어머니는 장난기 어린 표정으로 대답을 대신했다. 정말, 정말, 오늘 밤에는 더 이상 깨어나지 못할 거라는 듯이.

어둑한 침대로 달려가 확인해보았다. 아버지는 깊은

잠에 빠져 있었다. 나를 등지고 옆으로 누운 채, 천둥 같은 소리를 내며 코를 골았다. 보아하니 최소 사흘은 일어나지 못할 것 같았다. 방에서 슬그머니 빠져나왔을 때, 기름망에 놓여 있던 완자는 어느새 쟁반으로 옮겨져 있었다. 어머니는 기름 솥을 들어 바닥에 내려놓고 집게를 연탄통 안에 넣어 연탄을 꺼냈다. 반투명한 잔불과 곁에는 하얀 연탄재가 보였다. 어머니가 물을 두어 번 뿌리자 쉬익- 하는 소리와 함께 연기가 불쾌한 냄새를 풍기며 피어오르다가 이내 불이 꺼졌다.

"가게 오픈만 순조롭게 잘되면 아버지는 거기 두고 나는 돌아올 수 있어."

"가게는 사원 입구에서도 열 수 있잖아요."

나는 시무룩하게 대답했다.

"그건 다르지. 아버지를 도박꾼들에게서 떼어놓으려는 거야."

어머니는 계속해서 말을 이었다.

"집에 돈이 남아 있지 않다는 거, 너도 알잖아."

"그럼 내가 학교에 안 가고 사원 앞에서 향이랑 초를 팔 수 있어요."

"팔긴 뭘 팔아. 번거롭게 그럴 거 없이 차라리 엄마가 널 먼저 팔아버리는 게 낫겠다."

나는 울기 시작했다. 어머니는 아랑곳하지 않고 앞으로의 계획을 알려주었다. 나는 학교 가까이로 가야 하니 외할아버지 댁에 맡기고, 누나는 동생들을 돌보면서 할아버지·할머니와 함께 지낸다는 것이었다. 나는 혹시 또 다른 당부 사항을 놓칠까 봐 귀를 기울인 채 입도 뻥긋하지 못했다. 시간이 꽤 늦었는지 사방은 점점 고요해졌고 지면은 어느덧 새하얀 은백색으로 뒤덮였다. 고개를 들어보니 하늘가에서 달빛을 흩뿌리고 있다.

그 시각, 깊이 잠들어 있던 아버지는 어느새 몰래 집을 나가버렸다.

/

종잉에게 보내는 편지에 아버지를 언급한 적이 있다.

종잉이 나와 관련해 논문을 쓰고 싶어 했으므로 자연스럽게 내 어린 시절을 떠올리게 되었는데, 유년기의 환경이 내게 주었던 영향 중에서도 중요한 출발점은 바로 아버지였다. 선한 사람이었다. 보통 남자들이 가진 나쁜 습성이 아버지에겐 없었다. 기본적으로 가족을 끔찍하게 돌봤고 아무도 욕심내지 않는 길가의 모래알만 봐도 어떻게든 가져오려 애쓰는 남자였다. 너무 가난해서 패기라고는 없었고, 남은 것은 그저 다른 사람의 주머니에서 잃어버린 존엄을 되찾고 말겠다는 탐욕뿐이었던 사람.

그날 밤, 어머니는 침대에 기댄 채 한숨을 푹 쉬었다. 수면제는 무용지물이 되었고 자전거는 보이지 않았다. 다음 날 아침, 등교 준비를 하는데 어머니가 초조한 걸음으로 서성대다가 기어이 나를 막아섰다. 도박판이 벌어진 집이 농삿길에 있는데 마침 등굣길과 겹치니 아버지를 찾아오라고 하셨다. 어머니는 자질구레한 설명을 덧붙여 가며 내 머릿속에 지도를 그려주었다.

"시간을 아끼려거든 뛰어가. 학교 교문까지만 뛰면 돼. 계속 그렇게 고개만 젓고 있지 말고. 교문에서부터 천천히 걸어가. 멀지 않으니까 같은 길로 쭉 가면 돼. 길을 잘 보면 마지막에 오른쪽으로 논이 하나 있는데 거기 비둘기가 아주 많을 거야. 비둘기가 안 보이면 비둘기 집이 있는 지붕을 잘 찾아봐. 아무튼 논에는 집이 거기밖에 없어."

가방을 메는데 어머니가 잠시 기다리라고 하더니 집

뒤에서 노오란 함소화 두 송이를 꺾어왔다. 아직 꽃이 피지 않아 짙은 외피가 봉오리를 감싸고 있었다. 어머니는 외피를 벗겨 내 가슴 앞주머니에 넣으며 말했다.

"안에 넣어두고 꺼내지 마. 몸에 열기가 올라오면 저절로 향기가 퍼질 거야. 계산해보니까 거기까지 가는 시간이면 딱 맞겠더라. 향기가 난다 싶으면 얼른 눈을 크게 뜨고 봐봐. 거의 도착했을 거야."

학교 종이 울리고, 논이 보였다. 하늘을 나는 비둘기 같은 건 아직 보이지 않았지만 마침내 함소화 향기가 느껴졌다. 바나나 향기와 긴장한 땀 냄새가 났다. 가슴이 쿵쾅쿵쾅 뛰는 와중에 지붕 위의 무언가가 점점 선명하게 눈에 들어왔다. 과연 울타리로 둘러싸인 비둘기의 집이었다.

아래층 철문은 잠겨 있었다. 집 안에 사람들이 있을 거라고 생각하니 문을 두드리기가 겁났다. 소리치고 싶었지만 이런 곳에서 아빠를 부른다는 게 치욕스러웠다. 하는 수 없이 아버지 이름을 직접 부르기로 했다. 발음도 어렵고 듣기에도 별로 좋지 않은 그 이름. 류푸우(劉福五), 류푸우, 류푸우. 아버지를 부르는 소리가 마치 울음소리 같았다. 그런 뒤에는 작은 돌을 던져 보기로 했다. 그 소리를 들으면 누군가 내려와 문을 열어줄지도 모르는 일이다. 농로는 비포장도로임에도 적당한 돌을 찾기가 어려웠다. 달구지가 구르고 간 모래와 자갈만 사방에 가득했고, 쓸만한 돌은 이미 도랑의 진흙더미 속에 떨어져 있었다.

나는 논으로 뛰어내렸다. 그런데 논두렁 옆에 아버지가 누워 있었다. 오른쪽 손바닥으로 얼굴을 베고 옆으로 누워 있는 모습이 꽤 느긋해 보였다. 약간 취한 것 같았는데, 그러면서도 아주 우렁차게 코를 골았다. 자전거는 볏짚 더미에 기댄 채 앞바퀴가 하늘을 보고 있었다. 평소 아버지는 자전거를 이렇게 세워두지 않는다. 누구도 이렇게 논에다 자전거를 갖다 대지는 않을 것이다. 즉, 아버지는 넘어지며 떨어진 것이었다. 절반쯤 잘 오다가 마지막 중요한 순간에 무너지다니. 수면제만 아니었다면, 페달을 두 번만 밟아도 도착했을 거리였다.

아무리 불러도 깨지 않길래 왼쪽 어깨를 세게 흔들었더니 아버지는 몸이 뒤집히면서 바로 누웠다. 그때 아버지가 눈을 떴다. 둘이 함께 자전거를 연석 위로 들어 올렸다. 길가에는 아무도 없었다. 아버지는 굳게 잠긴 철문을 바라보다가 다시 내게로 시선을 돌리더니 온몸을 부르르 떨었다. 그제야 정신이 완전히 돌아온 모양이었다.

어머니가 아직 기다리고 있으며, 학교에 늦었다고 아버지에게 설명했다. 아버지는 태워다 주겠다며 오른발을 올리다가 하마터면 떨어질 뻔했다. 나는 차라리 뛰어가기로 했다. 아버지보다 앞서 달려가다가 날 쫓아오는지 보려고 슬쩍 뒤돌아보았다. 저렇게 온전하지 못한 상태로 어떻게 따라잡을 수 있을까. 교문에 다다른 아버지는 나를 찾지 못했다. 담장 뒤에 숨어 있는데 눈물이 났다.

편지에 정말 쓰고 싶었던 이야기는 사실 나의 어머니였다.

그날 학교를 마치고 집으로 달려오자마자 아버지가 어떻게 자전거를 타고 돌아왔는지 어머니에게 물었다. 아버지가 집으로 돌아왔을 때 매미가 울고 있었던 걸로 보아 어머니는 아버지가 길에서 또 잠이 들었던 것 같다고 추측했다. 어머니는 죽 두 그릇을 삼키다시피 하는 아버지를 보고 싶이는 게 있어 슬그머니 방으로 들어갔다. 벽에 걸린 아버지의 바지를 만져보니 아니나 다를까 돈이 한 푼도 없었다. 가진 돈도 없으면서 오로지 도박대 아래에 서서 관전을 하겠다고 수면제 두 알의 저주를 필사적으로 벗어났던 것이다. 다른 사람의 승패를 보며 자신이 얻지 못한 영광을 상상하면서.

한 달 후, 어머니는 정말로 아버지를 끌고 가서 국수 가게를 열었다. 그리고 모든 것을 무에서 유로 채워갔다. 임대 계약부터 운영 계획, 인테리어, 그리고 개업 전에 갖춰야 할 물품들까지 전부 어머니 혼자 처리했다. 어머니가 겟돈을 내러 집으로 돌아왔다가 나를 한 번 그곳에 데려간 적이 있는데, 듣던 대로 관광객들이 가득했다. 번화한 풍경에 주변 공기마저 뜨끈뜨끈했다. 가게마다 전부 젊은 여성 하나를 거리 한복판으로 대동해 호객을 하고 있었다. 어머니도 가만히 있을 수 없었는지 삿갓을 쓰고 그 전투에 동참했다. 손님을 끌어오지 못할 때면 삿갓을 벗어서 얼굴의 땀방울을 식혔다.

5년 후, 어머니는 결국 아버지를 데리고 다시 돌아왔다. 병세가 심해져 누군가의 간병이 필요한 아버지의 요

양을 위해서였다. 투병 기간, 어머니는 재봉을 배웠다. 다다를 수 없는 머나먼 곳을 향해 제자리만 돌고 도는 것처럼 밤마다 재봉틀을 다르르르 밟고 또 밟았다. 가끔 그속에 환자의 콜록콜록 끝없는 기침 소리가 더해지면 두소리가 뒤섞여 컴컴한 밤을 깨뜨렸다. 아침에 눈을 뜨면또다시 온종일 시달렸다.

교도소에서 라이쌍에게 했던 이야기를 기억할 것이다. 금방이라도 아버지 목을 걸어버릴 것만 같았던 그 올가미에 관해서. 그날 이후 아버지는 내 앞에 서면 유독 면목 없는 얼굴로 조심스러워했다. 며칠 뒤부터는 양배추 덮밥을 파는 노점을 차려놓고 비가 오나 눈이 오나 매일 그곳을 지켰다. 일흔둘의 나이로 돌아가실 때까지, 생의 마지막 날까지 속죄하면서.

여자는 남자가 스스로 부끄러움을 알도록 만들 수 있었다. 나는 이것을 종잉에게 알려주고 싶었는데 나의 어머니가 바로 그런 여자였기 때문이다. 그리고 그러한 곤경 속에서 나는 자연스럽게 깨달았다. 어떤 잘못도 용서할 수 있다는 사실을. 특히 우리가 가장 사랑하는 사람이라면 더더욱.

3

1 ──────────

봄은 씨앗을 뿌리는 계절이다. 쑤의 날이고, 뒈이슈의 날
이자, 내게도 좋은 날이었다.

쑤는 어린 뒈이슈를 데리고 나와 함께 비좁은 방에 한
데 붙어살았다. 쑤의 아버지에게서 소식이 날아든 건 보
름이 지난 어느 날이었다. 인부들을 고용해 창고에 있던
장다첸(張大千)의 그림을 빼낸 후, 그 공간을 크고 작은 방
두 개로 나누었다고 했다. 인테리어까지 모두 마쳤으니
바로 이사를 해도 된다는 이야기였다.

창고에서 빼낸 건 이름난 화가의 명작이었다. 그런데
쑤의 아버지가 몇몇 전문가에게 감정을 의뢰했더니 국화

(國畫)가 전부 위조품이었다는 게 밝혀졌다. 그 뒤로 몇 년간 쑤의 아버지는 그곳을 다시는 들여다보지 않았고 창고는 거미줄 천지가 되어갔다. 게다가 누구도 그림에 대해 언급하거나 접근하지 못하도록 문을 굳게 잠갔다.

"안 갈래요."

쑤가 말했다. 나는 쑤가 왜 거부하는지 알고 있었다. 집을 도망 나오던 그때와 같은 마음이었으리라. 어머니는 구타를 당하다 도망갔고 그 즉시 새 여자가 들어왔다. 침실이 바로 그 그림들 옆에 있었다.

"더러워 정말."

쑤가 계속 말을 이었다.

"언젠가 한밤중이었는데, 그 여자가 마실 걸 가지러 나오더라고요. 기다랗고 검은 실크 옷을 입었는데, 속이 훤히 다 들여다보였어요. 뭐가 그렇게 즐거운지 발밑에서는 찍찍 슬리퍼 소리까지 내면서."

"그땐 네가 반항기였으니까 당연히 눈에 거슬렸을 거야."

"점장님, 내가 정말 좋아서 여기저기 떠돌아다니는 거라고 생각하세요? 나에겐 서로 의지할 수 있는 엄마가 있었어요. 엄마가 나가고 나 혼자 남겨졌을 때, 그 집은 전부 남자 소굴이었어요. 집안 공기는 죄다 그 커다란 콧구멍들로 빨려 들어갔죠. 게다가 오빠 셋은 입대 전부터 수입차를 다섯 대나 몰았어요. 건방이 하늘을 찔렀죠. 그렇게 배부른 생활을 하니까 내가 눈엣가시일 수밖에. 거기다 결혼 안 한 삼촌이 둘이나 끼여 살고 있으니 여자 혼자 어떻게 버티겠어요? 남자친구도 있었지만, 가족들 전부 브라질로 이민 갈 준비를 하면서 가진 걸 전부 팔았는데 그런 사람들을 붙잡고서 텐트 치고 살 순 없잖아요. 하물며 그건 내게 엄청난 기회였어요. 그 가족을 따라갈 수만 있다면 성을 갈아도 좋았어요. 결국 붙잡혔지만."

쑤는 뒈이슈가 걷어찬 이불을 끌어 올렸다.

"솔직히 털어놓으면, 말해줄게요. 우리 할머니는 예전에 할아버지에게 맞다가 도망가셨어요. 위씨 집안은 여자를 때리는 데에 혈안이 돼 있었죠. 여자를 때리면 행운이 온다나. 밤마다 정말 땅값이 올랐어요. 엄마는 그걸 못 견뎌 했어요. 콧대 높은 부자들의 낯짝도 탐탁지 않아 했고요. 그래서 어떻게든 도망가려고 애를 썼어요. 안 그러면 산 채로 죽을 테니까."

"그래서 너도 뒤따라 집을 나왔던 거였어?"

"그건 아니에요. 전 아주 오랜 계획 끝에 나왔거든요. 위아래 층에 항상 사람들이 있었고, 집 근처에는 도박장이 있었는데 그 안에서 뭘 하는지 온종일 사람들이 들락거리더라고요. 어느 날 저녁 무렵이었는데, 더 있다간 별별 잡스러운 사람들까지 더 늘어날 것 같은 거예요. 그런데 또 생각해보니까 아직 엄마 대신 분풀이를 못 했잖아요. 그래서 온 지 얼마 안 된 아이를 불러다 망을 봐달라고 부탁한 다음에 위층으로 가서 침대 협탁에 있는 물건을 죄다 뒤엎었어요. 원래는 돈 되는 것만 골라다가 욕조에 넣어버리려고 했는데, 보니까 전부 아버지 명품 시계더라고요, 허. 기왕 시작한 거 끝을 봐야지 않겠어요? 당장 망치를 가져다가 하나씩 전부 내려쳤죠. 산산조각이 날 때까지. 근데 그거 아세요? 그날은 아버지의 날이었어요."

"그래서 나중에 사죄하는 의미로 롤렉스 시계를 보냈던 거구나?"

"사죄는 무슨. 이래 놓고 잡히면 끝장날 것 같으니까 엄마가 걱정됐는지 전화로 시켜서 한 거예요. 아버지의 날 선물이라도 보내놓으면 서로 비기는 거라고. 여자는 성질대로 굴면 무조건 불리해진다고 하셨어요. 특히 그렇게 이 사람 저 사람이 뒤섞여 사는 곳에서는 무조건 자신을 지킬 줄 알아야 한다고, 너무 순진하기만 해서는 안 된다고 하셨죠."

"선물이 효과가 있긴 했나 보다. 지금 이렇게 우리한테 이사 오라고 하는 걸 보니."

"어디 한번 말해봐요. 나 이제 좀 노련해 보이죠? 그래도 최소한 설 전에 빨리 이 사실을 점장님에게 알려야겠다는 생각을 한 거잖아요. 그러지 않으면 뤠이슈는 곧 한 살 더 먹을 텐데, 아빠가 없는 건 몰라도 갈 수 있는 학교가 없는 건 끔찍한 일이니까요."

"노련하고말고. 그러니까 그날 밤에도 일부러 그렇게 술을 잔뜩 마시고선……."

"무슨 뜻이에요?"

"어린 여자애가 아무렇지도 않게 술에 잔뜩 취할 때는 어떤 고의 같은 게 느껴진단 말이지."

"점장님, 제가 그렇게 점장님 앞에서 편할 수 있었던 건 믿을 만한 사람이라고 생각했기 때문이거든요?"

일부러 던진 농담이었다. 이야기를 더해갈수록 슬픔에 젖어드는 쑤를 웃게 만들고 싶었다. 하지만 쑤의 반응은 예전과 달랐다. 쑤는 웃지 못했다. 예전처럼 장난스러운 모습도 볼 수 없었다. 사라진 6년의 세월 동안, 어쩌면 쑤에게서 무언가가 함께 사라져버린 건지도 몰랐다. 쑤가 자라온 배경은 내가 단번에 이해할 수 있는 것이 아니었다. 위셩타오의 집에 갔던 날이 떠올랐다. 거실에 들어서는데 무언가 이상하면서도 정의 내릴 수 없는 기운이 느껴졌다. 드높은 곳에서 느껴지는 그 도도한 기운이 당연시되는 분위기였다. 세상이 추구하는 모든 권력이 그 사람에게 있다는 듯한 분위기 속에서 나 혼자서는 그자를 우러러 바라보는 것 말고 할 수 있는 게 없었다.

／

일주일 후, 오래되지 않은 아파트 하나를 어렵게 구했다. 방 세 칸에 작지만 그럴듯한 거실이 딸린 집이었다. 집주인은 급히 출국해야 하는 상황이었고 가구도 이제 막 들여놓은 것이라 집세가 거의 월급의 절반을 차지했지만, 쑤의 가족들에게 웃음거리가 될 수는 없었기에 이틀 후 우리는 이사를 했다.

"당신 아버지 타오성 님이 받아들이시려나 모르겠네. 이 정도면 나한텐 이미 대궐인데."

"아빠 이름을 자꾸 틀리게 부르는 것 같은데, 일부러 그러는 거죠?"

"성타오라고 하면 너무 시끄럽게 들려서. 지난번에 나를 아주 호되게 가르치시는데, 정말 파도가 휘몰아치더라니까."

"그 정도면 아빠가 엄청나게 참은 건 줄 알아요. 예전 성격 같았으면 포대 자루로 덮어놓고 불을 질렀을걸요."

햇볕이 잘 드는 서쪽 거실의 블라인드가 잘 내려오지 않아서 우리는 어쩔 수 없이 뤠이슈에게 선글라스를 끼고 만화를 보게 했다. 까맣고 멋들어진 선글라스가 짤막하고 하얀 얼굴을 반이나 가리고 있었다. 20년 후 나에게 얼마나 건방지게 굴지 그때 진작 알아봤어야 했는데. 그때는 포동포동한 그 모습이 정말 예뻤다. 1년 후 둘이 쪼그리고 앉아 흙망고 껍질을 까던 것도 바로 그 집이었다. 뤠이슈가 나를 아빠라고 부른 건 갑자기 급성 간염에 걸렸던 날이었다. 나는 아이를 업고 구급차보다 더 빨리 뛰었다. 심야 두 시의 응급실은 대기 환자가 많았다. 나는 급한 마음에 아이를 내려놓는 것도 잊고 있었는데, 아이의 작은 얼굴이 내 귓가로 드리워졌다. 그때 갑자기 '흥' 하는 소리와 함께 그 두 글자가 들렸다. 미친 듯이 기쁜 나머지 하마터면 아이를 내려서 품에 안을 뻔했다.

그 일이 있고 난 뒤, 오랫동안 생각했다. 혹시 아빠가 아니라 하나님을 부른 건 아니었을까.

쑤는 더 이상 차갑고 오만한 과거의 위민쑤가 아니었다. 말없이 있을 때는 완전히 다른 사람이었다. 지난 몇 년 동안 얼마나 많은 고초를 겪었던 건지 이제 쑤에게서는 고상하고 우아한 분위기가 흘렀다. 지나치게 행복한 여자들에게서는 나올 수 없는 기운이었다. 누군가는 매혹적이라고도 표현하겠지만, 왠지 모르게 나는 그런 분위기 앞에 다가가기가 어려웠다. 모든 남자들이 갖고 싶어 하면서도 한편으로는 잃을까 두려워하는 그런 분위기랄까.

뤠이슈에게 자기 방이 생기자 우리도 덩달아 마음이 가벼워졌다.

이사하던 날, 그러니까 재회한 지 25일 만에 우리는 드디어 사랑을 나누었다.

지난번에는 술에 취한 위민쑤였고 이번에는 완전히 맑은 정신이었지만 술에 취했을 때만큼 민감하지는 않았다. 처음부터 끝까지 내내 옆으로 누워 있었는데, 몸을 돌려 달라고 해도 침대에 딱 붙은 채 그대로 있었다. 하지만 쑤도 최선을 다했다. 오늘이 이사한 날이라는 걸 기억하듯 살포시 조심스럽게 웃었다. 크게 기뻐한 건 아니었지만 더 나은 곳으로 이사한 것을 축하하고자 하는 열의 같은 것이 있었다.

침대 위에서의 과정은 단조롭지만 지극히 신중하게 이뤄졌다. 우리는 서로에게 진지했다. 손님을 초대해 대접할 돈은 없었지만, 문을 굳게 닫고 서로의 육체로 상대를 환대해줄 수는 있었다. 물론 나는 쑤가 술에 취했던 그밤에 여전히 멈춰 있었는데, 이번에는 쑤가 첫날밤의 모습을 되찾은 듯했다. 신발을 벗겨달라고 요구했던 그날밤과는 달랐다.

만일 그때가 얼떨결에 뤠이슈를 만들어 낸 날이었다면, 이번에는 틀림없이 내가 만들어진 날이었다. 집이 필요하다고 생각하니 마침 집이 생겼고, 아이를 원했더니 정말 아이가 생겼다. 이제껏 느껴보지 못한 행복은 마치 한 쌍의 작은 날개 같았다. 침대 위로 파고들면 더는 날아오르지 못하리라. 내 손으로 아주 단단히 잡아둘 것이므로.

/

쑤는 타오셩의 호의를 거절한 것도 모자라 아예 만나려고도 하지 않았다.

전화까지 모조리 거부하는 바람에 그때부터 타오셩은 하고 싶은 말이 있으면 나를 찾았다. 잠깐 오게, 라는 말로. 더 간결하게 부를 때도 있었다. 이리 와. 하지만 내게 화를 쏟아낼 때는 전처럼 이마에 핏대를 세우지도 않았고 목소리 톤도 점차 차분해져 갔다. 쑤의 성미를 알고 난 뒤 참았던 분노를 고작 내게 풀어낸 것 같았다.

"너희 같은 젊은 세대 말이야, 정말이지 괘씸하기가 짝이 없다. 아무리 생각해도 이해가 안 돼. 가서 좀 물어봐라, 내가 때린 적이 있다든? 굶어 죽을 것 같지 않으면 계속 그렇게 숨어 살 것이지, 왜 다시 와서 속 터지게 만들어."

…….

세 번쯤 더 갔을 때, 타오성의 부름에 누군가가 위층에서 내려왔다. 타오성은 그 남자의 이름을 소개한 뒤 나를 가리키며 말했다.

"이쪽은 쑤의……."

나는 벌떡 일어나 고개를 끄덕 숙이며 남자를 불렀다.

"즈싱(志興) 형님."

"잠깐만."

남자는 받아들일 수 없다는 듯 멈칫하더니 물었다.

"둘이 혼인 신고는 했어?"

혼인 신고를 마쳤으며, 지난 며칠 새집으로 이사까지 했다는 대답을 건넸다. 남자는 깔보듯 싸늘한 눈빛으로 나를 위아래로 훑었다.

"내가 제일 애지중지하는 동생이야."

쑤는 이 남자를 가장 경멸한다고 했다. 권력의 사치와 오만은 즐기면서 어머니에게는 무관심한 자라고.

"최선을 다해 아끼고 사랑하겠습니다."

"듣자 하니 시계를 판다면서? 정말 의외네…….."

이 남자에 대해 기억할지 모르겠다. 개를 좋아해서 대

문에 있는 도베르만 세 마리 외에도 제일 사나운 개 한 마리를 뒷마당에 두고 키우는 남자. 20년 후의 어느 밤, 지붕 아래에서 그 사나운 개와 함께 나를 막아섰던 그 남자. 개들이 막무가내로 미친 듯이 짖어댔던 건 둘째치고, 한술 더 떠 내게 욕설을 퍼부었던 바로 그 남자다. 내게 쓰레기라더니 이제 보니 그자 역시 쓰레기였다. 진작 알았더라면 그때 울분을 참아내지 않아도 됐을 텐데.

결국 타오셩이 분위기를 정리하려는 듯 끼어들었다.

"자네는 날 따라오게. 내가 아주 특별한 곳으로 데려가지."

잠시 후, 나는 타오셩의 자동차 뒷좌석에 앉아 있었다. 어디로 가는 건지 알 수 없었지만 겁이 나지는 않았다. 두려웠던 기억이라면 첫 만남 때뿐이었는데, 더구나 그날은 내게 보여준 영상 속에서 타오셩의 허점을 보지 않았던가. 영상에 등장하는 교황을 가리켜 한사코 자신을 대입해 환상에 빠지는 그 망상이 귀여웠다. 그 나이에 이렇게도 순수한 마음을 가진 자가 포대 자루에 덮어두고 불을 지르는 만행을 어찌 저지른단 말인가. 가여운 뤠이슈를 어쩌면 좋을까. 게다가 날 만나고 이제 막 시작된 쑤의 인생은 또 어찌해야 할까.

20분쯤 달리자 차가 멈추었다. 갑자기 인파에 휩쓸려 나아가지 못하고 있었다. 차창 바로 옆으로 수많은 사람이 스쳐 지나갔다. 이제 막 영화가 끝난 영화관도 이 정도로 인산인해는 아닐 것 같았다. 몸을 구부려 위를 올려다보니 새로 생긴 상업지구였다. 맞은편 교차로에는 백화점 두 개가 보이고, 그 너머에는 영화관과 노래방으로 연결된 먹자골목이 있었다.

그때 타오성이 기사에게 조금 더 앞으로 이동하라고 했다. 오래되어 보이는 단독 상가 건물이 마주 보였다. 인도 앞을 막고 있지 않았는데도 몇몇 사람들이 차 앞을 돌아 길을 건너갔다.

"자넨 지금 뭐가 보이나?"

"천국으로 가는 입구가 보이는 것 같습니다."

차창 맞은편으로 문이 굳게 닫힌 낡은 건물과 시멘트 바닥 위로 무성하게 올라온 잡초가 보였다.

"여긴 상권 내에서도 기이한 곳이야. 임대를 원하는 사람은 많은데 건물주를 도통 찾을 수가 없다지?"

"정말 기막힌 곳이네요. 경쟁이 엄청나겠어요."

"응. 건물주를 찾아내는 건 나라면 가능하지. 자네가 원한다면 말이야……."

"쑤도 알고 있습니까?"

나의 물음에 타오셩은 말했다.

"쑤에게 알리려거든 아무것도 할 생각 말게."

내가 교대로 휴무인 날에도 쑤는 집에만 있지 않았다. 매일 하얀색 스쿠터를 타고 아침이면 뤠이슈를 돌봄 교실에 데려다주었다가 저녁 전에 데리고 왔다. 그 사이의 공백은 쑤에게 하루 중 가장 기나긴 방황의 시간이었다. 나는 쑤가 느끼는 초조함을 잘 알았다. 자신이 직접 돈을 벌겠다고, 내게 폐를 끼치지 않을 거라고 했던 섣달그믐 날 밤의 약속을 지켜야 한다는 조급함에 마음 편히 쉴 엄두를 못 내는 것이리라.

일단 내게 그런 말을 했다는 건, 우리 사이에 아직 사랑이 없다는 뜻이기도 했다. 쑤는 오로지 아이를 위해서였고, 나는 이 집을 위해서였다. 그러나 긍정적으로 생각하면 우리 부부의 연은 이제 막 시작일 뿐 앞으로 점점 더 좋아질 수 있었다. 사랑은 말처럼 쉽게 오지 않는다. 오히려 천천히 올 때 비로소 멀리까지 내다볼 수 있는 법. 순식간에 왔다가 미래도 없이 사라져버리는 사랑이 얼마나 많았던가.

쑤의 아버지와 약속한 대로 나는 쑤가 없는 시간에 조용히 계획을 실행해나가기 시작했다. 최초 매장의 내부 장식과 데스크 등의 공간 배치부터 향후 인력 관리와 교육 진행은 내가 맡기로 하고, 쑤의 아버지는 그 낡은 건물을 계약하는 일만 맡기로 했다.

그날 그곳을 둘러본 후 차에서 내리다가 이 일이 내게 얼마나 중요한지 확신을 주고 싶어서 차창을 붙들고 쑤의 아버지에게 약속했다. 당분간은 쑤가 눈치채지 못하게 조심하면서 혼자 차근히 준비한 뒤, 매장을 오픈하는 날 쑤에게 서프라이즈를 선사하겠다고.

며칠 뒤, 희소식이 전해졌다. 베일에 감싸져 있던 건물주가 구두로 동의를 했다는 것이었다. 잔뜩 흥분한 타오성은 가까운 카페로 나를 부르면서 디자이너가 그린 기초 설계도까지 가져왔다. 널찍하고 깊은 가게 자리를 보니, 정말이지 꿈이 이뤄진 것만 같았다. 게다가 건물주가 얼룩덜룩한 외관을 허물고 새 단장을 하는 것까지 허락한 상태였다. 새로운 랜드마크의 탄생이 머지않았다.

"돈은 내가 내지."

타오성이 말했다.

"적은 돈이 아니라는 건 자네도 알겠지."

"꿈만 같습니다. 전에는 시계를 고쳐주는 작은 가게 하나면 충분하다 했었는데."

"그릇을 더 키워 봐. 제대로 꾸려서 나중에 매장을 스무 개로 키워주게."

이제 보니 그에게는 이미 숨겨진 계획이 있었다. 외부 위탁판매계약을 비롯해 매입 비용, 그리고 가장 중요한 브랜드 대리점에 대해서는 관련 인맥을 통해 진행하는 걸로 생각해두었다고 했다. 협력 방안에 대한 논의도 이어졌다. 원칙상 지분은 50대 50이며, 필요한 자금은 그가 주식 자본으로 지불하고 나는 기술과 노동력을 투자해 경영관리를 책임지기로 했다.

"이제 협상도 끝났고 건물주도 동의한 마당이니 빠르게 진행해보지. 3개월 후에 오픈하는 걸로."

"가능할 것 같습니다. 그런데 솔직히 아직도 믿기지가 않네요."

"당연해, 이걸 누가 믿겠나. 좋아, 자네한테만 얘기하지. 그 건물주가 과거에 나한테 신세를 졌었거든."

나는 단박에 이해했다. 신세, 나 역시 이렇게 그에게 신세를 지게 되는 것이리라. 결국 그가 진심으로 원한 건 나와의 협력이 아니었다. 재산과 권력을 모두 갖춘 그가 날 필요로 할 리 없었다. 그가 원하는 건 오로지 쑤가 자신의 마음을 알아주는 것뿐. 위씨 집안의 양심이 어쩌면 쑤에게 있다는 것을 타오성은 지난날을 회상하며 처절하게 깨달았는지도 모른다. 그는 앞으로 쑤를 이용해 속죄할 생각이었다. 위씨 집안은 여자를 때리지 않으며, 선하고 아름다운 쑤가 바로 그 살아 있는 증거라고.

그러니 나는 그에게 아주 기꺼이 신세를 진 셈이었다. 가정을 꾸려 자립하고 싶었던 청사진을 완성할 수 있는 유일한 방법이었으니까. 날 이끌어줄 뒷모습이 휘황찬란 빛을 내며 내 눈앞을 어른거리는데, 최소한 털끝 하나라도 붙잡아야 하지 않겠는가. 두 눈 멀쩡히 뜨고 놓쳐버리기에는 너무 아까웠다.

커피도 다 마셨고 협상도 잘 끝났다. 쑤의 아버지를 차까지 배웅한 후 곧장 집으로 달려갔는데 쑤가 집에 없었다. 쑤가 없을 때면, 구석 자리에 놓인 트렁크가 날 찌르는 듯 마음이 아렸다. 당장이라도 열어서 샅샅이 확인해 보고 싶었다. 옷가지가 들어 있는 거라면 어째서 가방을 풀어 옷장 안에 정리해두지 않는 건지 궁금했다. 혹시 아주 잠깐 머무를 생각인 걸까. 당시 나는 그게 어떤 징조인 줄 알았지만, 이후에도 쑤는 집에 쭉 머물렀고 걱정은 자연스럽게 터무니없는 일이 되어갔다. 어느 날, 그 트렁크가 말로 표현 못할 슬픔을 가득 담고서 나를 속수무책으로 만들어 버릴 거라는 건 상상하지 못한 채. 아직 가져가지 않은 것처럼 보이지만, 사실은 진작부터 영원히 열리지 않을 물건이었다는 것을 알지 못한 채로.

／

3개월 후, 량성(良聲) 정밀 시계점이 찬란하게 탄생했다.

예상보다 손님이 많은 데다가 타오셩이 불러낸 친구들까지 합하니 폭죽 터뜨릴 시간이 되기도 전부터 매장이 꽉 찼다. 칵테일파티가 끝난 후에는 또 다른 감사 이벤트가 열려 현장이 인파로 뜨끈뜨끈했다. 날씨는 썩 좋지 않았다. 천둥이 몇 차례 번쩍였고, 공기는 내릴 듯 말 듯 비를 머금고 있었다. 저녁이 되어 손님들이 돌아갈 때까지도 날씨가 좋지 않았다.

집에 돌아왔을 때는 이미 깊은 밤이었지만 눈을 감을 수가 없었다. 극도로 흥분된 신경이 머릿속을 온통 휘저었다. 어떤 감동적인 멘트로 쑤에게 '서프라이즈'를 선사할지 골똘히 생각했다. 혹시 너무 감격해서 말도 못 하는 건 아닐까? 쑤는 이미 아주 오랫동안 외로움으로 말도 못 할 만큼 우울해하던 상태였다.

나는 통유리창을 열고 발코니로 나갔다. 밤하늘 아래 우뚝 솟은 건물들을 조준한 다음 셔터 누를 준비가 된 사람처럼 서둘러 쑤를 불렀다. 마치 먼 길을 처음 떠나는 가난한 아이처럼 잔뜩 들뜬 모양새로. 방금 샤워를 마친 쑤가 얇은 면 소재의 잠옷 차림으로 내 옆에 섰고, 나는 눈앞에 펼쳐진 새로운 랜드마크에 대해 조용히 들려주었다. 쑤는 가출 이후 이 도시가 약간 낯설어진 상태였다. 나는 대략 이야기를 마친 뒤 손가락으로 하나하나 가리켜가며 보여주기 시작했다. 가장 빛나는 고층 건물은 쑤가 갔던 5성급 호텔이었고, 그 옆으로 네온사인이 가득한 곳은 레스토랑과 백화점이 모여 있는 새로운 상권이었다.

나는 팔과 손가락을 최대한 뻗어서 쑤에게 알려주려 애썼다. 저 빛의 바닷속 어느 곳, 어떤 꿈의 시작점이 된 그곳이 지금은 다소 수줍어 보이지만 곧 우리 미래의 희망이 될 거라고. 마치 이제 시작될 우리의 사랑처럼.

나는 자랑스럽게 말했다. 저곳이 바로 오늘 오픈한 우리 시계점이라고. 하지만 쑤는 거리 풍경 너머의 밤하늘을 물끄러미 바라만 보다가 담담히 대답했다.

"알았어요."

2 ————————

교도소에서 편지를 주고받으며 종잉은 시계점의 유래에 대해 대략 알게 되었다. 나는 그 일로 부부 사이에 어떤 불화가 생겼는지에 대해서도 이야기했다. 흡사 고해성사 하듯 추억을 털어놓는 동안 내게 종잉은 편안한 이야기 상대가 되어갔고, 숨길 필요가 없는 부분에 대해서는 최대한 차분하게 들려주었다.

시간이 흐르면서 종잉과 쑤 사이에 묘한 공통점이 있다는 걸 발견했다. 둘 다 무언가에 반대하는 사람이었다. 종잉은 선배의 뒤를 따라 민주화 운동에 몸담았지만, 종잉 스스로 확고한 이념이 없었다면 젊은 시절을 그렇게 시끌벅적한 거리에서 흘려보내진 못했을 것이다. 당시 종잉의 얼굴은 늘 밝은 열정으로 가득했다. 자신이 반대하는 독재 정치에 관해 언급할 때는 언제나 간곡하고 진지했다. 그에 비하면 나는 저 멀리 뚝 떨어진 곳에서 미약하게 사랑을 키워가는 자에 불과했다. 도둑처럼 가슴만 졸이다가 어쩌다 종잉의 동아리 활동을 뒤쫓게 되면 남몰래 기뻐하며 방방 뛰었다.

그날 작은 회의실 칠판에는 인권·정의·사회적 가치라는 글자가 적혀 있었다. 뒷문으로 살며시 들어가 창가 쪽 구석 자리에 앉아서 격하게 오고 가는 대화에 유심히 귀를 기울였다. 그게 얼마나 매혹적인 힘을 가진 건지 알고 싶었다. 종잉 앞에 서면 늘 나를 작아지게 만들던 그 힘에 대해. 이야기를 반쯤 듣다가 자리를 뜨려는데 갑자기 강단에 서 있던 동아리 회장이 날 가리키며 말했다.

"저기 선배님, 벌써 여러 번 이곳에 오셨던 것 같은데 우리는 아직 선배가 누구신지 몰라서요. 이야기를 들으러 온 게 아니라 달리 어떤 서글픈 목적이 있어서라면 자중하시고 더 이상 오지 마세요."

여러 뒷모습 사이에서 종잉이 고개를 돌려 나를 바라

보았다.

당시 내가 얼마나 비웃음을 사고 우스운 꼴이 되었는지는 잊었지만, 종잉의 두 눈만은 생생하게 기억난다. 희미한 연민이 스치던 그 눈 속에 감히 마주 바라보지도 못하는 초라한 내가 있었다. 몹시 수치스럽던 순간이었다. 하지만 나는 아무런 반박도 하지 못했다. 그런 이야기들에 흥미가 없는 것도 사실이었다. 지금껏 이런저런 곤경에 처하면서도 그토록 판이한 시각은 들어본 적이 없었다. 지극히 제한적인 나의 인식으로는 국민들이, 조화로운 사회를 믿도록 주장하는 정부의 말에 의존할 수밖에 없었다. 훗날 위성타오에게 그랬던 것처럼.

마찬가지로 쑤는 오랫동안 가부장의 권한이 갖는 폭력을 반대해왔다. 그 영향은 죄 없는 시계점으로 향해 우리 둘 사이에서 방아쇠를 당겼다. 그날 밤 쑤는 침대에 똑바로 누운 채, 몸을 돌려 불만을 드러내는 대신 눈물이 그렁그렁한 눈으로 천장을 바라보며 분노를 표현했다. 무슨 일인지 물어도 묵묵부답이었고 변명을 늘어놓아도 입을 열지 않았지만 그렇다고 잠이 들지는 않았다. 나는 어쩔 수 없이 불을 껐다. 쑤는 희망이 없는 어둠 속에 누워 있었다. 그 불만은 분명 남편인 나에게서 비롯된 것이리라. 어쩜 그리도 비굴할 수 있느냐고. 가게를 오픈했던 그날, 그 어떤 영광도, 기대했던 놀라움과 기쁨도 없었다. 그날은 냉전의 날이 되었다.

/

쑤가 말을 하고 싶어 할 때는 누구도 말리지 못했다. 머릿속에 떠오르는 말은 무엇이든 했고, 흥이 오르면 언제까지고 입을 닫지 않았다. 이야기가 끝나면 끝났다고 알려주면서 언제나 자문자답하듯 말을 마쳤다. 반대로 말을 하고 싶어 하지 않을 때는 온 집안이 금세 고요에 빠졌다. 무릎 아래에서 나는 소리만 유일하게 들렸다. 문을 열고 침실로 걸어 들어오는 소리, 핸드백을 들고 나가는 소리 같은 것들. 소리는 쑤를 데리고 사라지거나 아니면 쑤가 소리를 데리고 집에서 나갔다.

시계점을 차린 것이 그 이유였다. 그것도 위성타오의 돈으로.

다시 돌아갈 수만 있다면 모든 문제가 사라지리라. 나는 차 안에 조용히 앉아서 목을 뻣뻣하게 들고 바깥을 보지 않을 것이다. 그 낡은 가게 건물이 날 향해 있어도 바라보지 않을 것이다. 그리고 더 늦기 전에 쑤의 아버지에게 이야기할 것이다. 쑤를 잘 돌볼 것이며, 돈 한 푼 더 벌려고 서두르지 않아도 언젠가 돈은 많아질 거라고. 내가 가진 건 그 질금거리는 시간뿐이므로.

하지만 되돌릴 수 없는 게 현실이라면, 굳이 누가 누구의 돈을 썼느냐를 두고 문제 삼을 필요 없지 않을까. 내가 얼마나 몸과 마음을 다하고 있는지 쑤도 보아서 알고 있을 터였다. 매일 가장 먼저 집을 나서고 가장 늦게 귀가하면서 내 손으로 직접 가게 문을 여닫았다. 분침과 초침은 우리를 기다려주지 않을 테니, 조금이라도 방심하면 문틈으로 몰래 빠져나갈까 두려웠다.

냉전이 한 달쯤 되었을 때, 강력한 지진이 한 차례 일어났다. 귀가 전이던 쑤가 전화를 걸어왔다. 철도 운행이 전면 중단되는 바람에 플랫폼에 갇혀 있으니 뤠이슈를 데리러 학교에 가달라는 전화였다.

또 다른 밤에는 이런 일이 있었다. 그날은 쑤가 어렵게 책임자로 부임한 지 3일째 되는 날이었는데, 자신의 업무 능력을 시험하려는 부하 직원 때문에 기분이 썩 좋지 않았다. 심지어 집에 돌아오는 길에 스쿠터가 충돌하면서 부서지고 신발을 떨어뜨린데다가 핸드백까지 잃어버렸다. 쑤는 택시를 타고 올 테니 돈을 들고 집 앞에서 기다려달라고 내게 부탁했다. 비가 내리고 있었다. 아무리 기다려도 타고 온다던 택시가 보이지 않아서 하는 수 없이 쑤의 출근길을 따라 걸으며 쑤를 찾았다. 비는 점점 거세지는데 물웅덩이 안에 뒤집혀 있는 쑤의 스쿠터가 눈에 들어왔다. 쑤는 그림자도 보이지 않았다. 교차로를 몇 바퀴 돌던 중, 차를 잡으려다 엉뚱한 방향으로 벗어난 쑤를 발견했다. 외로이 구조 요청을 하는 사람처럼 한 손을 공중에 들고 있었다. 그 순간 불현듯 깨달았다. 만약 내가 지금 이곳에 없다면, 지나가던 차들 중 한 대가 쑤를 데리고 가버릴 것만 같다고.

／

쑤를 떠나야겠다는 생각을 한 번도 안 해본 건 아니었다. 일찍부터 조짐이 보였던 것처럼 쑤는 내가 필요하지 않았다. 지진이 쑤를 플랫폼에 가두지 않았더라면 그날 몰래 기차를 탔던 쑤의 행방을 나는 여태껏 몰랐을 것이다.

그건 100킬로미터 바깥으로 나가는 여정이었다. 장거리는 아닐지언정 나를 난감하게 만들 만큼 충분히 커다란 사건이었다. 책임자로 채용된 일 역시 마찬가지였다. 그날의 일이 있기 전까지 나는 아무것도 몰랐다. 스쿠터가 부서지는 사고가 아니었다면, 언제쯤 그 사실이 드러났을지 모를 일이었다.

누군가와 이별을 앞두고 있을 때, 우리는 상대방이 얼마나 힘들어할지 상상해볼 수 있다. 상대가 괴로워할 것이 예상되면, 이별과 동시에 책임을 져야 한다. 적어도 앞으로 더 잘 지낼 수 있을 거라는 믿음을 상대방에게 주는 것이다. 그러나 상대가 괴로워할 것 같지 않다면, 이별은 있어도 그만 없어도 그만인 미학일 뿐. 언젠가 길에서 마주쳐도 둘은 아무렇지 않은 듯 담담할 것이다.

그런 점에서 쑤는 걱정이 없었다. 쑤는 괴로워하지 않을 테니까. 고작해야 잠깐 방황하다가 이윽고는 또 다른 안식처를 찾을 것이다. 정말 방법이 없다면, 비록 증오하는 곳이긴 해도 위씨 집안이 쑤를 기다리고 있지 않은가. 하지만 나는 달랐다. 불안해질 것 같았다. 아무렇지 않은 듯 그렇게 담담해질 수 없었다. 이성적으로 생각하면 쑤는 내가 만들어낸 운명이었다. 쑤가 시계를 사러 왔던, 그 비 내리던 날 모든 것이 시작되었다. 무언가에 홀린 듯 그렇게 차를 대접하지 않았더라면 쑤는 아마 지금쯤 그 누구의 걱정 없이 아주 잘 살고 있었으리라.

아니 땐 굴뚝에 연기를 냈던 그 취한 밤과 우연히 뿌려진 씨앗 하나가 한 여자의 앞길을 가로막았다. 그때 쑤를 혼자 내버려 두었더라면 쑤는 보나 마나 또다시 길 위에 갇혔을 것이다. 혼자 걷는 게 서툰 쑤를 위해 나는 쑤가 볼 수 있게 앞장서서 걸었다. 뒤따라오리라 생각하면서. 그런데 돌아보니 쑤는 또 사라지고 없었다.

그러므로, 아무리 생각해보아도 나는 쑤를 떠날 수 없을 것 같았다. 어떤 사명감까지 느껴지곤 했는데 그건 조금 더 정확히 표현하면 바로 아껴주고 싶은 마음이었다. 비록 체제에 맞서 거리로 뛰쳐나갈 기회는 없었지만, 여성으로서 자신이 겪은 역경을 어린 나이에 온전히 표현하기란 쉽지 않은 일이었다. 그 꾸밈없는 자신감을 내가 좀 더 아껴주고 싶었다. 쑤의 저항으로 가부장의 권력에 경각심을 던질 수 있다면, 힘없는 여성들의 혁명을 이뤄내고 싶다던 쑤의 바람에 힘을 보태주지 않을 이유가 없었다.

　법정에서도, 압송되는 과정에서도, 충분히 마음 놓고 빠져나갈 수 있었던 수많은 틈새 속에서도 나는 한결같이 같은 마음이었다. 쑤가 두렵지 않기를, 죽어서도 외롭지 않기를 바랐다. 하지만 자유롭게 벗어나고 싶어질 때면, 그게 설령 아주 찰나의 생각일지라도 나는 부끄러웠다. 무의식 안에서 내가 쑤를 버린 것만 같아서.

3 ————————

"점장님, 제가 말 안 하면 점장님도 계속 아무 말 안 하실
거예요?"

"화낼까 봐 무서워서 못 하는 거야."

"나한테 떠넘기면 안 되죠, 내가 몇 번이나 기회를 줬
는데. 며칠 전 아침에 내가 나갔다가 자료 가지러 다시
올라왔던 거 기억나요? 일부러 그런 거예요."

"일부러 왔다 갔다 한 거라고?"

"그렇게까지 기회를 줬으면 최소한 '뭐 놓고 갔어?' 정
도는 물을 수 있잖아요."

"그래서 뭘 놓고 간 거였는데?"

"정말 못 됐다. 내 얘기 안 듣고 있구나."

"일단 돌아봐, 이 쿠션 좀 옆으로 밀게."

"그렇다고 자료만 들고 바로 나간 것도 아니었어요. 계속 왔다 갔다 하면서 설거지도 하고, 빨래도 걷어 오고 했는데 못 봤어요? 계속 썩은 얼굴을 하고 있길래 결국 그냥 출근한 거라고요."

"이상하네. 이 옷은 단추가 왜 이렇게 많아……."

"제가 할게요."

"……"

냉전 이후, 우리의 첫 대화였다. 설명을 덧붙이지 않으면 둘이 거실에 앉아 나눈 대화처럼 보일 테지만 사실 우리는 이미 침대에 누워 있었다. 냉전 상황만 아니면 우리가 말없이 지내는 일은 거의 없었다. 하다못해 이런 상황에서도 쑤는 벌거벗고 있는 어색함을 감추려고 참새가 쌀알을 쪼아대듯 말이 많아졌다. 그렇다. 처음엔 어색하고 부끄럽기도 할 것이다. 처음은 서툴고 두 번째는 조심스럽다고 한다면 세 번째는 물고기가 물을 만난 듯 즐거움을 알게 된다. 그러나 쑤는 앞으로도 지금처럼 계속 어색해할 것이 분명했다. 내면 깊이 자리한 장벽은 겹겹이 쌓인 베일과 같아서 단번에 허물어지지 않는 법이다.

쑤는 처음부터 그랬다. 아니, 어쩌면 우리의 만남을 잘못이라고 생각한 순간부터였을 것이다. 꽃이 피고 열매를 맺는 일이 자연의 순환을 따르듯 남녀 관계도 마찬가지인데 쑤는 원인을 결과로 여겼다. 우리의 관계를 사랑이 아니라 의무를 이행하는 사이로 정의했다.

그날의 일을 이리도 또렷하게 기억하는 건, 저녁 하늘에 울려 퍼지던 국경절의 폭죽 덕이다. 창밖에서 저녁 바람이 가을 냄새를 실어 날랐고, 바닥까지 닿은 커튼 자락은 살랑살랑 춤을 추었다. 여전히 냉전 중이었던 우리도 뜨겁게 타오르는 바깥 하늘 앞에서는 두 손을 들 수밖에 없었다. 흥미로운 대화거리가 아물아물 떠올랐다.

"비가 올 것 같네."

혼잣말처럼 중얼거리던 쑤가 거실 불을 끄더니 까치발을 하고 바깥 풍경을 바라보았다. 넌지시 보내온 사인에 용기를 얻은 나는 쑤를 따라 담담하게 대답했다.

"그러게. 더운 날 이런 바람이 부는 걸 보니 진짜 비가 올지도 모르겠어."

주거니 받거니 오가는 말소리가 마치 고된 전쟁터로

구원 나온 감동의 음표 같았다. 둘은 마음이 동했다. 메말랐던 마음 안에 마법처럼 리듬의 조화가 일어났다. 냉전 이후 지쳐버린 평행선 두 개가 외로운 철길 위에서 궤도를 바꿔 교차하던 순간이었다.

쑤는 얇은 이불을 끌어 올려 온몸을 덮고 있었다. 맥을 짚어줄 의사를 기다리듯 침대 가장자리에 손 하나만 나와 있다. 기다란 잠옷 소매만 보아도 전투 준비 중이라는 걸 알 수 있었다. 해변에 흩어진 모래 같은 전신의 모공과 무릎뼈, 쇄골, 두개골을 포함해 모든 뼈가 나를 기다리고 있었다.

쑤는 직접 단추를 풀겠다고 했지만 나는 믿지 않았다. 게다가 그 단추들은 장식용이었다. 평소 쑤는 잠옷 두 벌을 번갈아 가며 입었다. 운이 좋아서 오늘처럼 약간 헐렁한 잠옷을 입은 날에는 치맛자락을 들어 올려 그대로 목으로 빼내는 게 가장 합리적인 방법이었다. 하지만 쑤는 구슬을 꿰며 마음을 다스리는 것처럼 단추를 하나씩 천천히 풀어주길 원했다. 나는 몇 년을 고생하며 살았던 쑤의 마음을 헤아려야 했다. 하물며 바깥 세상에는 비열하고 나쁜 남자들이 얼마나 많던가. 어떤 설움 없이 돌아와

준 것만으로도 감사한 일이다.

단추를 모두 풀고 나니 쑤는 나를 등지고 누웠다. 잠자코 누워서 내가 스스로 더듬어 찾아 나가기를 기다렸다. 보통 이때가 가장 넘기 어려운 단계지만, 몸싸움하듯 서로가 엎치락뒤치락 빠져들기 시작하면 쑤의 속옷은 벗겨질 새도 없이 땀에 흠뻑 젖을 때가 돼서야 끝났다. 결국엔 두 사람 모두 이기는 게임이었다. 마치 어릴 적 소꿉친구들과 했던 게임이 그랬듯.

"위층으로 올라가니까 바깥에서 물건 파는 소리가 다시 들리기 시작했어요. 그런데도 엄마는 여전히 바닥에 엎드려서 벌벌 떨고 계셨고요. 너무 놀라서 휠체어에서 떨어진 것 같았어요. 엄마는 그게 지진이었다는 걸 전혀 몰랐을 거예요. 아마 아빠가 굴삭기를 불러다가 천장을 부수려 한 거라고 생각했겠죠. 그전에도 비슷한 일이 있었으니까. 아빠가 술에 잔뜩 취해서 온 날이었는데 엄마가 겁에 질려서 차마 문을 못 열고 있었나 봐요. 아빠가 문을 안 열면 트럭을 불러다 부숴버리겠다고 했대요. 결국 진짜 전화를 걸어서 사람을 불렀죠."

쑤의 이야기는 계속되었다.

"뭘 그렇게 서둘러요? 그런데 나중에 아빠가 뜬금없이 하루아침에 술을 끊었어요. 엄마는 오히려 더 걱정하기 시작했죠. 술을 안 먹고도 여자를 때리는 건 더 공포스러운 일이거든요. 줄곧 정적만 흐르니까 언제 갑자기 화를 낼지 알 수가 없는 거죠. 투표가 끝나면 표가 안 나왔다고 때린 적도 있어요. 엄마가 인맥이 없어서 부녀자들 표를 다 빼앗겼다나. 제일 악질이었던 건 엄마의 남동생, 그러니까 외삼촌이 월병을 들고 왔을 때였어요. 외삼촌을 욕실에 가둬놓고 협박을 했대요. 엄마가 이혼 도장을 찍게 설득하라고. 그러지 않으면 앞으로 왕래할 생각도 말라면서. 근데 점장님, 꼭 이렇게 해야 해요?"

"다리를 좀 더 높이 올려주려고 그래. 계속 이야기해봐."

"네……. 아빠가 여름에 어떻게 하고 있는지 본 적 없죠? 집에서 매일 같이 웃통은 다 내놓고 아래는 아주 얇고 커다란 속옷을 입어요. 땀이 나면 속옷이 투명해지는데 그 안에서 달랑거리는 게 다 보인다니까요. 그러니까 늘 나이 있는 가사 도우미들만 그 집에 남는 거예요. 개들도 그걸 보면 컹컹 짖을 정도니까. 공직에 있는 사람들도 참 대단하죠. 아니, 그 사람들도 똑같이 더러울 수도 있겠다. 그렇지 않고서야 어떻게 아빠한테 쪼르르 달려와서 악수를 하겠어요. 정말 역겨워.

또 생각났다. 한번은 내가 방문을 걸어 잠그고 아무것도 안 먹고 버틴 적이 있어요. 가사 도우미가 문밖에서 아무리 불러도 대꾸도 안 했죠. 대신 문틈 아래로 물을 계속 흘려보냈어요. 가사 도우미가 그걸 보고 놀라서 아빠한테 얘기할 수 있게. 10분도 안 돼서 구급차가 오더니 들것이 올라오더라고요. 결국 어떻게 됐는지 알아요? 내 손으로 방문 열고 걸어 나왔죠. 웃는 얼굴로, 새로 산 하이힐까지 신고서. 엄마가 아빠에게 맞다가 도망간 지 며칠 되었을 때였거든요. 엄마 소식을 기다리고 또 기다리다 일부러 그런 짓을 저질렀죠. 하루라도 빨리 아빠를 열받게 하지 않으면, 내가 정말 죽어버릴 것 같았으니까."

"아버지는 뭐든 할 수 있는 사람이라고 했잖아. 두렵지 않았어?"

"신경 안 써요, 어차피 하나뿐인 파리 목숨. 그러니까 엄마를 그렇게 괴롭히지 말았어야지. 근데 다 된 거예요? 나 아직 못한 이야기 많은데, 들어볼래요? 가장 최근에 있었던 일인데요, 아빠가 엄마한테 레지던트랑 간호사를

195

보냈대요. 엄마를 진찰한 다음에 평가보고서를 써달라고. 엄마 상태가 유세장에 휠체어를 타고 나와서 손을 흔들어줄 정도가 되는지 봐달라는 거였죠. 동정표를 끌어모아야 당선 후에 의장 자리를 두고 경쟁할 때도 꼴사납지 않으니까. 그렇게 해서 엄마한테 좋은 점은 뭘까요? 이걸 동의해야 할까요, 아니면 악마와는 역시 상대하지 말아야 할까요?"

"아무래도 기대를 갖지 않는 게 최선이겠지. 서로 안 본 지도 오래됐고."

"나도 그렇게 생각해요. 근데 그런 생각이 들었어요……."

쑤가 갑자기 몸을 휙 돌렸다. 내가 낮에 입었던 와이셔츠와 넥타이 차림일 거라고 착각했는지 무언가를 붙들려고 하다가 맨몸인 나를 보고는 후다닥 가슴 안으로 불쑥 파고들었다. 숨을 한 번 몰아쉬고서야 입을 열었다.

"만약 엄마를 여기로 모셔 올 수 있다면 얼마나 기쁠까. 앞으로 점장님한테도 더 잘할게요."

"그건 다른 문제지. 그리고 지금도 나에게 잘하고 있어."

"점장님, 그런 말 말아요. 내가 잘했어야 하는데……."

속마음을 꺼내는 듯하던 쑤가 중간에 말을 멈추었다.

"나는 네 탓 안 해. 내가 더 노력해야지."

"점장님 입장에서는 참 불공평했겠다, 줄곧 그런 생각을 했어요. 알아요?"

"응, 당연히 모르지. 나는 아는 게 정말 없거든."

불꽃놀이가 끝나고 방안은 또다시 정적에 빠졌다. 유리를 톡톡 가볍게 건드리는 커튼 소리만 들려왔다.

/

쑤가 진심으로 기뻐하는 모습은 여태 한 번도 등장하지 않았다. 나 또한 본 적이 없었다. 어렴풋한 기억으로는 예전에 신발을 들고 내게 술을 따라 달라고 했던 그때가 떠오르지만, 그건 고통 속의 즐거움일 뿐이었다. 즐거움이 뭔지 모르는 소녀의 타락이라고도 할 수 있었다. 얼굴에 꽃이 핀 듯 기뻐하는 쑤의 모습을 본 건 어느 일요일 오후의 플랫폼에서였다.

약속대로 쑤를 데리러 역으로 갔다. 난간을 사이에 두고 기차에서 폴짝 뛰어내리는 쑤가 보였다. 조용하고 차가운 얼굴이던 쑤는 난간 너머로 나를 보자마자 까치발을 하며 손을 가볍게 흔들었다. 오랫동안 본 적 없던 희색이 얼굴 위로 홀연히 떠올라 있었다. 다급히 사람들을 헤치며 내 앞으로 달려오더니 마치 좋은 일에 축하라도 하듯 두 손으로 나를 붙잡고 펄쩍펄쩍 뛰었다. 말 그대로 뛸 듯이 기뻐했다.

"엄마가 걷기 시작했어요. 내가 옆에서 봤는데, 아주 아주 느리긴 해도 정말 걸었다니까요. 내가 누누이 말했었거든요. 언젠가 천천히 걸어 나가게 될 거라고."

싱글거리던 얼굴은 집으로 돌아온 후에도 계속 이어졌다. 사방이 온통 기쁨의 소리로 젖어 들었다. 뭬이슈가 연필을 입에 문 채 방에서 나와 투덜대도 쑤의 얼굴에 피어난 기쁨은 사그라들 줄 몰랐다. 작은 기쁨 하나에 한껏 고취된 모습을 보며 쑤가 삶에서 느낀 결핍이 얼마나 여리고 순수했는지 알았다. 마음의 빈틈이 단번에 채워진 것 같았다. 그리고 이건 내가 기다려왔던 기회였다. 아주 오랫동안 기대해왔던…….

시계점이 금방 수익을 내서 정산 후 집으로 돈을 가져왔지만 아무 말도 못 하고 몰래 보관하던 중이었다. 쑤가 기분이 좋아 보일 때를 기다렸다가 꺼낼 생각이었는데 냉전이 길어졌다. 돈에 곰팡이가 피겠다 싶던 찰나, 드디어 기회가 온 것이다.

쑤가 샤워하러 간 사이, 방으로 가서 돈뭉치를 담긴 봉투를 꺼낸 뒤 거실에서 쑤가 나오기만을 기다렸다. 저녁에 외식을 하기로 했지만 더는 지체할 수가 없어서 테이블 위에 돈을 올려두고 그 위에 신문지를 덮었다. 쑤가 이게 뭐냐고 먼저 물어볼 때까지 기다릴 생각이었다.

잠시 뒤, 쑤가 다가왔다. 기대했던 대로 이게 뭐냐고 물었다. 나는 엄숙하게 대답했다.

"쑤, 이건 내 마음이야."

"마음이라니? 생일 케이크예요? 지갑인가? 설마, 내 옷을 사 온 거예요?"

쑤는 진짜인 줄 알고 철퍼덕 앉아서 신문지를 바라보다가 당혹스러운 얼굴로 내게 시선을 옮겼다. 쑤가 앉자마자 나는 신문지를 걷었다.

"네가 더럽다고 했던 그 돈이야."

쑤는 말이 없었다. 이해할 수 없다는 눈으로 나를 빤히 바라보았다.

"타오셩하고 정산해서 배분한 돈이야. 너한테 주고 싶었는데 불쾌해할까 봐 걱정이 되더라. 그런데 말이야, 평소 우리가 쓰던 돈도 어떤 게 깨끗하고 더러운지 알 수 없는 거잖아? 하지만 적어도 그간 흘린 피땀이 헛되지 않게 내가 매일 아침 피곤해도 기어이 몸을 일으킨다는 거, 잘 알 거야. 내가 어떻게 해야 우리가 더 이상 싸우지 않고 지낼 수 있는 건지 정말 모르겠어. 어차피 돈은 전부 다 섞여 있어. 그냥 이 돈을 내가 직접 벌어온 걸로 생각해주면 안 돼?"

여전히 묵묵부답인 쑤를 보며 나는 더 이상 말 돌리지 않기로 했다.

"너만 좋다면 이 돈은 네 명의로 보관해. 내일 은행 가서 계좌 만들어줄게. 생각해봐, 아무리 깨끗한 돈이라고 해도 그걸로 나쁜 짓을 했다면 그건 용서받을 수 있는 거야? 거지가 '더러운 돈은 사양한다'면서 내던지는 거 봤어? 게다가 나는 거지도 아니잖아……."

쑤는 예상외로 기뻐하는 기색 없이 조용히 내 말을 듣고 있었다. 내 이야기가 끝나자 두 눈을 가리는 걸 보니 무언가 할 말이 있는 듯했다.

나는 쑤의 입에서 어떤 말들이 나올지 몰라 후다닥 주방으로 갔다. 타오셩이 내게 부탁한 또 다른 일을 떠올렸다. 그 일은 지금의 내 상황보다 더 어려운 일이니 생각도 말아야 했다. 오늘은 드물게 쑤가 즐거워하던 날인데다가 항상 이런 날이 있는 것도 아니니까. 만약 쑤의 어머니가 걷지 않았더라면 내가 돈 이야기를 그렇게 늘어놓을 기회나 있었을까? 게다가 쑤의 즐거움에도 한계가 있을 터였다. 기차역에서부터 가져온 마음의 한도가 거의 소진되고 있었다.

"점장님 말이 맞아요. 알겠어요."

쑤가 갑자기 입을 열었다. 간결하고도 시원스러운 대답이 어쩐지 진심 같지 않았지만 표정만은 진지했다.

"쑤."

"왜요?"

"아니야. 그냥, 대답을 들으니 마음이 편해졌어."

"돈은 점장님이 갖고 계세요. 저한테 주실 필요 없어요."

"아니, 진작 결정한 일이야. 그게 더 의미 있거든. 그리고 쑤, 우리가 저축을 하면 그 돈은 은행 창구를 수백 번 돌고 돌잖아. 돈을 찾으러 갈 땐 이미 새 돈으로 바뀐 지 한참일 테니까 걱정 안 해도 돼."

"점장님, 마음에 계속 담아두지 말아요."

"쑤, 한 가지 더 말하고 싶어. 하다못해 우리가 매일 쓰는 돈도 깨끗한지 아닌지 알 수가 없는데, 그렇다면 가족은 더더욱 좋은 사람, 나쁜 사람으로 나눌 필요 없지 않을까."

"무슨 말이 하고 싶은 거예요?"

"타오성이 손자를 보러 오고 싶대. 학교 갈 때가 되도록 얼굴 한 번 못 봤으니까……."

"식당 예약돼 있어요. 밥부터 먹으러 가요."

쑤가 자리에서 일어섰다.

/

경험한 바에 의하면 돈을 지불하고 시계를 산다고 해서 시간을 살 수 있는 건 아니었다. 시계를 착용하지 않아도 모두와 똑같은 시간을 공유한다. 유일한 차이점이라면, 시계를 착용함으로써 갖게 되는 일종의 완전성에 있다. 그건 마치 부드러운 미소가 얼굴에 광채를 더해주는 것과 비슷하달까.

그런 게 아니어도 시간은 살 수 없다. 타오성이 사람들 뒤에 숨어서 입에 약을 털어 넣는 것을 볼 때마다 엄청난 권력을 가진 자들이 그토록 두려워하는 게 무엇인지 느낄 수 있었다. 겉으로는 의기양양하기 짝이 없지만, 혈압과 혈중 지질의 수치가 높아 약을 먹었다. 콜레스테롤 수치는 300을 넘긴 지 오래라고 들었다. 운전기사인 황 기사가 몰래 알려준 바로는, 저녁에 여자 집으로 갈 때면 일을 치르기 전에 먹는 약까지 챙겼는데 상대에 따라 복용 시간과 용량도 다르다고 했다.

"오늘 밤 여기는 반 알이면 오케이지."

그러고는 나머지 반 알을 창문 밖으로 던져버리는 것이다. 때로는 이동 중에 불평을 늘어놓기도 했다.

"제기랄, 이 여자는 센 걸 원한다니까. 세 알 갖고는 어림도 없어."

황 기사는 차 안에서 물과 약을 챙겼다. 안색이 뻔히 안 좋은데도 타오성은 대장부인 양 버텼다.

"절대 지려고 하질 않아요. 모든 여자를 이기려고 해. 그러니 약을 산더미로 먹지."

황 기사는 매번 차에서 타오성을 기다릴 때마다 귀가 시간을 대략 예측할 수 있었다. 정확한 판단의 기준은 상대방의 나이나 외모가 아니라 밀착의 기술이었다. 가장 무서운 순간은 타오성을 데리고 억척녀의 집으로 갈 때였다. 그렇게 차에서 내리면 밤새도록 아무도 나타나지 않는 고요한 시간이 이어졌다.

타오성이 왜 그토록 쑤를 신경 쓰는지 처음에는 도무지 이해가 안 됐지만, 차차 조금씩 알 수 있었다. 나이가 들면서 자신이 놓치고 있는 게 무엇인지 깨달은 것이리라. 특히 보름 전, 갑자기 쓰러져 병원에 실려 갔을 때 병상에는 흉악한 얼굴들만 차례로 다녀가고 셋째 날에는 나 혼자뿐이었다. 어쩐지 집에 한번 와보고 싶다며 간곡한 목소리로 거듭 당부했었다.

쑤는 내 말을 담아두었는지 이틀간 고민을 한 듯했다.

"와도 상관없어요. 오고 싶으면 오라고 하세요."

흔쾌히 나온 대답은 아니었지만 그래도 거절의 뜻은 아니었다. 오히려 야속해하는 낯빛으로 불행했던 과거를 들려주기 시작했다.

"점장님, 어렸을 때 가난했다고 했죠. 그럼 다른 사람이랑 칫솔 하나를 돌려쓸 만큼 가난해 봤어요? 거짓말 아니에요. 나는 아침마다 내 분홍색 칫솔을 찾아 헤맸어요. 매번 세면대에 아무렇지도 않게 툭 던져 놓은 걸 찾을 때마다 오빠 셋 중 누구도 인정을 안 했지만, 난 오빠들이 일부러 그랬다는 걸 알고 있었어요. 왜 일부러 그런 짓을 했는지 알아요? 어릴 때부터 여자를 무시하는 게 익숙했으니까. 전부 아빠한테 배운 것들이죠. 아빠는 그보다 더 했어요. 결혼하고 바로 다음 날 엄마를 공장으로 보내버리고는 나중에 잘되고 나니 깡그리 잊어버리더라고요. 남자들은 다 그래요. 결국 모든 걸 감당해야 하는 건 여자죠. 어차피 그런 거라면 더 참아야 할 이유가 없지 않나요?"

쑤는 계속 말을 이었다.

"하지만 점장님은 다르단 거 알아요. 점장님, 주머니에 항상 작은 가위를 가지고 다니던데, 맞죠? 가게에서 일할 때 봤어요. 바깥에 나가서 담배를 피울 때마다 두 모금 빨고 나면 끝을 잘라낸 다음 틴케이스 안에 넣어두었잖아요. 다음에 다시 꺼내서 피우려고. 그런 걸 바로 고생이라고 하죠, 내가 모를 거라고 생각하지 말아요. 우리 집엔 그런 사람이 단 한 명도 없었어요. 그러니까 이렇게 망가졌죠. 점장님이 빌린 집은 내가 살았던 곳보다 훨씬 낡고 골목 중에서도 또 골목 안에 있는 집이에요. 또 스쿠터는 생산이 중단된 지 오래된 모델이죠. 점장님이 아침 일찍 길거리에 쪼그리고 앉아서 볼을 빵빵하게 부풀리고는 점화 플러그를 훅훅 부는 걸 본 적도 있어요. 그런데다 점장님은 친절하죠. 손님들이 필요 없다고 안 가져가는 상자들을 하나로 묶어서 쌓아 두었다가 고물상이 지나가면 건네주곤 했잖아요."

"난 네가 브라질 시간만 보고 있는 줄 알았는데."

"점장님, 내가 왜 다시 돌아오기로 했는지 알아요? 점장님이랑 같이 고생하며 살고 싶었어요. 가진 게 없으면 뭐 어때요. 앞으로 차차 생길지도 모르는데. 점장님이 더러운 돈으로 시계점을 연 것도 나는 반대 안 해요. 날 위해서라는 것도 잘 알아요. 다만 점장님이 나를 고생도 못 견디는 사람으로 보는 것 같아서 그게 괴로웠어요."

"쑤, 타오셩은 내 직업을 무시해. 그래서 더 보란 듯이 해보고 싶어."

"그럼 하나만 말해줘요. 아빠 최근에 편찮으셨죠?"

나는 어디에서 들은 거냐고, 조금 편찮으셨던 것뿐이라고 웃으며 말했다.

"나이가 있잖아요. 남자들은 아플 때 조용해지지."

"아직 자기 싫은 거 같은데 그럼 나도 어릴 적 이야기 해줄까? 들을래?"

"흥, 진작 해줬어야지. 나한테 왜 이렇게 잘하는 거예요, 난 그게 정말 궁금해요."

／

보통 내게 큰 감동을 주는 건, 이야기 그 자체가 아니라 여성이었다.

쑤가 내 이야기를 기꺼이 듣겠다고 해서 정말 기뻤지만, 안타깝게도 그 이야기가 은연중에 쑤의 미래가 될 거라는 걸 그때는 전혀 알지 못했다. 이야기에 담긴 은유의 대상이 쑤가 될 수 있다는 걸 미리 알았더라면 일언반구도 하지 않았을 것이다. 상상만으로도 등골이 오싹해지는 일이니까.

그래서, 그날 쑤에게 이야기를 들려주고 말았다.

"여덟 살 때, 할아버지 댁에서 살았어. 식사 시간이면 최소 열 몇 명이 모였는데 식탁은 하나뿐이었거든. 그래서 오래전부터 여자들은 남자들과 같은 식탁을 쓸 수 없다는 규정이 있었어. 남자들이 먼저 식사를 마치면 이어서 여자들이 먹을 수 있었던 거야. 그날 저녁은 아주 특별했어. 다 같이 조용히 밥을 먹는데 부엌에서 땔감이 탁탁 튀는 소리가 나는 거야. 처음 들어보는 소리라 궁금해서 고개를 돌려 봤어. 그랬더니 좁은 부엌을 비집고 들어서 있는 여자들이 보이더라. 누구는 땔감을 넣고, 누구는 서 있고, 또 누구는 쪼그리고 앉아서 소곤대며 수다를 떠는데, 그 속에 사촌 형네 형수님부터 이모, 사촌 자매들에다가 놀랍게도 외숙모까지 있는 거야. 외숙모는 삼촌의 아내인데도 규정대로 따로 식사를 해야 했지. 만약 외할머니가 그때 살아계셨더라면 같은 취급을 받았을지도 모르겠다는 생각이 들더라. 밥상에는 전부 남자들 뿐이었지만, 그중 장의자에 걸터앉아 식사를 할 수 있는 건 딱 두 사람뿐이었어. 하나는 당연히 연장자인 할아버지였고, 다른 하나는 호주이자 가족들과 농사 일을 관리하던 삼촌이었지. 쓰, 여자들은 전부 무시를 당했다고 아까 그랬지. 그땐 그런 시대였어."

"빨리 얘기해봐요, 점장님은 그때 몇 번째였어요? 어디 앉아서 먹었어요?"

"쓰, 내 이야기 아직 한참 남았어. 차라리 우리 방에 들어가서 천천히 이야기하자."

"또 무슨 꿍꿍이에요?"

"긴장할 거 없어. 침대에 반쯤 기대서 이야기하다가 졸리면 바로 눕자."

쑤를 끌고 방으로 들어갔다. 우리는 옷을 입은 채로 비스듬히 기대 누웠다. 쑤는 마치 참호를 파듯 이불을 꽉꽉 눌러 경계선을 만들었다.

"이래야 날 못 속일 거야. 빨리 말해봐요, 점장님은 어디 앉았어요?"

"기차도 아니고 그렇게 목석처럼 앉아 있을 필요 없잖아. 등 뒤에 베개라도 받쳐."

"나한테 달려들까 봐 그러죠. 그래서 전에 회사도 지각했단 말이에요."

"쑤, 난 어릴 적 생각만 하면 슬퍼져. 너한테 아무 짓도 안 할 거야."

"그럼 너무 듣고 싶으니까 얼른 말해줘요. 점장님은 어디 앉았냐니까요?"

"당연히 남자들 식탁에서 같이 먹었지. 근데 장의자에서도 끝자리라 누가 갑자기 일어나기라도 하면 바로 떨어질 수 있는 자리였어. 맡겨진 처지였지만 그래도 남자 아이라는 이유로 남자 식구들과 제일 먼저 밥을 먹을 수 있었던 거야. 난 엄마를 생각하면서 필사적으로 먹었어. 길거리에서 호객하고 있을 엄마 생각에 눈물을 삼키며 한 그릇이라도 더 먹었지……."

쑤가 갑자기 손을 뻗어 나를 잡았다. 시큰거리는 마음이 얼굴 위에 비쳤다.

"그런데 언젠가 한번은 부엌에 우리 누나가 같이 끼어 있는 거야. 알고 보니 할머니가 편찮으셔서 잠시 외할아버지 댁으로 왔던 거래. 쑤, 누나는 평생 나를 가장 마음 아프게 한 사람이야. 왜냐하면 그로부터 몇 달 후에 누나가 죽었거든. 진작 알았더라면, 그때가 마지막이라는 걸 진작 알았더라면 거기 그대로 앉아서 밥을 먹지 않았을 텐데. 나중에 누나랑 같이 먹겠다고 했을 텐데. 아까 고생이란 이야기를 꺼내길래 나의 이야기를 꼭 해주고 싶었어. 난 지금도 후회해. 곧 죽게 될 누나가 밥 먹고 있는 나를 바라보고 있는데, 왜 난 잔인하게도 가만히 있었을까……."

"점장님, 여기까지만 들어도 너무 마음이 아프네요. 점장님은 정말 따뜻한 사람이구나. 오빠라고 부르고 싶어요."

"따뜻한 게 다 무슨 소용이야. 누나는 되돌릴 수도 없는데."

"만약 점장님이 우리 오빠였다면 애초에 나는 가출도 안 했을 거예요."

"그럼 나는 손해지. 게다가 오빠 노릇할 능력도 없는걸."

"그렇다 쳐도 고민이 있으면 전부 점장님과 이야기하고 싶었을 거예요."

"이제 그럴 수 있게 됐잖아. 네가 더 나아질 수 있는 일이라면 뭐든 할게."

"그건 다르죠. 점장님이 나중에 제2의 위성타오처럼 변해버릴지 누가 알아요?"

"이미 점장 자리까지 왔는데, 여기서 뭘 더 어쩌겠어. 너, 내 이름은 잊은 지 오래구나."

"량허우는 언젠가 변할지도 모르지만, 점장님은 나의 영원한 점장님이거든요."

쑤가 내게 비스듬히 기댔다. 내 손을 들어 자신의 손등에 얹고서 '오빠'라고 불렀다.

타오성과 쑤가 만나기로 한 날이다. 뤠이슈에게 할아
버지를 만나게 해주려고 특별히 휴일로 날을 잡았다. 나
는 대청소를 맡았다. 바닥 걸레질을 하고 쓰레기를 비운
뒤, 사다리로 올라가 유리창을 닦고 에어컨 본체와 실내
기까지 전부 말끔하게 닦았다. 또 혹시 당혹스러운 상황
이라도 생기면 타오성이 잠시 자리를 피해 담배라도 피
울 수 있도록 발코니에 작은 원형 테이블까지 갖다 놓
았다.

쑤는 테이블 위를 청소하기로 했지만 사실 내가 진작 다
해놓은 상태였다. 그래서 쑤에게 과일과 원두를 사오라
고 시켰더니 바구니를 꽉 채워 채소를 사 왔다. 은연중에
웃음이 났다. 타오성이 감히 여기 남아 밥을 먹겠다고 할
까. 나는 타오성에게 쑤가 거절은 하지 않았다는 말만 전
한 터였다. 그날 말문이 막히도록 타오성을 놀려 먹었다.

"얼마나 앉아 있으려나?"

쑤는 약간 귀찮다는 얼굴이었다.

"앞으로도 자주 오려면, 빨리 일어나줘야 환영받는다
는 걸 알아야 할 텐데."

"점장님, 이번 일은 점장님이 책임져줘요. 아빠를 더 미워하는 일이 없으면 좋겠어요."

"타오성도 그 정도 처신은 할 사람이야. 쑤, 좋은 점을 더 보려고 해봐."

초인종이 울렸다. 문을 열어주러 나간 사이 쑤는 방으로 숨었다.

타오성은 컨디션이 매우 안 좋아 보였다. 숨을 헐떡이며 계단을 올라와 한 손으로 문틀을 받치고 서 있었다. 미리 내려가서 기다렸어야 했는데 잊고 있었다. 타오성이 텅 빈 거실을 가리키길래 나는 조용히 고개만 끄덕였다. 준비해 온 선물을 받아 드는데 꽤 묵직했다. 이걸 들고 5층까지 올라왔으니 꽤 힘들었을 것이다.

타오성을 자리로 안내한 후 커피와 차 중 어떤 것을 마실지 물었지만 타오성은 둘 다 거부했다. 두 눈으로 사방팔방을 훑느라 바빴다. 적군은 벌써 모습을 감춘 지 오래인데 여전히 경계 태세를 하듯 엉덩이를 꽉 붙여 앉지 못했다. 그렇게 불안해하는 모습은 처음이었다. 공연히 계속 기다리게 할 수도 없고 이제 때가 된 것 같아서 뤠이슈를 먼저 부르기로 했다. 문만 살짝 두드렸는데 뤠이슈가 바로 뛰어나와 내 등 뒤로 숨는 바람에 겨우 녀석을 잡았다. 참으로 어른스러웠다. 학교에 갓 들어간 아이가 이렇게 영리하다니. 수년 후, 나에게 제 할 말을 똑 부러지게 하는 건 어찌 보면 당연한 일이었다.

"자, 뤠이슈, 이리 와서 외할아버지 불러봐."

내 말에 뤠이슈는 대답했다.

"외할아버지."

"그래, 그래. 네가 뤠이슈구나. 건장하게 잘 자랐네. 몇 살이니?"

타오성이 자리에서 일어섰다. 뤠이슈는 큰 소리로 다정하게 할아버지를 부르더니, 통통하고 짧은 손을 뻗어 타오성의 등 뒤를 감싸면서 배에 뺨을 묻고 몇 번 문지르기까지 했다. 나는 저렇게 영악하게 굴도록 가르친 적이 없었는데, 어찌된 일인지 위씨 가문의 근본이 그대로 배어 나왔다. 엄마의 원한과 애증을 단번에 넘어서버리는 순간이었다.

쑤를 더 이상 방안에 둘 수 없었다.

"뤠이슈, 가서 엄마를 불러줄래. 외할아버지가 왔다고 말해줘."

"네, 할아버지. 잠시만요."

뤠이슈는 가벼운 인사까지 잊지 않았다.

괴로울 수밖에 없는 기다림 속에서 타오셩은 난감해했다. 열릴 듯 열리지 않는 문을 빤히 바라보는 것만으로도 너무나 잔인한 일이었다. 그저 병이 나면서 생겨난 자비심을 탓할 수밖에. 부자라는 이유로 위세를 부리고 남의 재산을 가차 없이 빼앗았던 과거를 생각하면, 앞으로 얼마나 더 많은 화살들이 날아올지 알 수 없었다. 그런 상황에 쑤라는 가시가 있다는 건 천만다행한 일이었다. 수시로 타오셩의 악몽 속에 끼어들어 저항하는 것만으로도 좋은 일일 테니까. 하지만 피붙이라는 이유로 쑤가 어디까지 감내할 수 있을지는 미지수였다. 자신이 여자가 되었다는 걸 자각한 순간부터 쑤는 알았을 것이다. 애초에 여성의 세계란 그다지 아름답지 않다는걸.

쑤는 아직도 문을 열지 않고 있었다. 차 한 잔을 내오니 타오셩이 연달아 세 모금을 마셨다. 몹시 지쳐 보였다.

4 ─────────

스포츠카가 삼각 공원을 돌아 나오면서 경적을 두 번이
나 울렸다. 다른 사람은 아니라는 걸 직감했다. 일렬로
늘어선 등대꽃나무 앞에 멈춰서니 번쩍이는 빨간색이 더
욱 눈부셨다. 아윈이 그 소리에 밖으로 나갔다. 차 문이
열리자 한동안 행적을 감추었던 뤠이슈가 차에서 내렸
다. 시커먼 선글라스는 여전했다. 차를 스포츠카로 바꾸
면서 겸사겸사 매몰찬 성격도 같이 바꾸었으면 좋을 텐
데, 어쩌려나 궁금했다.

아윈이 뤠이슈 뒤를 따라 걸어오는데 그 뒤로 한 사람
이 더 있었다. 트렁크에서 꺼낸 커다란 가방 두 개를 안

고 오다가 잠깐 휘청하는데 얼굴을 보니 아라 며느리였다. 아원에게 바로 안겨주는 것을 보고 가방 안에 든 것이 선물이라는 걸 알았다. 아원이 고맙다고 인사하자 뤠이슈가 말했다.

"아원 누님, 정말 너무 기쁘네요. 날짜 정해지면 청첩장 꼭 보내주셔야 해요."

별로 놀랄 일은 아니었다. 전에 식당에서 주방장에게 몰래 들었던 이야기는 역시 진짜였다. 이렇게 좋은 소식을 나만 모르고 있었다니, 아원은 왜 한마디도 안 했던 걸까. 세상만사 온갖 일을 다 겪어본 나를 외면한 건 도대체 어떤 이유였을까.

집으로 들어오자마자 아원은 물을 끓여서 소파 테이블로 차반을 가져왔다. 또 뤠이슈가 차를 우릴 모양이었다. 찻주전자 위로 뜨거운 물을 끼얹고 잔을 예열하면서도 내게 요즘 어떤 차를 마시는지 묻지 않았다. 이런 자리에서 내 목소리가 빠지는 일은 자주 있었다. 그렇지 않았다면 아라 며느리가 진작 나를 팽주(차를 우리는 사람)의 오른쪽 자리로 앉혔을 것이다. 나는 그저 입을 꾹 닫고 신통치 않은 다도 실력을 견디고 있었다. 보통 오른손으로 찻주전자를 잡으면 왼손은 섬세하게 움직여야 한다. 마치 상냥한 여인처럼 차를 꺼내거나 잔을 옮기고 찻자리가 미적으로 완벽을 유지할 수 있도록 돕는 것이다. 저렇게 안하무인처럼 큰 손으로 교통 지휘하듯 해서는 안 된다. 파리라도 쫓듯 차를 따르는 걸 다른 사람이 본다면, 누구든 우리의 관계를 의심할 것이다.

"컴퓨터 사났어요."

뤠이슈 말에 아라 며느리가 가방을 가져왔다. 또 다른 가방은 아윈의 결혼 선물이었다. 그제야 아윈이 이 자리에 함께 있다는 걸 눈치챘다. 뜨거운 물을 내오면서 쭉 함께 앉아 있었던 모양이다. 조금 이상했다. 평소에는 후다닥 자리를 떠버렸던 데다가 지금 이 자리는 가족들이 모인 자리라는 걸 모르지 않을 터였다. 하지만 솔직히 아윈과 함께 앉아 차를 마실 수 있는 건 정말 흔치 않은 기회였다. 아윈은 마치 한 가족처럼 부드럽고도 아름다운 미소를 짓고 있었다. 누군가가 사랑에 빠질 만했다. 아윈은 분명 행복한 여자가 될 것이다.

"지난주에 병원에 전화했는데 심리 검사 결과는 못 들었어요. 검사를 받으셨다니 잘하셨어요. 의사는 다시 내

원해서 진료를 받으라고 하세요. 환자의 반응, 집중력, 그리고 대화 능력에 문제가 없는지 직접 봐야한대요. 요즘 괜찮으셨어요? 더 뚜렷하게 보이는 증상은 없었고요? 아윈 누나, 뭐 발견하신 거 없어요?"

아윈은 일단 고개를 저었고, 내가 말을 이었다.

"약 먹은 게 정말 효과가 있나 봐. 전엔 왜 그랬는지 나도 모르겠지만 지금은 상태가 아주 좋아. 집 뒤 언덕도 멀리까지 다녀올 수 있었고, 한번은 내려와서 동네를 더 걷다가 들어올 정도였어. 아윈도 아주 잘해주고 있어. 어느 곳 하나 깨끗하지 않은 데가 없지. 참, 너희 집에 갈 때 수세미오이 몇 개 따서 가져가. 생각했던 것보다 아주 잘 자랐어."

말할 수 있는 기회가 어렵게 온 터라 나름 신중하게 이야기를 늘어놓았지만, 그걸로 끝이었을 뿐 아무도 대꾸하지 않았다. 그때 뭬이슈가 컴퓨터 이야기를 다시 꺼냈다.

"필요한 소프트웨어는 다 갖춰놨는데, 연락망이 없네요."

"누구한테 연락을 해?"

"그건 제가 여쭤봐야죠. 편지 쓰실 거라면서요. 받을 사람이 최소 몇 명은 있을 거잖아요, 그게 연락망이에요."

"연락할 사람이 있는지 생각해볼게."

"그리고 이건 아이디랑 패스워드예요."

뤠이슈가 주머니에서 종이 한 장을 꺼냈다.

"여기 다 적어놨어요. 이 영어 약자를 꼭 기억하셔야 해요. 남의 걸로 착각하고서 본인한테 보내지 마시고요."

"발음이 어쩨 냥하오, 량호우, 량하오……처럼 읽히네."

"마음에 안 들면 다시 바꾸세요. 이참에 인터넷도 좀 배우시면 심심할 일 없고 좋을텐데."

하하하, 웃음이 나왔다.

"인터넷을 못 할 리가. 설사 잊어버려도 아윈이 가르쳐 주겠지."

"아라."

아라 며느리가 갑자기 입을 열었다.

"아윈 누님은 그만두실 거예요. 오늘이 마지막 날이 에요."

뤠이슈의 말에 나는 "아……" 하는 소리만 냈다.

이번에도 나만 모르고 있었다니. 평상시 이 집에 아윈 과 나 둘 뿐인데, 가볍게 언질이라도 줄 수 있는 거 아닌

가. 피곤해서 그만두고 싶다는 등의 이야기라도 했었다면 나도 이해 못 할 사람은 아닌데. 아무래도 그때 아원의 손이 상처를 받았던 게 분명하다. 그것도 아주 심각하게. 그러니 나를 이렇게 대하는 것이리라.

차가 우려졌다. 이렇게 씁쓸한 차는 처음이었다. 보이차 색으로 우러난 고산차(高山茶)를 보니 내 삶의 수많은 후회가 전부 나의 아집 때문이구나 싶었다. 처음부터 나는 너무 뜨거운 물을 찻주전자에 직접 끼얹지 말라고 당부하고 싶었다. 차를 너무 오래 담가놓아서도 안 된다고 말하고 싶었다. 하지만 내가 말할 수 있었을까? 뤠이슈는 내 말을 들어줄까? 아원이 그만둔다는 소식에도 이렇게 꿀 먹은 벙어리가 되는데.

뤠이슈가 입안에 차를 머금고 있다. 뱉어내면 보기 안좋다는 걸 알긴 아는 모양이다.

"아원 누나는 이제 가실 텐데, 다른 사람을 찾아볼까요?"

고개를 들어보니 뤠이슈가 내게 묻고 있었다. 나는 그저 아원을 바라보며 대답했다.

"필요 없어."

내가 컴퓨터를 모른다고 말하는 건 빌 게이츠가 컴퓨터를 모른다고 말하는 것과 매한가지다. 젊을 때 이 기술을 조금이라도 따라잡지 않았더라면 어떻게 점장이 되었겠는가. 최소한의 정보를 주고받는 건 기본이거니와 회사에서도 내부 공지나 생산된 제품 정보 등이 모두 인터넷으로 공유되었다. 뤠이슈가 이렇게나 나에 대해 모르는 걸 보니 우리가 정말 소원한 사이이긴 한가보다. 뤠이슈는 고등학생과 대학생 시절 내내 바깥에서 살았다. 군대는 더 말할 것도 없었다. 부음을 듣고 뤠이슈가 급히 돌아왔을 때는 이어서 교도소가 나를 격리시켰고 그 후에는 뤠이슈가 또 나를 격리시켰다. 그러니까 우리 둘 사이에 사라져버린 모든 것은 이 노트북으로도 연결하지 못하리라.

내가 노트북에 대해 다시 언급하는 건, 깊은 밤에 노트북을 열어보니 밤하늘에 외로운 별 하나가 걸려 있었기 때문이다. 자세히 보니 사진첩 폴더였다. 클릭을 하고 들어갔다가 이내 코끝이 찡해졌다. 안에는 뤠이슈가 군대 가기 전에 찍은 사진들이 가득했다. 나도 검은 머리였고,

쑤는 40대 초반임에도 여전히 상큼하고 아름답던 시절이었다.

우리 셋이 다시 모였을 때 찍었던 그 사진들은 대부분 오래된 도시의 작은 마을이 배경이었다. 그 외에는 여름의 해변가 정도가 다였다.

내 옆모습이 찍힌 사진도 한 장 있었는데, 순간적으로 무심코 찍은 사진 같았다. 찍고 나서는 그다지 마음에 들지 않아 폴더에 쑤셔 넣었을 것이다. 그렇다면 지금 이 기회를 빌려 다시 이 사진을 꺼내둔 건 의미하는 바가 있을 터였다.

산들바람이 살랑이던 봄날로 기억한다. 바람이 실어온 꽃가루였는지 나무에서 떨어진 솔잎의 모래 먼지였는지, 눈에 갑자기 이물질이 들어가는 바람에 쑤는 눈을 꽉 감은 채 뜨지 못했다. 사진은 입을 비죽 내밀고 쑤의 눈에 바람을 부는 나의 옆모습이었다. 얼핏 보면 가까이 붙어 있는 두 얼굴이 마치 달빛 아래 사이좋은 연인 같았다.

뤠이슈는 의도한 게 아니었다고 해도 나는 사진을 보고 무척이나 놀랐다. 마치 나에게 한 번 더 보라고, 애써 피하고 싶은 그게 무엇인지 확인해보라고 강요하는 것 같았다. 쓰가 눈을 뜨지 못하고 있는 모습도 마치 어떤 암시처럼 보였다. 언젠가는 정말 보지 못하게 될 거라고, 흐릿해질 거라고. 당황해서 허둥대던 그 봄날, 어찌해야 할지 몰라 자꾸만 깜빡이던 두 눈처럼.

／

　사진은 쓰에게 사고가 있기 대략 1년 전쯤이었다.

　이제 쓰의 마지막 한 해에 관한 이야기를 할 때가 된 것 같다. 이전의 시간들이 중요치 않다는 건 아니지만, 슬픔이 날아들 듯 갑작스럽게 등장한 사진 한 장 때문에 피하고 싶어도 이제는 늦었다.

　나이를 언급하지 않는다면, 사진 속 쓰의 모습은 5층 아파트를 걸어 올라가며 생활하던 시절로 오해받을지도 모른다. 사실 그때 우린 이미 신축 건물의 맨 꼭대기인 15층에 살고 있었다. 여전히 풍족한 생활은 아니었지만 적어도 우리에겐 집이 있었다. 쓰는 스쿠터를 폐기 처분한 상태였고 투자 자문 회사에서 일하고 있었다. 몇몇 주식 전문가들을 따라 주식 투자를 해서 돈을 일부 벌기도 했다. 내가 앞으로 나아가는 동안도 자기 힘으로 시간을 활용해가던 때였다.

쑤는 아주 똑똑하고 계획적인 여자였다. 스스로 돈을
벌겠다던 약속을 얼마나 잘 이행했는지 다양한 이력을
쌓았다. 버는 돈이 많지 않은 데다가 아이도 어렸기 때문
에 이곳저곳을 기웃거리다 벽에 부딪히기도 하고 막일도
마다하지 않으면서 모든 고통을 기꺼이 감수했다.

함께 고생해나가자던 약속대로 서로가 같은 꿈을 지켜
나가고 있었기 때문에 그런 고통쯤은 아무래도 괜찮았
다. 삶이란 원래 그런 것이라는 생각을 할 때도 있었다.
덤으로 얻는 게 있을 때면 깜짝 보상쯤으로 여겼다.

그 시기에 쑤는 내가 집에 돌아올 때쯤이면 골목길로
나왔다. 말로는 산책이라고 했지만 언제나 가로등 아래
에서 나를 기다렸기 때문에 차를 몰고 돌아오면 금방 쑤
를 볼 수 있었다. 때로 퇴근이 조금 늦어지면 전화를 걸
어 쑤를 놀리기도 했다.

"집에 남자 있는 거 아니야?"

"안 그래도 방금 보냈죠. 무슨 일이에요?"

"문이랑 창문 잠그는 것 잊지 말고, 습관 꼭 들여야 해."

"글쎄요. 아무튼 빨리 오기나 해요."

나긋나긋한 쑤의 말투는 오래 듣고 있으면 최면에 빠지는 기분이었다. 방금 잠에서 깨어나 물 한 잔 가지러 갈 힘도 없는 사람처럼 듣기 좋았다. 하지만 수화기 너머로 들려오는 목소리는 청량하면서도 아득했다. 특히 오늘 누구를 만났다거나 갑자기 월급이 올랐다는 등의 이야기를 할 때면, 온종일 입을 꽉 다물고 있다가 드디어 대화 상대를 찾은 것처럼 쾌활해졌다. 듣고 있으면 나까지 한껏 밝아지는 기분이었다.

시계점이 어느 정도 궤도에 오르는 동안 쑤의 머릿속에도 다양한 상상의 공간이 펼쳐지고 있었다. 아무것도 모르던 주식 시장에 진입하면서 차트 보는 법이나 차트 그리는 법 등을 배웠는데, 이를테면 주식 투자 동호인들이 가르쳐준 이동평균선 같은 것들이었다. 아침에는 차트를 살피고 오후에는 카페에 모여서 주식 동향에 관해 대화를 나누었다. 본래 수 감각이 좋았던 쑤는 각종 도표에 대한 이해도 아주 빨랐다. 저녁이면 내게 주식 분석에 대해 강의를 해주기도 했는데 꽤 조리 있고 전문적이었다.

"상장회사의 주당 순이익은 어떻게 계산되는 건지 알아요? 가르쳐줄게요."

"80위안 주식은 왜 비싼 거고, 800위안은 반대로 왜 저렴한 건지 내가 가르쳐줄게요."

"주식 자금이 묶이면 어떻게 해야 하는지 알아요? 알려줄게요."

1년 후, 정직하고 공정한 경영을 하는 것으로 알려진 어느 대형 투자 자문 회사에서 쑤를 찾아왔고 쑤는 그곳으로 직장을 옮겼다. 이제는 프로로서 주식 투자 외에도 전문가들을 따라 다니며 각지에서 순회 강좌를 개최하기도 했다. 강좌를 여는 사이사이 새로운 회원을 모집하는 일도 겸하면서 밤낮이 뒤바뀔 만큼 바빠졌다. 더는 내게 익숙하던 쑤의 모습이 아니었다.

쑤에게는 많은 변화가 있었다. 비유하자면 무도회에 처음 다녀온 소녀 같았다. 침대에 누우면 멍하니 천장을 바라보곤 했는데 입가에는 미소가, 두 눈에는 매혹적이면서도 흐리멍덩한 빛이 스쳤다. 머릿속은 온통 느릿한 춤사위 속에서 들려오는 음악과 향긋한 술, 부드러운 속삭임, 그리고 쉴 새 없이 돌아가는 네온 빛과 그림자로 가득했다.

그때쯤 시계점은 일곱 번째 매장을 계획하던 중이었다. 갑자기 처남 셋이 장부 조사를 하겠다며 찾아왔다. 주주인 타오셩이 또 몸져누웠다. 어느새 일흔을 앞두고 있다는 걸 잠시 잊고 있었다. 대화할 때도 언제나 위세가 대단했고, 영업이 끝나면 나를 데리고 술집에 간 것도 두 번이나 되었다. 젊은 여자 몇 명을 불러다 옆에 끼고 술을 마시면서 나는 보고 즐기기만 하라며 술만 먹이다가 내가 어느 정도 취하면 집으로 갔다. 그때의 타오셩은 너무나 건강해 보였을 뿐 이상한 징후는 조금도 없었다.

처남 셋은 나를 곱게 보지 않았다. 꼼짝 말라는 명령만 안 했을 뿐, 말로는 장부 조사라면서 마치 도박꾼을 잡으러 온 것처럼 행동했다. 하지만 나는 명분에 따라 시계점은 보석을 파는 것과 다르다는 것을 설명해야 했다. 벽에 걸린 괘종시계처럼 똑딱거리는 물건들은 매 순간을 근거로 소리를 낸다. 분점의 개설에 들어가는 비용은 이전 매장의 돈으로 조달되는 것이므로 돈이 돈을 움직이는 거라고 할 수 있지만, 시간은 시간으로 움직여지는 것이 아니므로 나에게 시간을 주어야 한다고, 조금만 더 버티면 좋은 성과를 거두겠다고 이야기했다.

　나이로만 따지면 세 명 모두 나보다 어렸지만 셋이 한데 붙으니 그 기세가 대단했다. 장부를 다 확인하고서도 예금 통장에 현금이 얼마나 있는지 알려고 했다. 쑤가 대신 관리하고 있으니 쑤를 찾아가 보라고 했더니 셋은 으르렁 대던 얼굴을 차차 거두며 밖으로 나가 각자 자신의 차에 올라탔다.

　하루가 지나 타오성에게서 전화가 왔다. 병원에 입원했지만, 심장에 스텐트가 두 개 추가됐을 뿐 별일은 아니라고 했다.

　"애초에 가게를 열었던 그 돈은 쑤의 몫으로 계산했던 거였어. 분점을 하나 더 내면 앞으로 쑤가 더 안정을 얻게 될 거야. 다른 건 신경 쓰지 말게. 그 고얀 녀석들에 대해서는 내가 다 알고 있으니."

　갑자기 눈시울이 뜨거웠다. 그가 노후에 또 다른 그림을 그리고 있을 거라고는 생각지 못했다. 사나운 호랑이에게도 포근한 마음 한 조각쯤은 있으리라. 병으로 깨달음을 얻은 것이든 아니면 처음부터 자기 구원의 의지가 있었던 것이든 간에 마음이 훈훈해지는 일이었다. 쑤와 함께 고생하며 의지를 다져온 게 최소 10년은 되었으니 마침 딱 좋은 시기에 타오셩의 마음이 전해져온 것이었다.

나는 쑤에게 다급히 이 소식을 전했고, 전화를 끊자마자 가게 문을 일찍 닫고 집으로 돌아갔다. 하지만 쑤의 반응은 냉담했다. '응'이라는 말로만 대답을 대신하는 걸 보니 제대로 듣고 있지 않은 듯했다. 자기 전에 다시 한번 이야기했더니 이번에는 엉뚱한 대답이 돌아왔다. 내 기억대로라면, 자신의 회사가 얼마나 눈부신 비전을 갖고 있는지에 대한 이야기였다.

"우리 회원이 점점 늘고 있어요. 회사에서는 주간지도 기획 중이래요. 반년 후면 볼 수 있을걸요."

"투자 자문은 투자 신탁과 달라요. 주식 동호회에서 만든 가짜도 있으니까 너무 믿으면 안 돼요."

"점장님, 너무 시대에 뒤떨어져 있네요. 우리 고문이 하버드 경영 대학원 졸업생이래요. 믿어져요?"

쑤의 목소리가 점차 가라앉길래 잠이 오는 줄 알고 불을 껐다. 그런데 그 어둠 속에서 쑤가 갑자기 물었다.

"전에 내가 점장님을 오빠로 대하고 싶다고 했잖아요,

기억나요?"

"어렴풋이 기억은 나는데, 그래도 난 오빠는 아니지."

"비록 친오빠는 아니지만, 그래도 점장님은 우리 오빠 같아요."

"그때도 내가 말했던 것 같은데, 그렇게 되면 나는 손해라고."

"점장님이 우리 오빠라면 얼마나 좋을까요. 그럼 어떤 말이든 편하게 나눌 텐데, 그쵸? 나 진짜 궁금한 게 있는데요. 만약에 말이에요, 그러니까 만약에. 누가 나를 사랑한다고 했는데, 안 되는 일이라는 걸 알면서도 바로 거절을 못 했다면…… 그러고도 어떻게 해야 할지 몰라서 바보같이 헤매고만 있다면 말이에요. 만약 내가 점장님 여동생이라면 이런 상황에 어떻게 하실 거예요? 화내실 거예요?"

내 기억에 당시 나는 이렇게 대답했다.

"널 용서하지 않을 거야."

5 —————

종잉에게 보내는 편지에는 언제나 추억뿐이었다. 하지만 시간이 허락한다면 계속해서 이야기를 풀어내고 싶었다. 쑤의 이야기도 예정대로 잘 진행되고 있었다. 그러나 쑤의 변화는 완전히 예상 밖의 일이었다. 쑤의 속마음을 전부 이야기해 주자니 나의 아내이기도 했으므로 어떻게든 감추고 싶었다. 하지만 그것도 떳떳한 일은 못 되어 한동안 글을 쓰기가 어려웠다.

마침 그때쯤 죄수 한 명이 도주하는 일이 벌어져 교도소의 통제가 엄격해지고 있었기 때문에 편지를 쓰고 싶은 마음도 잠시 주춤해졌다. 하지만 며칠 후 나는 종잉에게서 또 한 통의 편지를 받았다. 이번에는 종잉이 자발적으로 자신의 결혼 이야기를 꺼냈다.

학생 운동이 한창이던 그 시절, 우리는 어쩜 그렇게 운이 좋았을까요. 더는 쉽게 체포되지도 않았고 가혹한 고문도, 어두컴컴한 감옥도 경험하지 않았죠. 거리에 나선 우리는 언론과 여론이 펼쳐준 우산 아래서 번쩍이는 카메라 플래시 세례를 받고 군중들에게는 열렬한 격려를 받았어요. 나와 그 선배를 두고 다들 가장 잘 어울리는 길거리 커플이라고 칭찬하기도 했죠. 졸업 후 두 번째 해에 진행했던 우리의 결혼식에는 공무원들과 단체들이 보내온 꽃바구니로 가득했어요. 그렇게 축복과 기대를 흠뻑 받으며 우리 둘은 환한 미래를 향해 발을 막 떼고 있었죠.

그런데 그 미래가 너무 빨리 다가왔어요. 량허우 선배 말처럼 함께 고생을 겪어가며 감정적 기반을 쌓아가야 하는데 그 중간 과정이 뭉텅이로 빠져 버린 거예요. 우린 함께 고생을 겪어볼 기회조차 없었어요. 그 당시에 고생이란 오로지 여성의 역할이었으니까요. 학교에서는 늘 심부름 같은 일을 하느라 바빴어요. 이를테면 대자보나 전단지, 단체 도시락

233

주문처럼 앞에 나서서 저항할 필요가 없는 일들이었죠. 좋게 말하면 대외 커뮤니케이션이자 집단 성명이라고 했지만, 틈만 나면 차를 따라 나르거나 남자들이 땀을 닦을 수 있도록 수건을 준비해야 했어요.

졸업을 한 뒤 운이 좋아 결혼에 발을 들이게 됐지만 그제야 알았어요. 이상이란 산산이 부서질 수 있다는 걸.

결혼 후, 남편은 본인에게 아주 잘 맞는 직업을 찾았어요. 기업에서 홍보 및 대변인을 맡았죠. 매일 아침 일찍 출근해서 늦은 시간이 되어서야 퇴근했는데, 온몸 가득 술 냄새에다가 의연하던 눈빛은 생기를 잃어갔어요. 사실 남편이 처음 매끈하게 정장을 차려입었던 날, 이렇게 의지가 확고한 남자라면 정장 단추가 채워졌는지 풀렸는지 따위는 신경 쓰지 않을 거라고 생각했거든요. 그런데 차를 타고 내리는 짧은 순간에도 남편은 왼손을 복부 쪽 단춧구멍에 살며시 붙이고 있더라고요. 그런 우아함은 어디에서 배운 건지 모르겠지만 평소 내가 보았던 모습과는 사뭇 달랐어요. 그리고 내가 눈치챈 것처럼 남편은 그때부터 박수 소리와 플래시, 그리고 자기 연민 속에서 길을 잃어갔습니다.

그를 탓하진 않아요. 이게 남자니까요. 스스로 뒷걸음질

치는 사람이었다는 게 안타까울 뿐이죠.

열 페이지가 넘는 편지 속에 등장한 건 고작 사소한 사건 두 가지뿐이었다. 종잉은 조금 우울해하고 있는 것 같았다. 거리에서 벗어나 결혼을 한 뒤 불가피하게 생겨난 슬픈 감정이었다. 하지만 오묘하게도 종잉은 그 두 가지 사건 속에서 나를 언급하면서 자기 자신을 과거로 되돌리는 듯했다. 캄캄한 어둠 속에서 스스로를 꽉 움켜쥐고 있는 게 분명했다.

량허우 선배가 비웃음을 받았던 그 강의실이 아직도 생각나요. 선배 때문에 사방이 수군거리는 소리로 가득해지는데, 선배는 입술을 굳게 다물고 강의실에서 나갈 때까지 한마디도 안 했잖아요. 가장 약해진 순간이었겠지만 또 어쩌면 가장 강했던 순간이 아니었을까요. 왜냐하면 선배의 그 작은 행동은 나중에 법정에서 보여주었던 모습과 완전히 똑같았거든요. 판사가 진술을 허용할 때도, 변호사가 계속해서 선배를 변호할 때도 선배는 전혀 동요하지 않았죠. 선배는 원래 그렇게 약한 사람이었을까요? 그건 절대 아니라고 생각해요. 선배는 내가 믿을 수 있는 마지막 사람이었으면 하니까요. 선배의 침묵은 약함이 아니라 저항의 표현이었고, 그래서 모든 비밀과 억울함을 꿀꺽 삼켜버린 거리고 믿고 싶으니까요.

그런데 선배를 귀엽다고 느낀 때가 한 번 있었어요.

어떤 화젯거리 때문이었는지 기억은 안 나는데, 선배가 손목시계와 수리 도구를 가지고 교실로 왔죠. 책상 위에 벨벳 천을 깔아놓고 그 위에 시계와 도구들을 일렬로 늘어놓았어요. 그러고는 내 앞에서 고개를 숙인 채 시계 유리와 케이스를 후다닥 분해하더라고요. 나는 그쯤에서 끝날 줄 알았어요. 단순히 시계가 어떻게 분해되고 조립되는 건지 보여주려는 건 줄 알았거든요.

그런데 선배가 부품을 전부 다 꺼내지 않겠어요. 금빛 시계 케이스는 심장을 잃은 듯 텅 비어버렸죠. 선배는 각종 도구를 이리저리 돌리면서 서로 다른 형태의 작은 부품들을 마법처럼 눈앞에 펼쳐놓았어요. 전문 용어는 알아듣지 못했지만, 부품들이 조립되어 가는 걸 잘 보라던 선배의 말은 기억나요.

그런데 선배가 땀을 뻘뻘 흘리던 그 순간, 겨우 손톱만 한 부품 하나가 책상 아래로 굴러떨어졌죠. 놀란 선배는 벌게진 얼굴로 부랴부랴 바닥을 내려다보면서 아주 가늘고 얇은 톱니바퀴가 떨어졌다고 말했어요. 그러고는 아래로 기어 들어가서 찾다가 거의 엎드리기까지 했죠. 결국은 아무도 없는 해 질 무렵에 내가 빗자루를 가져다가 먼지 한 톨을 찾듯 아주 조심스럽게 온 바닥을 쓸었어요.

……

／

이혼 후 종잉은 더 이상 사회 운동에 참여하지 않은 걸로 알고 있다. 아버지가 정치적 박해를 받았던 사람이었으므로 남은 에너지는 자연스럽게 그와 관련된 현장 연구를 하는 일에 쏟았다. 간혹 위로금이 들어오면 친구들과 함께 돌아가신 아버지의 동료들을 찾아가 백색 공포에 학대를 당했던 독거 노인들을 위로하곤 했다.

많은 세월이 흐르고 인생의 쓴맛을 이미 다 맛보고도 종잉은 여전히 나보다 앞서 걷고 있었다.

내가 유일하게 참여했던 거리 시위도 종잉 때문이었다. 당시 졸업을 앞두고 있던 종잉은 선배의 손에 꽉 붙잡혀 있었다. 나는 순전히 둘이 함께 붙어 있는 모습을 확인하려고 거리에 나섰다. 그런 게 아니었다면 나는 애초에 정치적 활동에도 익숙하지 않았고 난폭하게 휘두르는 몽둥이를 보는 것도 싫었다. 시계를 못 팔면서까지 오후 시간을 통째로 날려버리는 건 더 원치 않았다. 시위의 명칭은 잊어버렸지만, 나를 본 종잉이 놀란 얼굴로 이리 오라고 손짓했던 건 기억난다. 옆으로 가서 앉았더니 안내소로 달려가 노란색 리본을 가져와서 내 머리에 묶어주었다. 단독으로 행동하면 안 된다는 신신당부도 잊지 않았다. 그래야 위장 경찰들의 음모나 첩자로 오인당하는 일을 피할 수 있다고 했다.

노란색 리본에는 '대만은 우리나라다'라는 문구가 새겨져 있었다.

그런 문구 없이도 대만은 여전히 나의 나라지만, 당시나는 그 구호를 깊이 새겨볼 마음보다는 막연한 번뇌만가득했다. 내가 이제부터 거리로 나선다면 종잉이 나와함께 있어줄까 하는 생각 때문에. 사방을 채운 사람들과북적거리는 소리 속에 오래 앉아 있다 보면 사람들을 따라 큰소리로 구호를 외치고 싶어질 때도 있었다. 하지만 오랫동안 학업을 중단했던 나의 처지를 생각하면 더 이상 헤프게 낭비할 밑천이 없었다. 결국 난 고개를 푹 숙인 채 조용히 물러났다. 그리고 그때는 쑤가 아직 돌아오지 않은 때였다. 아니, 애당초 다시 만나게 될 거라는 상상도 하지 못하던 때였다.

가게 동료들은 '민쑤'라는 이름만 알 뿐, 일을 그만둔 이후 쑤의 행적에 대해서는 나와 마찬가지로 아는 바가 없었다. 누가 상상이나 했을까. 운명의 신이 결국 쑤를 내 삶으로 데려올 거라는 사실을. 운명은 쑤에게 티켓을 건넸고, 기차는 달리고 달리다 그 혼란스럽던 거리에서 나를 태우고 떠났다.

/

장문의 편지를 받고 보름 후, 나는 종잉에게 마지막 편지를 썼다.

마침 그즈음 가석방 신청의 진행 상황에 관해 접했던 터라 종잉에게 마지막 인사를 해야 할 것 같았다. 종잉에게 약속했던 이야기를 완전히 끝내지 못했다는 생각에 심한 자책감이 들었다. 고작해야 정직과 은폐 사이에서 애썼던 게 전부였다. 물론 완전한 논문 한 편으로 한 사람을 개괄할 수 있다고 생각하지 않는다. 인간으로서 피할 수 없는 장애물을 어찌어찌 넘어섰다고 해도 이미 산산조각 나 버린 몸으로는 더 이상 완전한 인간일 수 없을 테니까.

마지막 편지에서 종잉에게 저항의 의미에 관해 물었다. 누군가는 거리 시위를 하다 유명해지기도 하고, 누군가는 가정에서 뛰쳐나와 불행하게 살기도 하며, 라이쌍처럼 조용히 글만 쓰다가 악마 같은 세력에 잡혀 깜깜한 감옥살이를 하는 사람도 있었다. 그렇다면 나처럼 작고 겁 많은 사람은 어떤 이유로 논해질 가치가 있는 걸까. 고작 세속적인 상식을 어기고 무작정 한 사람만을 사랑했다는 것이 그 이유일까?

종잉의 이해를 얻고자 편지 마지막에 이야기를 하나 더 적었다.

외조부 집에서 살던 시절, 식탁에서 있었던 일이다. 앞서도 언급했듯이 우리 누나를 포함해 열 몇 명의 여자들은 남자들 다음으로 밥을 먹을 수 있었기 때문에 부엌에 빽빽하게 모여 식사 시간만 기다렸다. 그날 저녁은 식사 자리가 특히 조용했다. 식탁 위에 딱 한 가지 요리만 있었기 때문이었다. 그건 바로 붕어 요리였다.

조림이었는지 아니면 바삭하게 지진 것이었는지는 기억나지 않는다. 조림이었을 가능성이 크지만 제대로 차려진 건 아니었을 것이다. 간장을 약간 뿌린 뒤에 뜸 들이듯 익혀서 만들어낸 정도일까. 붕어들은 연못에서 하나하나 잡아 올린 것이었다.

연못에는 작은 물고기가 엄청나게 번식해서 먹이를 모두 차지하는 바람에 큰 물고기들은 점점 말라갔다. 게다가 수면은 개구리밥과 수초, 떼지어 무섭게 자라는 부레옥잠으로 가득해서 삼촌은 연못을 갈기로 했다. 엄청난 양의 방류를 거치자 연못 바닥의 진흙탕에서 은회색과 황갈색의 등지느러미가 풀썩풀썩 튀어 올랐다. 그게 바로 식탁 위의 붕어 조림이 되었다.

붕어는 가시가 너무 많아서 손이나 젓가락으로 일일이 발라내기가 힘들었다. 어쩔 수 없이 작은 생선살 덩어리를 바로 입에 넣어야 했는데, 그럴 때도 마구 씹거나 이 사이에 끼지 않도록 조심해야 했다. 잠시 혀 위에 올려두고 다양한 맛을 테스트하듯 가볍게 맛을 보다가 혀로 가시를 더듬어 찾는다. 가시가 느껴지면 천천히 혀끝으로 모은 뒤 마지막에는 손가락으로 가시를 하나씩 잡아서 꺼냈다.

그날 저녁, 남자들은 가시를 발라내느라 조용했다. 농사로 언쟁을 벌인다거나 주먹으로 식탁을 내리치며 화를 낸다거나 입을 꾹 닫고 있다가 끝에 가서야 폭발해버리는 일도 없었다. 그렇게 조용한 날은 처음이었다. 모든 갈등이 전부 혀끝에만 모여 있는 것 같았다. 가시가 한가득 모여 있으니 찔리지 않으려면 조심해야 했다.

소란스럽고 혼란한 거리에서의 대항과 절규가 낯설었던 건 어쩌면 어릴 때부터 익숙하게 먹어온 붕어 요리와 무관하지 않다. 침묵의 이유가 민주주의적 소양의 부재라고 할 수는 없었다. 사랑에 대한 관점 역시 마찬가지였다. 쑤가 나를 사랑해서 함께한 게 아니라는 걸 알게 된 순간부터 그 이후까지, 나는 오히려 쑤를 깊이 사랑했다. 붕어를 먹을 때 그랬듯 섬세하면서도 고요하게, 조금이라도 아프지 않기를 바라면서.

마지막으로 나는 종잉에게 암시하듯 말했다. 그 고요를 쑤가 깨뜨렸다고.

집에 온갖 도자기가 보이기 시작했다.

쑤는 매주 한 번씩 꽃을 사다가 화분을 바꿨다. 각종 작은 병에 한란을 꽂아 창문이나 식탁 위 회전판에 두었다. 물병에는 쑤가 가장 좋아하는 파란색 아이리스가 꽂혔고, 가끔은 책과 책 사이에 소심란을 단독으로 꽂아두었다. 문 앞의 높은 탁자 위에는 작은 느티나무 화분을 두었다.

"집에 누구 와?"

내 물음에 쑤는 대답했다.

"누가 올 게 아니라 우리가 나가서 봐야죠. 다른 사람들의 라이프 스타일은 어떤지."

"네가 먼저 말해볼래?"

"점장님, 점장님 같은 사람은 이제 이런 재킷 입으면 안 돼요. 선거 운동 나갈 것도 아니고."

쑤는 긴 원피스 차림에 익숙해져 있었다. 하이힐은 쑤의 몸을 아름답고 길어 보이게 했다. 예전에는 편한 차림으로 외출을 했고, 시계점에서 일하던 그해에는 울며 겨자 먹기로 청바지 대신 하얀 셔츠에 회색 치마를 입었다.

전체적으로 보면 현재의 모습에 가장 만족하는 듯했지만 아직 그 안에 어떤 사연이 있다고는 할 수 없었다.

한 번은 빨래를 넌 뒤 발코니에 앉아 있는 쑤를 본 적이 있다. 잠옷과 반바지 차림이었는데 얼굴에 잿빛이 돌았다. 그런데 그때 쑤의 손가락 사이에서 담배 연기가 천천히 피어올랐다. 두 눈은 어디까지 이어질지 모를 하얀색 타일과 비상구, 그리고 수직의 가스관을 바라보고 있었다. 흔들림 없는 눈동자는 어슴푸레한 등불 아래의 고양이 눈처럼 조용하고 맑았다.

나는 그게 무엇인지 알았다.

이곳에서 벗어나고 싶다는 마음이자 하나의 상념이며 일종의 동요 상태였다. 일단 웅크리고 앉아 고민하다가 좌절도 하고 조금은 망설이기도 하다가 어쩌면 약간의 결단을 더 해야 할지도 몰랐다. 일찍부터 예상했던 일이었다. 쑤가 내게 브라질 시간을 재차 물었을 때 눈치챘어야 했는지도 모른다. 문제의 근원은 여기에 있었다. 미숙했던 소녀의 반항은 상처를 남겼고, 그때부터 그 상처는 영원히 한 여성의 결함이자 결핍으로 남고 말았다.

쑤가 만났던 나는 처음부터 내가 아니어야 했다. 그저 예기치 못했던 숙명이자 한 여자에게 주어진 운명 중 하나일 뿐. 우리는 섣달그믐날 밤, 주어진 운명을 따라 다시 만났다. 그 순간부터 쑤는 자신이 상상해왔던 사랑과 작별을 했고, 이제는 그 사랑을 되찾아야 한다는 걸 깨닫고 있었다.

쑤가 눈치채지 않게 조용히 쑤를 몰래 바라보다가 텔레비전 앞으로 돌아와 5번부터 99번까지 계속해서 채널을 돌렸다. 형편없는 스님 하나가 마이크 앞에서 설교하는 채널에 멈추었을 때, 담배를 다 피운 쑤가 들어와 '잘 자요'라는 말을 남기고 양치를 하러 갔다. 뤠이슈가 진먼(金門)에서 보내온 과자 봉지가 소파 탁자 위에 놓여 있었고, TV장에 놓인 그릇에는 둥근 귤이 한가득 쌓여 있었다. 설이 지나고 겨울이 왔다.

잠시 후, 침대에 누웠다. 몇 번 뒤척이던 와중에 방문 밖에서 누군가와 통화 중인 쑤의 목소리가 들렸다. 부드러운 목소리가 억눌린 채 멀리서 들려오는 속삭임으로 바뀌었다. 나는 귀를 한껏 기울였다. 쑤의 목소리가 존재하는지 아닌지만 알고 싶었다. 목소리가 사라지고 쑤가 더 이상 방에 들어오지 않을까 봐 두려웠다.

쑤의 반평생을 마음 다해 상상해본 적이 있다. 오랫동안 밖을 떠돌아다니며 혼자 생활하는 동안 존재감이 충만한 자유를 마음껏 누렸으리라. 그러나 엄청난 자유는 역으로 벌이 되어 돌아왔고, 뜻하지 않게 대가를 치러야 했다.

이제 쑤는 잃어버린 것을 찾고 있었다. 잃어버린 그 무언가에 마음이 어지러웠다. 어쩌면 조금 늦었는지도 모르지만, 40대 여성의 몸으로는 사실 늦은 것도 아니었다. 오히려 청춘을 되찾고 싶은 유혹 앞에 더 용감해질 수 있었다. 열여덟 살의 반항 이후 처음 느끼는 감정이었다.

쑤에게는 긴 원피스가 네 벌 있었는데, 그중 나는 올리브색에 금회색 무늬가 박힌 원피스를 가장 좋아했다. 그날 오후, 쑤는 그 원피스를 입었다. 차 문이 열리자 스커트 자락 아래로 조드퍼 부츠가 보였다. 아쉽게도 쑤는 나와 차를 마시러 온 게 아니었다. 쑤는 타오성의 차가 근처에 있는 걸 발견하고는 부리나케 달려와 남자를 잡아끌었다. 아무것도 모르는 남자는 이마를 유리창에 붙이고 있었다. 카페 안에 마주치면 안 되는 지인이 있는지

살피면서. 타오성도 나도 그의 지인은 아니었으니 운이
참 좋은 남자다.

"아는 사람이야?"

타오성이 창밖의 얼굴을 보며 물었다. 내가 아는 건 올
리브색 원피스뿐이라고 마음으로 대답했다. 눈치 빠른 타
오성은 곧바로 고개를 돌렸다. 카페 테이블 위에 놓인 여
덟 번째 분점에 관한 이야기가 계속되었다. 나는 남자를
끌고 가는 쑤의 모습을 바라보며 물을 한 모금 마셨다.

／

언젠가 교도소 안에서 발코니에 쪼그리고 앉아 그날
몰래 담배를 피우던 쑤를 떠올린 적이 있다. 그런데 무슨
이유인지 갑자기 오른쪽 발가락에서 강한 경련이 일어났
다. 소리 없는 번개처럼 복사뼈를 관통하더니 종아리를
따라 무릎까지 올라갔고 이내 허벅지로 향했다. 경련은
몇 초간 계속되다 한순간에 사라졌다. 모든 과정이 조용
하고도 기이하게 진행되었다.

그 후로도 쑤를 생각할 때마다 경련이 일어났다. 처음
겪었을 때처럼 엄지발가락에서 시작해 순식간에 사타구

니로 향하는 경련이었다. 하물며 나중에는 컨트롤이 가능했는데, 가령 의식을 발등에 집중하면 그 기이한 떨림이 그곳을 계속 빙빙 돌면서 이동하지 않았다. 반대로 경련이 위로 뻗어가게 놔두면 순식간에 무릎 관절을 뛰어넘어 마치 쥐가 왔다 갔다 하듯 허벅지 사이를 계속 오갔다.

이 기이한 일이 우연이 아니라는 걸 확인해보고 싶어서 한 번은 아예 끝까지 내버려두었다. 그러자 골반강과 흉강을 포함해 심지어는 목 전체까지 뼈가 있는 곳은 모두 신경이 하나로 연결되면서 덜덜 떨렸고, 귀신이 들린 듯 알 수 없는 충돌음까지 들리기 시작했다. 상황을 목격한 수감자들이 심상치 않다는 걸 알았는지 휘파람으로 교도관을 불렀다. 나는 그제야 조용히 멈추었고 모든 게 평온한 상태로 되돌아왔다.

그저 신경 반사일 뿐인데, 그 원인이 왜 항상 쑤인지 이해할 수 없었다.

쑤는 날마다 변해갔다. 열정적으로 주식을 분석해내던 목소리도 더는 들을 수 없었다. 내가 가까이 다가가기라도 하면 후다닥 차트를 가리기도 했다. 한동안 주식 시장이 격렬하게 흔들리면서 돈을 많이 잃은 듯했다. 하지만 중요한 건 그게 아니었다. 쑤를 괴롭히는 어떤 감정의 존재가 보였다. 쑤를 때론 웃게 하고 때론 아득하게 만드는 그런 존재.

쑤의 일과도 날이 갈수록 달라졌다. 평소보다 한 시간 일찍 일어나는데도 외출 시간은 오히려 늦어졌는데, 그 시간은 전부 전신 거울 앞에서 소모되었다. 여러 소재와 컬러, 스타일, 그리고 신축성에 따라 다양한 옷이 거울 안을 채웠다. 옷을 고르고 나면 이번에는 화장대 거울 앞에 앉아 나날이 예뻐지는 자신을 바라보았다.

"점장님, 나 좀 봐봐요. 더 신경 써야 할 게 있을까요?"

"피부 화장이 조금 두꺼워 보이는데, 그렇게 중요한 고객이야?"

"점장님은 몰라요, 중요한 정도가 아니라니까요. 사장님의 특별 지시로 참석하는 거라고요."

신발은 총 세 번이나 바꿔 신었다. 그런데도 마음에 안 차는지 핸드백을 들고 두어 바퀴 걸어보다가 걸음이 가볍다 싶을 때쯤 외출했다. 쑤가 나쁜 짓을 하러 간다고 생각지는 않았지만 어리석은 짓을 할 가능성은 있어 보였다. 여자들은 보통 무언가 어리석은 일을 할 때 가장 아름다우니까. 지금 쑤는 어떤 동경 속에서 한때 잃어버린 것을 되찾으려 하고 있었다. 그게 아니라면 저토록 순진하게 치장에 힘을 쏟지는 않았으리라.

뒤늦은 동경은 아픔이었다. 교도소에 있는 그 순간에도 어둠 속에서 흐느끼는 쑤의 목소리가 들렸다. 나의 발끝으로 몇 번이고 불쑥 들어와 마치 천국에서 걸려 온 전화처럼 '점장님, 점장님, 점장님' 하고 끝없이 울부짖던 그 갈 곳 잃은 목소리가.

오랜 시간이 흘렀는데도 그 목소리를 떠올리면 여전히 마음이 시큰거린다. 나를 부를 때만 쓰던 그 말이 꿈을 꾸면 곧바로 나를 불러 깨웠다. 한밤중에 갑자기 쏟아지는 소나기처럼 애절한 목소리가 끝도 없이 이어졌다.

그때 나는 그러지 말았어야 했다. 처음부터 모를 수 있는 일이었다면 모르고 싶었다. 아무것도 알지 못한 채로 살고 싶었다.

하지만 그러한 감정은 사랑일 수 없었다. 그건 방임이

자 차가운 무관심이었다. 나는 그런 삶을 원하지 않았다. 차라리 모든 걸 알고 괴로움을 겪는 게 나았다. 그게 나였다. 상대로 인해 고통을 느낀 적이 없다면 그건 진정으로 사랑이 없었다는 의미다. 아는 것도 없지만, 또 무엇이든 잃을 수 있다는 뜻이다.

그 휴일 밤을 보낸 건 그래서였다. 우리가 마지막으로 침대에 함께 누웠던 날이다. 내게는 나쁜 마음이 있었다. 아니, 오로지 쑤의 마음이 지금도 이곳에 존재하는지 기어코 확인하고 싶었다. 이미 잘못된 길에 들어서 있다면 쑤의 몸이 내게 알려줄 것 같았다. 여자의 몸은 구석구석 신비로운 감각들로 가득해서 닿기만 해도 그 즉시 비밀이 열리곤 하니까.

우리는 몸을 섞기 시작했다. 예상대로 얼음 위에서 온도를 맞추듯 어려움이 느껴졌다.

사실 쑤는 날 속일 수도 있었다. 평소처럼 이불 속에 숨어서 가식적인 호의를 보이며 어물쩍 넘어갈 수도 있었다. 안타깝게도 쑤는 그럴 수 있다는 것마저 잊은 듯했다. 나를 속이고 싶지 않다는 선의였을지도 모르지만 그러기에 쑤는 너무 서툴렀다. 바로 그 순간, 남자는 가장 똑똑해진다는 것을 몰랐으리라. 갑자기 뻣뻣해지던 어깨뼈와 탱탱해진 가슴 양쪽으로 올록볼록하던 갈비뼈, 그리고 가련한 두 눈도 기억난다. 차마 나를 바라보지 못하던 두 눈은 불안과 망설임, 그리고 어디로 피해야 할지 모르는 두려움을 가득 담은 채 다급히 깜빡거렸다.

우리는 간단히 끝낼 수 없었던 게 아니라 어떻게 끝내야 할지를 몰랐다.

결국 쑤가 방법을 생각해냈다. 나가서 담배를 한 대 피우고 오라면서 자신은 엄마에게 전화를 한 통 하겠다고 했다. 통화는 그리 오래 걸리지 않았다. 나가서 자주 걸어야 한다고, 날이 추워졌으니 옷을 따뜻하게 입고 다니라는 정도의 안부 전화였다.

쑤는 통화를 마쳤지만, 나는 다시 침대로 가지 않았다. 쑤의 상대가 왼손잡이라는 사실을 이미 알아버린 터였다. 쑤가 몸을 돌리려고 피했을 때 이불을 약간 들어 올린 그 순간 상대 남자가 보였다. 왼손을 자주 쓰는지 쑤의 오른편으로 거칠게 힘을 쓰다가 남긴 듯한 상처가 있었다. 겨드랑이 아래에서 가슴 아래까지 난 상처는 칼자국은 아닌 것 같았고, 깊지는 않으나 너저분하게 난 손톱

자국이었다. 당시 두 사람의 애무가 얼마나 격렬했는지, 남자는 또 얼마나 안하무인인지 알 수 있었다.

가장 두려워했던 순간이 생각보다 빨리 찾아왔다. 그것도 이렇게 불쾌한 방식으로 맞닥뜨리게 될 줄은. 사실 쑤가 회사의 비전을 두고 신나게 늘어놓을 때부터 대략 느낌이 왔다. 거울 속에 비친 자신의 아름다운 모습을 보며 눈을 깜빡거리던 순간에는 간담이 내려앉았다. 머지않아 모든 경계를 뛰어넘겠다는 작은 제스처였다. 섬세하면서도 신비롭고 도전적이나 약간은 지나친 기대감이 섞였다. 그래서일까. 쑤는 단숨에 모든 걸 뛰어넘어 버렸다.

이상하게도 쑤가 전혀 밉지 않았다. 오히려 나의 분노는 그 남자에게로 향했다. 쑤의 바람대로 오빠가 되어주겠다 흔쾌히 대답한 적은 없었지만, 한껏 치장하고 외출하는 쑤를 보며 느꼈던 걱정과 애석한 마음은 적어도 쑤를 동생으로 여겨야만 가질 수 있는 감정이었다. 그런 쑤를 그 자식이 한순간에 무너뜨렸다.

나는 담배를 피우지 않았다. 방문 밖에 서 있다가 거실에 앉았다. 그리고 잠시 후 눈을 감았다.

꼬박 한 달간, 쓔는 나날이 눈에 띄게 변해갔다. 산봉우리에서 골짜기로의 추락이었다. 새파란 숲을 가로지르다 짙은 안개와 얼음 속으로 세차게 떨어지는 종달새 같았다. 점점 더 낮게 날던 그림자가 결국 마른 가지 위에 멈춰 섰다. 지치고 지쳐 더 이상 소리도 내지 못한 채.

쓔는 더 이상 일찍 일어나지도, 한껏 차려입고 외출하지도 않았다. 잠시 휴가를 신청했지만 딱히 하는 일은 없었고, 내게 전화해서는 어디냐고만 물을 뿐 다른 말은 없었다. 전화를 끊고 부랴부랴 집으로 가보면 쓔는 발코니에서 화분에 물을 주고 있었다. 화분은 전부 물이 넘쳐흐르고, 잎이 떨어져 버린 가지와 줄기는 시들시들 죽어가고 있었다.

나는 이번에도 그게 무엇인지 알았다. 쓔는 이제 몇 살이며, 얼마나 더 자유롭게 떠돌 수 있을까. 매일 돈 이야기가 오가는 업계에서 누가 쓔를 진심으로 대해줄까. 쓔는 다른 여자들처럼 여성으로 천천히 성장해가는 경험을 하지 못했다. 반항심을 참아낼 지혜도 부족했거니와 민주주의를 위해 거리로 나아갈 열정도 없었다. 동경은 너무 늦게 찾아왔고, 오자마자 쑤를 심연으로 빠뜨렸다.

나는 이런 날들도 결국엔 지나가리라고 믿었다. 가라앉을 대로 다 가라앉고 나면 쑤도 자연스럽게 되살아날 거라고 믿었다.

며칠 후 타오셩을 만났다. 화제가 집 이야기로 이어져서 나는 쑤가 최근 스트레스 때문에 잠을 설쳐서 컨디션이 안 좋다고 대충 얼버무렸다. 타오셩은 몸이 괜찮다 싶으면 목소리부터 커지는 사람이었다. 특히 쑤의 이야기만 나오면 두 눈을 부릅뜨고 긁어 부스럼을 만들면서 자신이 쑤에게 얼마나 관심이 있는지 쏟아내곤 했다.

"당장 일 그만두라고 하게."

"쑤뿐만이 아니라 많은 사람들이 주식으로 자금이 묶여 있어요. 회사 로비에서는 총격까지 있었다더라고요."

"나 같았어도 폭탄을 던졌을 거야. 그럼 쑤는 돈을 전부 잃은 거야?"

"설마요. 차마 묻지는 못했습니다."

"젠장할, 돈을 그렇게 쉽게 벌어먹어? 감히 내 돈을 깔봤겠다."

타오셩은 부아가 치미는 듯했다.

"이렇게 하지. 가게에 현금이 얼마나 있는지 확인하고 일단 전부 빼서 쑤에게 주게. 나중에 내 걸로 정산할 테니."

나는 차마 대답을 하지 못했다. 가게에 돈이 있었다면, 나야말로 진작 쑤에게 그 돈을 주었을 거라는 이야기를.

／

이틀 후, 초인종 소리가 나더니 타오성이 갑자기 들어왔다.

더는 기다릴 수 없어서 예고 없이 온 것 같았다. 쑤가 문을 열자 아버지와 딸은 그렇게 서로를 마주했다.

두 사람이 어렵게 재회했던 날, 쑤는 방에서 마지못해 나왔지만 그래도 방 안에 숨어 있는 동안 마음이 누그러진 상태였다. 게다가 뤄이슈가 보여준 즉흥 마술 덕에 웃음소리가 보태져 난항을 벗어날 수 있었기 때문에 이번처럼 당황하며 멀뚱히 서로를 바라볼 일이 없었다.

10여 년의 시간 동안 가끔 마주치긴 했어도 대부분은 사람들이 많은 장소였다. 쑤는 늘 들러리 역할을 하면서 차갑게 입을 닫았고, 타오성이 보이는 지나친 관심을 조금도 받아들이지 않았다.

하지만 이번에는 달랐다. 뜨거운 발걸음으로 찾아온 타오성이 겨우 자리에 앉자 쑤가 뜻밖에도 눈물을 주르륵 흘렸다. 무슨 사인이라도 바라듯 타오성이 나를 보았지만 안타깝게도 나 역시 눈물의 의미를 읽지 못하고 있었다.

"뭐 때문에 오신 거예요?"

쑤가 물었다. 타오성은 어떤 생각이 떠오르든 입 밖으로 내지 말아야 했다. 그의 낡은 기억 속에 위씨 집안 여자들 중 감히 이렇게 버릇없이 말하는 자가 있었던가. 일단 따귀부터 맞고 울어야 했을 것이다. 그러나 지금 어찌해야 좋을지 모를 눈물 앞에 서 있다. 한 번도 울지 않던 쑤의 얼굴에 어째서 눈물이 흐르고 있는 걸까. 타오성은 목을 가다듬고 주름이 가득한 미소로 최선을 다해 버텼다. 그때 다시 또 초인종이 울렸다. 운전기사 손에는 봉지 두 개를, 가슴에는 커다란 과일 상자를 안고 들어왔다.

"치킨 스톡 두 종류를 가져왔으니 한 번 써봐. 더 필요한 거 있으면 언제든 이야기하고."

타오성이 말했다. 그러자 쑤가 입을 열었다.

"나 죽을 거예요."

타오성이 다시 나를 바라보았다. 그의 목구멍에서 '어' 하는 소리가 크게 들렸다.

"그렇게 심각한 거야? 그게 무슨 소리야."

쑤는 더 이상 대답하지 않았고 분위기는 순식간에 가라앉았다. 쑤가 얼마나 큰 금액을 손해 본 건지 이야기를 시작하려는 것 같아서 나는 차를 가지러 갔다. 액수는 잘 모르지만 타오성이 끝까지 책임지겠다고 약속했으니 이제 큰 문제는 없을 거라고 믿었다.

하지만 그건 나의 잘못된 판단이었다. 사실은 달랐다. 쑤의 그 말은 일종의 신호였다. 진작 알았더라면 옆에 머무르면서 상황을 중재하고 위로의 말을 건넸을 텐데. 어쨌든 차를 가지러 가는 게 아니었는데. 찻잎을 찻주전자에 막 넣었을 때 두 사람이 다투는 소리가 들려왔다. 말 한마디 한마디 속에 위씨 집안의 케케묵은 원한이 고스란히 드러났다. 하지만 듣고 있자니 어쩐지 이상했다. 위씨 집안의 애한은 언제나 여자들에게 있어왔고 이 오랜 상처를 모르는 사람은 없었다. 쑤의 성격상 토로하고픈 이야기가 남아 있었다면 이제껏 참고만 있었을 리 없지 않은가.

차를 다 내려서 갖고 나오니, 자리에 쑤가 보이지 않았다. 작은 소파 뒤를 왔다 갔다 서성이고 있었다. 히스테리에 다다른 듯 머리카락이 잔뜩 흐트러져 있었다.

"돈으로 해결될 문제에 다른 건 끌어들일 필요 없어."

타오성이 말했다.

"애초에 끌어들일 필요도 없었어요. 다 내가 자초한걸요. 어쨌든 이번 삶은 이렇게 망가져 버렸으니까."

쑤는 무너지는 감정을 쏟아내며 미친 듯이 울기 시작했다.

나는 오른쪽 가슴 아래 숨겨진 그 상처와 나날이 변해가던 지난 한 달간의 방황을 다시 떠올리지 않을 수 없었다. 그 순간 모든 것이 이해되었다. 생각만으로도 온몸에 전율이 흘렀다. 줄곧 걱정했던 일이 쑤에게는 이미 현실이었다. 잘 자지도, 다니지도, 먹지도 못했던 그 모든 것이 그 남자 때문이었다. 동경은 이제 겨우 시작되었는데 환멸이 너무 빠르게 와버렸다. 고작 타오성이 꺼낸 과거의 그림자에 모든 슬픔이 단번에 요동친 건 그래서였다. 순간적으로 건드려진 감정이든 아니면 이제껏 토해내지 못한 감정이든 모든 감정에 에워싸인 채 순간 쑤는 목메어 울었다. 그토록 슬퍼하는 쑤의 모습을 타오성은 차마 보지 못했다. 다급히 쑤에게 다가가 등 뒤에 손을 올리며 위로하려는 순간 쑤가 타오성을 밀쳐냈다. 돌아서서 주먹을 꽉 쥐더니 북을 치듯 타오성의 가슴을 힘껏 내리치기 시작했다. 아주 무겁고 몹시 빠르게, 평생의 한을 모두 쏟아내듯이. 그러다 커다란 울음소리와 함께 주저앉았고, 아주 오래도록 몸을 떨며 울고 또 울었다.

타오성을 배웅하고 나니 쑤는 지친 얼굴로 소파에 앉아 팔걸이에 머리를 기대고 있었다. 가까이 다가가서 조용히 세 번쯤 불렀더니 그제야 천천히 몸을 일으켰다. 무엇을 물어도 답을 기대할 수 없는 상황이었다. 그저 내가 지금 무얼 할 수 있는지 이야기하다 보면 안정을 찾을 거라 믿었다.

나는 며칠을 고민한 끝에 현재 운영 중인 가게 일곱 개를 모두 접기로 했다고 말했다. 이곳을 떠나 조용한 곳으로 가서 시계 수리사로 살아갈 테니 아무도 모르게 처음부터 다시 시작하자고, 뤠이슈도 제대를 하고 돌아오면 셋이 함께 살 수 있을 거라고.

이어서 또 많은 이야기를 했다. 내가 시계 수리를 얼마나 좋아하는지도 강조하듯 말했다. 시계를 수리하는 그 시간이 내게는 진정한 기쁨을 누리는 순간이라고. 그건 하나의 생명을 수리하는 것과 닮았다고. 손목 위에서 초침이 되살아나는 소리가 들릴 때, 그 순간에는 심장이 멈추고 호흡이 멎은 채로 똑딱똑딱 초침 소리만 들린다고.

아무래도 말이 너무 많았던 걸까.

쑤의 눈이 텅 비어 있었다. 느슨하고 흐릿한 그늘이 얼굴 위로 스쳤지만 나는 개의치 않았다. 가만히 내 이야기를 듣다 보면 자연스레 괜찮아질 거라 생각했다. 나는 또다시 혼잣말하듯 이야기했다.

"차라리 커피라도 두 잔 내려야겠다. 나도 너무 피곤하네. 커피 다 마시면 식당에 가서 제대로 식사하자."

원두 가는 소리가 잠시 울려 퍼지던 순간, 통유리창의 알루미늄 문이 쑤의 손길에 열리던 그 순간, 탁자 위의 종이가 바람에 펄럭이는 소리가 들렸다. 파다닥 무언가 떨어지는 소리와 차라락 페이지 넘어가는 소리가 이어졌다. 거실로 달려 나갔다. 쑤의 치마가 보였다. 치맛자락이 바람에 나부끼는 스카프처럼 15층 발코니에서 저녁 노을 속으로 휘날리듯 사라졌다.

나는 그 자리에서 굳어버렸다. 머릿속이 뒤엉키고 전신이 떨려왔다. 바닥으로 툭 떨어지는 소리와 갑자기 정지된 듯 고요해진 바깥소리가 들렸다. 몇 초 후, 여기저기서 크고 작은 비명이 이어졌다. 하지만 나의 의식 속에는 두렵고도 어렴풋한 환영만 맴돌았다. 천국과 지옥이 느닷없이 한데 뒤섞이는 기분이었다. 그 외에는 아무것도 들리지도, 보이지도 않았다. 나도 따라 추락하고 있었다. 불덩이가 연기로 변하듯 쑤가 방금 날아올랐던 허공속으로 사라져갔다.

10분 후, 누군가 내 이름을 불렀다. 다급하게 문을 두드리는 소리와 내리치는 소리가 이어졌다. 사람들이 문 앞으로 북적북적 모여들었다. 결국 열쇠 수리공이 왔고 그가 꺼낸 열쇠가 내 심장을 푹 파고들었다. 나는 헐레벌떡 소파 위에서 자세를 고쳐 앉았다. 조금도 후회가 없는 것처럼 최대한 냉소 띤 얼굴로 사람들이 들어오길 기다렸다. 그들이 나의 잔혹함을 볼 때까지.

4

1 ⸻

쑤의 유품을 정리하는데, 내가 선물한 시계가 보이지 않았다.

어느 스위스 장인의 생전 마지막 작품으로 역사적 의미가 있는 시계였다. 섬세하고 독특한 디자인에, 유리 덮개에는 작은 글씨로 시 한 줄이 새겨져 있었다. 인생은 짧다는 것을 노래한 의미심장한 문구였다. 그 시계는 내가 점장으로 승진하던 해에 시계 박람회에 참여했다가 호텔 근처 골목에서 우연히 발견했다. 80대의 노점상이 한 달 후면 문을 닫을 거라면서 나에게 기꺼이 시계를 넘기며 잘 소장해달라고 했다.

나중에 그 시계를 쑤에게 선물했다. 쑤가 내게 돌아온 후 며칠 뒤였다. 당시 우리는 손님들을 불러 대접할 돈이 없어서 혼인 신고만 한 상태였다. 금반지나 목걸이 혹은 보석 같은 건 꿈도 꿀 수 없었다. 그 시계는 헤어져 있던 세월에 대한 기념이자 앞으로 함께 걸어 나갈 시간에 대한 상징이었다.

그런데 그 시계가 사라져버렸다.

트렁크 안에는 옷가지 말고도 암청색의 라탄 바구니가 있었다. 뚜껑이 있고 옆쪽에는 구리 버클이 정교한 라탄 빗장에 끼워져 있었다. 그리 비밀스러워 보이지는 않았다. 다만 쑤가 없다는 사실 때문에 바구니를 여는 찰나 몰려드는 슬픔을 참을 수 없었다.

바구니 안에는 쑤가 어머니와 함께 찍은 사진들을 비롯해 다 쓰지 못한 일기장, 그리고 소녀 시절 아끼던 지우개와 털 인형, 쑤(愫)라는 이름이 새겨진 심장 모양의 펜던트가 있었다. 그리고 반쯤 남은 향수와 브라질에서 온 빛바랜 편지가 있었는데 봉투 위에는 서툴지만 애처로운 글씨가 보였다.

그런데 정작 안에 있어야 할 물건이 정말 보이지 않았

다. 반 병짜리 향수도 보관할 정도인데 어째서 시계는 없는 걸까.

자연스럽게 그 남자가 떠올랐다. 생각하면 할수록 의심스러웠다. 처음엔 생각조차 못 했는데, 한편으로는 그 사람밖에 없다는 생각이 강하게 들었다. 분명 우리와 아무런 관련이 없었지만 예상치 못한 갈림길에서 우리를 가로막았던 사람이다. 나는 대담한 상상을 해보았다. 쑤가 그 시계를 남자에게 선물했거나, 아니면 그 남자가 시계를 빼앗아 간 것일지도 모른다고. 마치 쑤에게서 순수함을 앗아 갔던 것처럼.

예전 그 회사로 전화를 걸어보았다. 전화를 받은 여성은 그 사람을 모른다고 했지만, 거치고 거쳐 전화를 받은 팀장은 그를 기억한다고 했다. 이름은 리줘웨이(李卓為), 이미 퇴사한 지 3년이 되었다. 팀장이 알려준 정보를 따라 계속 찾다 보니 같은 계열의 또 다른 투자 자문 회사가 나왔다. 전화를 받은 중년 여성은 회원 가입을 하지 않겠느냐고 묻더니 리줘웨이 그 사람이 기존 회원들을 대거 데려갔다며 한참을 투덜댔다.

그제야 내가 출소한 지도 오래되었다는 게 생각났다.

시계를 찾지 못하는 시간이 길어질수록 아픔은 더욱 커졌다. 상대는 비유하자면 우리를 약탈해버리고 모습을 감춘 사람이었다. 어쩌면 지금도 누군가의 위에 누워 있을지 몰랐다. 그런 그를 나는 한때 그렇게도 잊으려 애썼던 것이다.

인터넷으로 그 사람을 검색하다가 또 다른 회사의 링크를 금방 찾아냈다. 알고 보니 금융상품이라는 형태의 이름을 걸고 몇 가지 겸업을 추가해놓았는데, 법인의 자산 재평가와 개인 자산관리, 상속세와 해외 소득세 등 세금 관련 업무가 포함되어 있었다. 사장 리쿼웨이, 하버드 경영대학원 리쿼웨이, 파생상품의 대가 리쿼웨이. 아마도 그의 평생 가장 어깨가 으쓱해지는 직함일 터였다.

그러나 그 남자를 찾았다 한들 무얼 가지고 고발할 수 있을까. 수포가 되어버린 눈앞의 환상을 고발해야 할까?

온종일 돈 얘기만 하는 사람들은 대체로 입꼬리가 깊다. 오른쪽이 될 수도 있고 반대로 왼쪽이 그런 경우도 있는데, 침이 자꾸 흘러나오면서 깊은 주름을 만들기 때문이다. 군침을 질질 흘리는 탐욕의 상징이다. 수시로 다른 사람의 주머니를 빼앗으려 하고 때로는 다른 사람의 몸에 손을 대기도 한다.

눈앞의 남자는 입꼬리의 깊은 주름만 아니었다면 꽤 잘생긴 얼굴이었다. 딱 좋은 체격에 꽤 남자다운 매력이 있었다. 두 눈은 가로로 길었고 50대임에도 매력적인 속눈썹을 갖고 있었다. 남자에게 훤칠한 외모는 가장 믿을 게 못 되는 것이기도 하지만 그는 돈이 많아 온몸을 아르마니로 휘감고 있었다. 돈이 이렇게 많은데 로맨스가 대수랴. 어쩌면 쑤는 과한 로맨스에 현혹되어 휘둘린 것일지도 몰랐다. 평소 주변 사람에게 그토록 차가웠다는 게 놀라울 만큼.

전에 카페 창밖으로 남자를 처음 보았을 때는 무성한 흑발이었는데 지금은 어쩐 일인지 머리칼이 보이지 않았다. 머리 전체를 매끈하게 깎아서 굳이 남성 생식기처럼 만들어놓았는데 전위적이기도 하고 순박해 보이기도 했다. 본인이 좋다면 그만이다. 어쩌면 요즘 유행하는 스타일인지도 모른다. 콧수염은 기어코 남겨두었는데 부족한 머리를 보완하기 위한 것 같았다. 왜 그리 고생인지.

찾아온 이유는 아직 밝히지도 않았는데 남자는 놀라서 허둥지둥하는 기색이었다. 사실 경비원이 나를 막아서길래 내가 소형 무전기에 대고 출소한 지 얼마 안 되었다고 했더니, 그때 남자는 바로 눈치챈듯 했다. 방안의 소파가 호텔 VIP룸의 소파보다 훨씬 폼이 난다 싶었는데, 그가 건넨 명함을 보니 벌써 부회장 자리에 올라 있었다. 남자는 나를 맞은편 자리로 안내했다. 거대한 유리 테이블이 마치 바다를 사이에 둔 느낌이었다. 이런 형식적인 자리는 괜히 사람을 움츠러들게 만들기 때문에 목청을 높여야 했다. 그럼 상대방도 더 기세등등하게 나왔다.

"무슨 농담을 하십니까. 제가 그런 걸 가져갈 리가 없잖아요."

"다시 잘 생각해보세요. 저한테는 아주 중요한 겁니다."

"얼마짜린데요?"

"뭐라고요?"

"그냥 여쭤보는 것뿐입니다. 굳이 내가 시계를 가져갔다고 하니 어느 정도의 가치가 있는 건지는 알아야겠죠."

당시 홍콩 달러로 구입했으나 타이완 화폐로 환산하면 2천 위안이 안 될 거라고 웃으며 대답했다. 남자의 얼굴에 미소가 사라졌다. 소파에 깊이 앉아 두 다리를 쩍 벌리고 있던 남자는 상대를 깔보듯 하던 자세를 거두고 두 다리를 무릎 위로 꼬았다. 2천 위안이라는 말이 그에게 충격을 주었다. 내가 원하는 게 돈이 아니라는 걸 직감하고 걱정에 빠진 듯했다. 어렵게 얻은 숭고한 직위를 부임하자마자 여자 문제에 휘말려 잃게 될까 봐 두려웠을 것이다.

그때, 남자의 왼손 새끼손가락이 저도 모르게 몇 번 흔들렸다. 남자는 멈칫하더니 손가락을 숨기려 부랴부랴 커피잔을 집어 들었다. 바로 그 손이었다. 여자의 단추를 풀 때도, 일을 치르고 난 뒤 담배를 꺼낼 때도 썼을 그 손. 쓸모없는 오른손은 불붙이는 걸 도왔을 테고, 담배 연기를 뿜으면서는 여자를 몇 번 달랬을 것이며, 마지막에는 남자가 나갈 수 있게 왼손과 협동해 양말과 신발을 신겨주었으리라.

그때, 남자는 뭔가 깨달은 듯 말투를 바꾸어 내게 말했다.

"이미 변호사에게 물어봤는데, 도의상으로나 법적으로나 내게는 아무런 책임이 없다고 하더군요. 이건 그쪽이 제일 잘 알 것 같은데. 당시 둘이 다투다가 쑤를 밀어버린 것 아닙니까?"

"제가 수감돼 있는 동안, 가서 향이라도 피웠습니까······
아니면 숨어 계셨습니까?"

"무슨 말씀인지 모르겠지만, 저도 마음으로는 괴로운
부분이 있습니다."

"어떤 괴로움이죠?"

남자는 나를 바라보더니 두리번거리기 시작했다. 약간
초조해 보였다. 시간이 궁금한 듯했지만, 손목시계를 보
자니 불편하고 벽에는 시계 하나 걸려 있지 않았다. 하는
수 없이 환한 하늘빛을 바라보는 걸로 가늠해야 했는데,
내가 얼른 나가기를 기다리는 눈초리였다. 재차 묻는 것
도 너무 바보 같아서 나는 원래의 주제로 대화를 돌렸다.

"다시 생각해보시죠. 가져갔는데 어디에 둔 건지 잊어
버렸을 수도 있잖습니까."

"절대 그런 일 없습니다. 차라리 솔직해지시죠. 당신들
이 원하는 액수가 얼마요?"

"'당신들'이라뇨?"

"두 사람 같이 움직이는 거 아니었어요? 당신 아들이

한발 앞서 다녀갔습니다. 내가 신고를 안 해서 그렇지, 내 책상까지 내리치더군요."

……

✦

이 상황을 어떻게 이어가야 할까. 애초에 나는 궁금한 것만 물어보고 자리를 뜰 계획이었는데 갑자기 아들 이야기가 나왔다. 아들이라면 뭬이슈가 아닌가. 지난 일이라면 아는 게 없을 텐데 여길 어떻게 온 건지 알 수가 없었다. 트라우마가 아직 남아 있다고 해도 평소처럼 내게 불평을 쏟아내고 말면 그만일 텐데.

그 와중에 눈앞의 이 자식은 날 무시하고 있었다. 입만 열면 돈돈돈이어서 대화가 점점 불쾌해졌다. 그럼 어쩔 수 없지. 나는 마음을 먹었다. 일어서려다 다시 자리에 앉아서 전화기를 가리키며 말했다.

"일단 내선을 걸어서 비서에게 들어오지 말라고 해주실래요?"

"무슨 뜻입니까?"

"드릴 말씀이 있어서요. 바깥 하늘이 너무 밝은데 블라인드도 내려주시면 좋겠습니다."

"대체 뭘 어쩌려는 겁니까?"

"제 이야기를 들으셔야겠습니다. 누나 이야기예요."

"저는 바쁜 사람입니다. 그런 농담할 여유 없어요."

"그럼 먼저 일 보시죠. 여기서 기다리고 있겠습니다. 안 오시면 다들 들을 수 있게 사내 방송을 이용하죠."

남자는 당연하게도 블라인드를 내리지 않았다. 나는 아주 작은 음성으로 혼잣말하듯 이야기를 시작했다.

제겐 누나가 있습니다. 누나가 초등학교 5학년 때였죠. 우린 자주 만나지 못했어요. 누난 조부모를 따라갔고 저는 외할아버지 댁에 맡겨졌거든요. 양가가 그리 멀진 않았지만, 시골 농촌에서 그것도 어린 나이인데다가 자전거도 없었으니까 얼마나 멀게 느껴졌을지 아실 겁니다. 그런데 어느 날 저녁에 누나를 보게 됐어요. 사촌 누나와 여동생들, 그리고 여자 어른들과 같이 부엌에 모여서 남자들이 밥을 다 먹고 자신들 차례가 될 때까지 기다리고 있었죠. 누나는 잠시 온 거였어요. 할머니가 아프셔서 밥 해줄 사람이 없었다더라고요.

이렇게까지 자세히 말하는 이유는 제가 말을 빙빙 돌린다고 오해하실 것 같아섭니다. 실은 이게 중요한 이야기거든요. 잘 아시겠지만, 우리는 살면서 많은 걸 놓치고 삽니다. 그 순간에는 별거 아니라고 생각하다가 결국 놓치고 말죠.

그때 전 부엌에 있는 누나를 바라보다가 그냥 계속 밥을 먹었어요. 그렇게 놓치고 말았습니다.

며칠 후 누나가 죽게 될 거라는 걸 미리 알았더라면, 아마도 저는, 설령 허락받지 못한다 해도 그 밥을 먹지 않고 꾹 참았다가 누나 먼저 먹게 했을 거예요. 그쪽은 아마 이해 못하겠지만, 그때 우린 매일 굶주렸거든요. 먹는 거라곤 소화가 금방 되는 고구마죽 같은 것들이었고, 그마저도 걷고 또 걷는 동안 다 소모돼버리곤 했어요. 걸어서 학교에 가고, 걸어서 집으로 오고, 어린 동생들을 등에 업은 채 또 걷고, 떨어진 이삭을 주우러 다른 집 땅콩밭까지 걸어가곤 했으니까요.

제가 블라인드를 내려달라고 한 건 이유가 있었어요. 정말입니다. 시작부터 수치스러운 제 이야기를 하기엔 하늘이 너무나 밝았거든요.

자, 그럼 이제 누나가 어떻게 죽게 된 건지 이야기해드리죠.

그해 여름, 사촌 형들을 따라 매미를 잡으러 갔어요. 사촌 형들이란 외삼촌의 자식들입니다. 형들이 역청을 한 통 구해 왔어요. 각자 긴 대나무 막대기도 하나씩 챙겼죠. 저는 나이도 제일 어리고 키도 제일 작았으니까 형들이 나무 위에 있는 매미를 잡아줄 때까지 기다렸어요. 매미를 잡은 뒤에 매미 몸에 붙은 역청을 벗겨 내고서 매미를 병 안에 넣었습니다. 큰 나무일수록 매미는 더 많았고 더 크게 울었어요. 우리는 나무가 있는 곳으로 계속 걸었습니다. 그러다 우연히 누나를 만났어요. 간장을 사 들고 집에 가는 길이더라고요. 조금만 더 가면 곧 조부모 댁에 도착할 수 있었죠.

혹시 내 이야기가 너무 느려서 싫으신 건 아니죠? 누나를 몇 분만 더 살아 있게 해줍시다. 누나는 그때 아주 가벼운 차림이었어요. 반소매 면 티셔츠에다 축 늘어진 면바지를 입고 있었죠. 줄어든 데다가 보풀도 많은 그 옷을 누나는 나갈 때나 잘 때나 입고 있었어요. 게다가 그날은 일요일이었거든요. 누나는 깨끗한 걸 좋아하고 예쁜 건 더 좋아했지만, 휴일에 하얀 옷과 검은 치마를 입는 건 아까워했어요. 그 옷은 빨래해서 잘 말린 후에 마치 다림질하듯 무거운 물건 아래에 몇 번이나 눌러두었죠. 간장을 사러 가는 데에 그걸 입을 리는 더더욱 없었습니다.

하지만 누나가 무엇 때문에 굳이 간장을 사러 나왔던 건지 모르겠어요. 그 짧은 인생에 마지막 간장이 되어버린 거니까요. 솔직히 그때 누나가 길거리에 파는 엿이나 밀가루 인형 같은 걸 샀던 거라면 우리와는 그냥 지나쳐 갈 수도 있었을 텐데. 하필 잡화점에 파는 간장을 사느라 우리 쪽으로 오게 되었던 겁니다.

형들 중 가장 나이가 많았던, 그러니까 6학년이라 졸업이 코앞이던 형이 있었는데 눈썰미가 어찌나 좋은지 누나 바지의 허벅지 안쪽에 구멍이 난 걸 용케 발견하고는 갑자기 멈춰서더라고요. 거기에 이상하게 흥분해서는 다른 형들을 쳐다보며 시시덕거리더니 대나무 장대를 뻗어서 그 바지 구멍을 건드렸습니다. 누나가 다급히 두 손으로 가리려고 했지만 막대기가 어느새 구멍으로 들어가 있었으니 때는 이미 늦었죠. 주변엔 아무도 없었고 우렁찬 웃음소리만 크게 울려 퍼졌습니다.

그때 저는 어디에 있었는지 궁금하지 않으세요? 바로 옆에 있었어요. 바지 구멍으로 들어가는 그 막대기를 바보처럼 멍하니 바라보고 있었어요. 큰 소리로 막아보고 싶었지만, 당신도 아시다시피 전 원래 약한 사람이니까요. 그렇지 않고서야 여기 이렇게 앉아서 이런 이야기를 하고 있겠습니까. 전 어릴 때부터 그렇게 약했어요. 막대가 바지 구멍 안으로 들어가기 전까지는 사실 형들이 시늉만 내는 건 줄 알았어요. 제 누나라는 걸 알고 있을 테니까. 근데 아니더군요. 형들 눈에 여자는 그저 남이었는지도 모릅니다. 그러니 그렇게 대담할 수 있었을 테고 저따위는 안중에도 없었겠죠.

그런데 그때 예상치 못한 일이 벌어졌어요. 형들은 이제 재미를 다 봤다고 생각했는지 막대기를 다시 거두려고 했는데 막대기를 당기는 순간, 거기에 묻어 있던 끈끈한 역청이 누나 바지에 붙어서 바지가 찢어지고 만 거예요. 누나는 빨가벗겨진 채로 멍하니 서서 하얗게 질린 얼굴로 저를 바라보았어요. 형들은 큰일이 났다는 걸 알고는 막대기를 끌고 도망가버렸습니다.

그날 저녁, 누나는 집에 돌아오지 않았어요. 며칠 후 비보가 날아들어 뒤늦게 알게 됐습니다. 이틀 연속 열에 시달리다 죽었다고 했는데, 의사 말로는 일본 뇌염이라고 하더군요. 일본 뇌염에 대해서는 잘 아시겠지만 모기가 감염원이죠. 가장 감염되기 쉬운 계절이 여름이라는 것도 잘 아실 거예요. 모기를 예방하려면 위생이 아주 중요합니다. 누나처럼 그렇게 저녁나절에 나무 아래나 도랑 옆, 또는 어느 슬픈 인생의 어두운 곳에 숨어 있어서는 안 되는 거였어요. 조금만 조심하면 충분히 피할 수 있었던 모기가 그 수치스럽던 밤에 누나를 물었던 거죠. 마치 악마가 누나의 삶을 벼르고 있었던 것처럼.

제가 왜 지금 그쪽에게 이런 이야기를 하는지 아십니까? 그냥 고개만 흔들지 마시고요. 내 이야기를 다 들었다면 무언가 느껴지는 게 있어야 맞죠. 처음부터 끝까지 차분하게 이야기하고 있지만, 사실 전 아직도 아픕니다. 몇 년이 지났는데도 여전히 아픕니다. 한 번은 나의 누나가, 그리고 또 한 번은 나의 아내가 제 삶에서 그렇게 사라져 갔으니까요.

자, 이제 제 이야기는 끝났습니다. 솔직히 말해 난 당신 같은 사람을 무척이나 혐오해요. 이치대로라면 무릎부터 꿇리고 머리도 못 들게 했을 겁니다. 나는 그저 시계를 찾겠다고 온 것뿐인데 그쪽은 재차 그게 얼마냐고 물었죠. 만약 그쪽이 그 모기라면 혹은 매미를 잡던 그 장대라면, 그렇다면 당신에게 묻겠습니다. 당신 인생의 가치는 얼마인가요? 내 이야기를 다 듣고도 본인이 더럽다는 생각이 안 드십니까?

나의 이야기는 끝났다. 그런데도 엘리베이터에 오를 때까지 남자는 경계를 풀지 않았다.

사실 그건 그저 절반의 이야기에 불과했다. 쑤의 스토리도 있었으니까. 하지만 더 많은 걸 알 자격이 없는 사람이라는 생각이 문득 들었다. 설령 그 절반의 불행을 만들어낸 당사자였을지라도. 나는 한 가지 사실을 깨달았다. 쑤의 삶이 곧 나의 삶이기에 죽음 역시 나의 죽음이라는 것. 이런 슬픔에 남자는 끼어들 자격이 없었다.

치러우 아래로 신용카드 가입자를 모집 중인 가판대가 보였다. 그 젊은이들 옆을 돌아 오른쪽으로 걸었다. 아까 차에서 내렸던 길목에 정류장이 있었다. 문득 누군가가 나를 따라오는 것 같아 돌아보니 뤠이슈였다.

버스가 아직 보이지 않아 어쩔 수 없이 뤠이슈와 함께 정류장에 앉았다.

"여긴 어떻게 오신 거예요?"

뤠이슈가 물었다.

"나야말로 묻고 싶은데. 어디에서 여기 얘길 들은 거야?"

부자는 각자 한마디씩 서로에게 질문을 던졌지만, 둘 다 대답이 없었다. 그게 맞았다. 약간 어색하긴 해도 상관없었다. 흡사 영화관 입구에서 누군가 왜 영화를 보러 왔느냐고 묻는 것 같았다. 굳이 대답하지 않아도 영화를 보러 왔다는 게 자명하지 않은가. 하지만 가령 사람을 찾으러 왔다고 한다면 설명을 덧붙여야 한다. 다짜고짜 '아무튼 그 사람'이라고 대충 말해버릴 수는 없을 테니까. 그런데 만약 그게 사람이 아니라면?

버스는 계속 오지 않았다. 하필 더운 바람까지 불어오는 데다가 긴 이야기를 마치고 나서 약간 우울한 상태였기 때문에 갑자기 갈증이 강하게 느껴졌다. 지금껏 물 한 방울 마시지 않았다는 것과 뤠이슈가 가판대 옆에서 나를 오래 기다렸을 거라는 생각이 스쳤다.

"그 대머리 자식, 아주 매를 벌던데요."

뤠이슈가 말했다.

"그래, 그렇더라."

"제기랄, 자리가 크면 클수록 사람이 야비해지네요."

"정말 역겹지."

"아까 나오면서 그 자식한테 말했어요. 며칠 후에 다시 오겠다고."

"이 정도면 충분해."

가을은 여전히 더운 계절이었다. 서쪽으로 기울던 태양이 무릎 위를 비추면서 뤠이슈의 하얀 운동화가 더욱 하얘 보였다. 뤠이슈는 중학교를 졸업한 후부터 운동화를 신지 않았다. 발 냄새가 난다며 집에 있던 운동화 몇 켤레를 전부 버렸다. 지금 신은 운동화는 최근에 산 것 같았다. 어쩌면 어제 막 산 것일지도 몰랐다. 미리 계획을 하고 온 게 분명했다. 하지만 그 남자를 위협하기에 우리 두 사람 모두 적합하지 않았다. 모르는 사람들은 평소 내게 인정사정없는 뤠이슈를 모진 아이라고 오해하겠지만, 사실 그건 전부 만들어낸 모습이었다. 그저 그럴싸하게 보였을 뿐.

"대머리가 뭐래요?"

뤠이슈가 물었다.

"난 아무것도 안 물었어. 그냥 시계를 찾으러 온 것뿐이야."

잠시 침묵이 돌았다. 이쯤이면 됐다는 생각에 버스가 최대한 빨리 오기만을 조용히 기다렸다. 대화가 계속되었다가는 또 민감한 이야기가 나올지 몰랐다. 이렇게 더운 날, 버스 정류장에서 공연히 골치 아픈 일을 만들고 싶지 않은 건 뤠이슈도 마찬가지일 테다. 무엇을 묻든 또 어떤 대답을 얻든 슬픔은 그저 슬픔일 뿐. 잠시 나누는 이야기 몇 마디에 흐릿해질 슬픔은 없다.

"시계는 제가 갖고 있어요."

뤠이슈가 불현듯 말했다.

"트렁크에 있던 물건 중에 제가 아는 건 시계밖에 없어서 가져왔어요."

아, 그럼 되었다. 나는 속으로 대답했다. 나도 모르게 뤠이슈의 얼굴을 한 번 더 바라보았다. 조금 놀란 건 사실이지만 어쨌든 다행이었다. 만약 시계가 그 남자 손아귀에 들어간 거라면, 앞으로 매분 매초 모든 순간마다 그 남자 때문에 무너졌을 것이다.

그래, 그거면 되었다. 나도 알고 뤠이슈도 알고 있으니 그거면 충분하다. 뤠이슈가 왜 이곳에 왔는지, 사건 처리를 위해서인지 아니면 은밀히 조사 중이었는지 하는 것들은 뤠이슈가 직접 말해주지 않는 이상 나는 그저 버스나 빨리 오길 바랐다. 더는 서로의 상처를 밟지 않도록. 쑤의 삶은 그토록 짧았지만, 쑤의 명예는 여전히 무엇보다 중요한 것이므로. 그게 죽은 후의 삶일지라도.

"버스 두 번 갈아타셔야 하죠? 너무 더운데, 차라리 제가 태워다 드릴게요."

뤠이슈가 말했다.

✦

버스 대신 빨간색 스포츠카를 타고 도로를 달렸다.

차는 지붕이 매우 낮았고 빨간색 가죽 의자는 더 낮았다. 살짝 뒤로 누우면 도로가 안 보였고 앞으로 몸을 숙이면 마치 도로 위를 날아가는 것만 같았다. 이 스포츠카가 뤠이슈에게 어떤 의미인지 잘은 모른다. 뤠이슈는 어릴 때부터 나처럼 속도를 즐기는 아이는 아니었다. 갑자기 이런 차로 바꾼 건 모든 걸 벗어던지고 싶은 마음일 것이다. 그게 맞다. 나 역시도 조용히 액셀을 밟으며 외치고 있었으니까. 빨리, 좀 더 빨리. 우린 너무 느려.

뤠이슈가 처음 나를 차에 태운 건 병원에 가던 날이었다. 이번에는 나를 태우고 기나긴 세월을 되돌아오는 기분이다. 문득 감회가 새로워져서 무어라 말하고 싶었으나 말이 나오지 않았다. 쑤는 한때 나의 전부였던 동시에

285

당연하게도 뤠이슈의 전부이기도 했다. 우린 같은 슬픔을 겪었지만 이제 그 슬픔도 얼마 남아 있지 않았다. 오늘 이 우연한 만남에서 뤠이슈는 테이블을 내려쳤고 나도 시계의 행방을 알았으니 이제 앞으로도 크게 다를 건 없을 것이다. 아까 그 자식도 결국 저것 말고는 뭐가 더 있겠는가.

빨간불이 켜졌다. 뤠이슈가 앞을 보며 말했다. 아라 며느리가 임신했다고.

"이름 좀 대신 지어주세요."

"아, 너무 잘됐구나. 그런데 이름을 지어달라니, 정말이니?"

뤠이슈는 대답을 하지도, 머리를 끄덕이지도 않았다. 대신 핸들을 누르며 경적을 크게 울렸다.

오늘은 무슨 날인 걸까. 우리에게 이런 시간은 참으로 오랜만이었다. 갑자기 감격스러운 기분에 눈물이 터질 것만 같았다. 이상했다. 슬픔이나 기쁨을 어찌 표현해야 할지 막막할 때마다 그저 울고만 싶어진다. 쑤의 고통은 지금껏 쭉 나의 고통이었다. 쑤 인생의 마지막 순간부터, 뤠이슈가 비보를 접하고 휴가를 나와 내게 거센 주먹을

날리던 그 순간부터 나는 아주 오랫동안 어떻게 감정을 표현해야 하는지 모르고 살았다.

"노트북은 생각해보셨어요? 첫 연락망?"

"대략 누구로 할지는 이미 생각해뒀지……."

"진작 그러셨어야죠. 사실 급할 건 없어요. 일단 누구한테든 시작만 하면 두 번째는 시간 문제니까."

그저 한 명이면 충분하다고 대답하려는데, 어느새 차가 집 앞으로 들어섰다.

무슨 일인지 뤠이슈가 차에서 내리더니 따라 들어왔다. 등대꽃나무 앞에 차를 후진해서 주차하는 동안 나는 다기를 준비해두고 뜨거운 물을 끓였다. 내 기억이 맞다면, 세 번째로 함께 마시는 차였다. 뤠이슈는 이번엔 굳이 팽주를 자처하지 않았다. 오히려 내가 찻자리에서 하는 동작 하나하나를 집중해서 지켜보았다.

"마셔봐. 올해 첫 번째 겨울 차야."

"너무 연한데요."

뤠이슈가 차를 한 모금 머금으며 말했다.

"겨울 차는 연하지. 차운(茶韻)이 가장 마지막까지 남아. 일종의 아득한 맛이 있달까."

"음, 그런 것 같네요."

뭬이슈는 잔을 내려놓더니 담배를 꺼내 불을 붙였다. 그러다 잠시 후 갑자기 내게 담배 한 개비를 건넸다. 치매인 척하기 위해 20년간 피워왔던 담배를 진작부터 끊은 참이었는데, 아마 모르고 있었던 모양이었다. 하지만 누가 뭐래도 지금 이 담배는 절대 끊어낼 수 없었다.

나는 오랫동안 방치되어 있던 거대한 굴뚝을 받치고 있는 것처럼 아주 조심스럽게 담배를 입에 물고 뭬이슈가 불을 붙여줄 때까지 기다렸다.

그런데 라이터를 켜던 뭬이슈가 갑자기 멈췄다.

"아빠, 담배 거꾸로 물었어요."

2 ───────────

집 근처 산길에 갈대가 사람 키의 반만큼 자랐다. 마지막 매미 소리도 이제는 들리지 않는다. 감귤의 계절이 코앞이었다. 방금 막 따낸 귤 소쿠리가 길가 여기저기에 보였다. 하지만 평소 자주 보이던 등산객들은 자취를 감추었다. 산을 내려와서도 사람은 찾기 힘들었다.

코로나19 바이러스가 전 세계로 확산되면서 그나마 덜 위험 지역이었던 교외마저 일찌감치 겨울로 접어들고 있었다. 대지가 잠들어 있는 듯하던 어느 날, 남부에서 편지가 한 통 날아왔다.

어쩐지 필체가 낯설다 싶었는데 라이쌍의 아들이 아버

지 요청으로 대신 써서 보낸 편지였다. 내용에 따르면 라이쌍은 병이 나 한동안 입원을 했다. 나를 한번 만나고 싶어하는데 병원에 병문안 금지 규정이 있어서 며칠 전에 아예 퇴원을 한 뒤 집에서 요양 중이라며 나를 초대했다.

오랜만의 외출이었다. 마스크를 쓰고 서둘러 오후 2시에 출발하는 고속 열차에 올랐다.

한 시간도 채 안 돼 역에 도착했다. 라이쌍의 아들이 일찍부터 마중 나와 있었다. 그는 차에 생선 비린내가 많이 나니 이해를 바란다며 연신 미안하다고 사과했다. 파란 마스크를 쓰고 있어서 얼굴이 더 검어 보였는데, 뭬이슈보다 몇 살 더 많아 보였다. 운전석 아래에 잠시 벗어 놓은 듯한 긴 장화가 보였다. 작은 화물차에 시동을 걸자 생선 냄새가 훅 끼쳐왔다.

"항구 쪽에 갯농어 양식장을 몇 개 갖고 있어요. 시간 날 때는 가서 바다 낚시를 합니다. 할 일 없는 인간이죠."

"좋은데, 뭐. 아버지한테 못 들었어? 나도 낚시를 아주 좋아하지."

"하, 더 재밌는 얘기도 많이 들었죠. 아버지 다 나으시면 제가 진짜 괜찮은 낚시 포인트로 두 분 모실게요."

라이쌍의 건강 이야기가 나왔다. 간암 수술이 잘되어 완치율이 50% 이상이라고 했다.

"평생을 우울하게 살던 아버지가 이런 병까지 얻으셨으니 정말 기가 막히죠. 조만간 아버지를 모시고 근처로 산책을 다니려고요. 아저씨도 이곳이 나쁘지 않다면 여기 정착하시는 것도 대환영입니다. 여기는 새벽이랑 저녁 무렵이 정말 특색 있는 곳이거든요. 조금만 걸어 나가면 해변도 있고요."

잠시 후, 그는 양식장 쪽을 가리켰다.

"거의 다 왔어요."

차창을 내리니 바닷바람이 짠내를 싣고 날아들었다. 라이쌍의 아들에게 말은 안 했지만 나는 어릴 적 바닷가에 살았다. 겨울바람은 툭하면 가난한 집의 지붕으로 불어 들었고, 해 질 녘이면 바닷가에서 이동해온 운구차가 집 앞을 지나 천후궁 광장에 정차하는 모습을 종종 볼 수 있었다. 정차 후에는 검은색으로 복(福)자가 새겨진 빨간 관이 처량하게 웃고 있는 관세음보살 앞에 놓이곤 했다.

그로부터 많은 세월이 흘렀다. 작은 화물차 안에 앉아 있다가 문득 나도 모르게 바다를 좋아한다는 말이 튀어

나왔다. 세상사를 잊은 듯 지극히 고요하던 산이 나는 줄
곧 불안했던 걸까.

"그럼 해안가 대교 쪽으로 갔다가 한 번 더 돌게요. 분
명 마음에 드실 거예요."

운하를 막 건너자마자 오른쪽으로 작은 집들이 보였다.
라이쌍 아들은 연기에 그을린 듯한 2층 외벽을 가리키며
시동을 껐다.

/

눈앞에 놓인 낡은 집은 마치 비좁은 파이프 통로 같았
다. 쭉 들어가면 끄트머리에 주방이 있는 듯했다. 몇몇
사람들이 움직이고 있는 데다가 낮인데도 불이 켜져 있
어서 흡사 검은 그림자가 모여 있는 것처럼 보였다. 검은
그림자들 사이로 합창하는 소리가 흘러나왔다.

"저희는 천천히 들어가죠. 마침 오늘 교회 사람들이 예
배드리러 오는 날이네요. 찬송가를 부르고 있어요."

라이쌍의 아들이 나를 데리고 집 뒷마당으로 갔다. 집
옆으로 공터가 있었다. 이제 보니 방금 그 주방은 양철지
붕으로 뒷마당 잔디까지 이어져 있다. 쓰윽 둘러보는데

눈이 번쩍 뜨이는 기분이었다. 바나나 나무와 자바애플 나무, 그리고 망고나무가 울타리처럼 둘러싸면서 작은 마당이 부풀어 오른 듯 솟아 있다. 잔디 위에는 크고 작은 토분이 쌓여 있고 하얀 꽃들이 잇달아 피어 있었다. 하얀 무궁화, 하얀 백합, 하얀 자스민, 하얀 크레이프 자스민, 하얀 리톱스 꽃, 심지어 평소에는 보기 힘든 하얀 수정난풀까지……. 오직 식용으로 쓰이는 바질은 왠지 억울해 보였지만, 오히려 아주 특별하게 하얀색 화분 안에서 꿋꿋이 자라고 있었다. 정원은 지나치다 싶을 만큼 하얗고 또 하얬다. 수수하고 깔끔했지만 어쩐지 당혹스러운 무력감이 느껴질 만큼.

라이쌍이 자나 깨나 생각하던 것들이 전부 이 하얀 화분들 속에 있었다.

"아버지 평생에 유일한 공헌이 바로 감옥살이였대요. 그래서 억울한 옥살이로 배상금을 받고 나서 돈을 모으고 모아 이 집을 사셨어요. 꽃과 풀도 전부 직접 심으셨는데, 물을 줄 때마다 중얼거리셨죠. 돈도 안 되는 이것들이 아버지에겐 생명과 같다고."

갑자기 검게 그을려 있던 2층 외벽이 머리를 스쳤다.

"혹시 불난 적 있었어?"

"아, 그건 이전 주인이 남긴 거예요. 어찌나 이익에만 눈이 멀었는지, 재해자는 재해자 같아야 한다면서 신경 쓸 거 없다는 거예요. 사실 제가 페인트 몇 통 사다가 칠하면 그만인데 죽어도 안 된대요. 얼마나 고집스러운 사람인지 아시겠죠? 저걸 여태 기념 삼아 두다니."

찬송가가 끝났는지 순간 조용해졌다. 라이쌍의 아들이 벽에 귀를 대고 듣더니, 목사가 기도 중이라고 말했다. 교회 사람들이 돌아가고 나서야 우리는 집으로 들어갈 수 있었다.

라이쌍은 라탄 의자에 기대어 반쯤 누워 있었다. 몸에는 담요를 덮고 목에는 스카프를 둘렀으며 무릎 위에는 재킷을 덮고 있었다. 거실은 조금도 춥지 않았다. 교회 사람들이 방금 앉았던 소파에는 온기마저 남았다. 라이쌍이 약간 흥분하며 움직이자 담요가 미끄러졌다. 나는 자리에 앉으려다 얼른 일어서서 담요를 주워 들었다. 차갑고도 앙상한 라이쌍의 손이 닿자마자 나도 모르게 덥

석 그 손을 잡았다.

"자네가 올 거라는 건 알고 있었지만, 이렇게 빨리 올 줄이야. 난 내일이나 모레쯤일 줄 알았지."

평소 말끝마다 허허하고 스치던 웃음소리가 마스크 때문에 안에서 묻혀버렸고, 그 때문에 들려오는 건 "아, 아, 아……" 하는 미약한 숨소리뿐이었다.

"걱정하지 마. 며칠 요양하면 괜찮아질 거야."

라이쌍은 계속 말을 이었다.

"자넨 괜찮은 거지? 지난번에 본업으로 돌아갈 거라고 했던 것 같은데, 어떻게 좀 진전이 있었나?"

나는 살짝 고개를 저었지만, 그래도 아직 포기하지 않았으며 늘 염두에 두고 있다고 대답했다.

"적어도 내년까지는 기다려봐야지. 내년에 하얀 살구 꽃이 필 때까지."

나의 말에 라이쌍은 둘이 만났던 그날 자신이 했던 이야기가 기억났는지 '아아' 하더니 웃었다.

처음에는 아무것도 진전된 게 없다고 대답하려 했었다. 그러다 환자 앞에서 굳이 자기 비하를 할 필요는 없겠다는 생각이 들어 그 말은 참았다. 사실 작년 겨울에 헤어진 이후 비틀대며 허덕이던 여정은 이제 겨우 끝을 향해가고 있었다. 최소한 뤠이슈와의 관계는 개선의 기미가 보이고 있었지만 그것도 결국 이해가 수반되어야 치유되는 상처이므로 그렇게 빨리 회복될 수는 없었다. 그것보다 나는 라이쌍의 신이 기적을 보여줘서 감옥살이를 했던 기간보다 더 오래도록 건강하게 살 수 있기를, 적어도 그가 신을 믿었던 기간보다는 더 오래 살 수 있기를 간절히 바랐다.

"사실은 목사가 기도하는 동안 계속 마음으로 생각했어. 오늘 자네가 왔으면 좋겠다고."

"왜? 급하게 전해줄 만한 기쁜 소식이라도 있는 거야?"

쇠약하던 라이쌍의 눈에 갑자기 환한 빛이 감돌았다. 옆에 있던 아들도 호기심 가득한 얼굴이었다.

"오늘처럼 이렇게 기막힌 우연은 없을 거야."

라이쌍이 담담한 목소리로 말했다.

영문을 몰라 갑갑해하고 있는데 주방에서 어느 여자의 그림자가 다가오는 바람에 대화가 끊겼다. 여자는 검은색 차반을 들고 와 말없이 따끈한 생강차를 우리 셋 앞으로 한 잔씩 건넸다. 한 30초 정도면 계속 이야기를 이어갈 수 있을 거라는 생각에 잠시 멈춰서 기다리는데 갑자기 아득한 기분이 들었다. 말이 입가에서 꼬이기 시작하고 두 눈은 여자의 마스크 주변으로 고정되었다. 마스크 바깥으로 보이는 눈빛이며 귓가로 이어지는 광대뼈, 그리고 반 정도 보이는 볼까지 분명 내가 알고 있는 사람이었다. 잠시 머뭇거리는 사이 여자는 어느새 몸을 돌려 주방으로 들어갔다.

내 기억이 확실하다면, 그 사람일 수밖에 없었다. 맞다, 분명 그 사람이다. 함부로 확신할 수는 없었지만, 갑자기 가슴이 욱신거리는 바람에 하마터면 소리를 지를 뻔했다.

그때 라이쌍의 목소리가 들렸다.

"자네가 직접 봐. 내 말이 맞을 거야. 오늘이 가장 좋은 날이라는 거. 사실 오늘 저 사람도 손님으로 왔어. 오자마자 교회 사람들을 마주치는 바람에 자기는 먼저 일을 좀 거들겠다고 하더니 인사만 하고 지금껏 저렇게 다과를 준비하느라 바쁘네. 여기 와서 앉으라고 불러야 맞아."

아들이 그 말을 듣고는 벌떡 일어서서 주방 쪽으로 머리를 내밀더니 가까이 다가가며 작은 소리로 말했다.

"종잉 누나, 종잉 누나……."

나는 멍하니 자리에서 일어섰다. 무슨 이유인지 두 손이 떨리기 시작해서 손가락 사이를 꽉 쥐었지만 미세한 떨림은 멈추지 않았다. 주방은 복도 끝에 있었다. 종잉이 나타나기를 기다리던 그 순간, 나는 알았다. 여전히 잊지 못하고 있었다는 것을.

/

아마도 기억하겠지만, 출소 전 반년 동안 나는 종잉에게 마지막 편지를 보냈었다. 종잉은 나를 기다렸겠지만 나는 출소 후 혼란스러운 날들을 보내느라 결국 바닷속에 가라앉아버린 돌처럼 감감무소식이 되고 말았다. 다른 사람이었다면 진작 화를 내며 떠나고도 남았으리라. 사람을 그렇게 실망시키다니 나는 정말 한심한 사람이었다.

그러므로 여자로서의 자존심이나 조심스러운 마음을 생각해보면, 아무런 말을 하지 않는 것도 당연했다. 어쩌면 따뜻한 차를 들고 다가왔던 순간, 이미 알아차렸을 것이다. 바닷가의 작은 집에 앉아 있는 이 남자가 자신과 수백 통의 편지를 주고받았던 사람이라는 것을. 그러고도 남자는 입도 뻥긋하지 못한 채 얼굴도 바라보지 못하고 있다. 낯선 사람에게서 느끼는 것과는 결이 다른 그 감정을 조금도 표현하지 못한 채, 심지어 운에 맡기기라도 하듯 여자가 걸어 나오기를 기다리고 있다.

고개를 돌려 라이쌍을 바라보았다. 주방을 보며 기다리는 라이쌍의 얼굴에 훈훈한 미소가 감돌았다. 라이쌍의 아들은 나를 위해 해산물로 푸짐한 상을 차려주겠다며 휴대폰으로 오늘의 어획량을 확인하고 있었다.

결국 나는 용기를 내 주방으로 들어갔다. 종잉이 접시 옆에 손을 갖다 붙인 채 가만히 멈춰 서 있었다. 접시를 들어 올리려다 무언가 떠올라 갑자기 멈춘 것 같았다. 거실로 가져갈 간식 준비는 이미 마친 상태였다. 접시에 간식거리가 예쁘게 놓여 있었는데, 가운데에는 작은 케이크가, 주위에는 동그랗고 작은 빵 여섯 개가 둘러싸고 있었다. 예쁘게 담아 표현하려던 그 반가운 마음이 나를 본 순간 고갈되어 버렸던 걸까.

내가 이름을 부르자 종잉이 고개를 들었다. 우려했던 대로 두 눈에 눈물이 가득 고여 있었다.

거실로 나갔다. 앞장서서 걸으니 마치 종잉을 사람들 앞으로 데리고 나가는 기분이었다.

종잉은 안정이 좀 되었는지 마침내 '선배'라고 부르며 라이쌍 옆에 앉았다. 그제야 비로소 자연스러운 각도에서 종잉을 바라볼 수 있었다. 하나로 묶은 긴 머리는 둥근 목둘레를 따라 드리워져 있고, 두 눈은 여전히 맑게 빛났다. 눈가에는 귀여운 잔주름이 살짝 스쳤다. 마스크로도 가려지지 않는 기쁜 기색이 살며시 흘러나왔다. 종잉은 나를 이미 용서한 것 같았다.

법정에서 여러 차례 심문을 받는 동안 방청석에서 보았던 바로 그 두 눈이다. 나의 침묵이나 회피에도 아랑곳하지 않고 오로지 나만을 응시하던, 내가 눈을 꽉 감아도 언제까지나 바라봐주기를 기다리며 내 어깨 위에 머물던 그 두 눈. 여자로서 어떤 마음으로 그렇게까지 할 수 있었던 건지 당시 나는 그 마음을 이해하지 못했다. 심지어 그저 동정일지도 모른다고 생각했다. 몇 번의 접견 신청에도 종잉을 피했던 건 그래서였다.

새로운 사람이라도 등장한 듯 우리 셋은 동시에 종잉

을 바라보며 놀란 얼굴을 감추지 못했다. 어찌 보면 당연한 일이었다. 한때 하얀색 두건을 질끈 묶고 노란 리본에 적힌 구호를 외치던 소녀가 그 후로는 당혹스럽던 결혼 생활에서 탈출했으니 결과적으로 행복한 여성이라고는 할 수 없었다. 하지만 삶의 어둠 속을 지나왔어도 종잉에게서는 그런 굴곡이 보이지 않았다. 눈물을 닦고 난 후에도 여전히 싱그럽고 당당한 모습 그대로였다. 믿었던 모든 사람들이 종잉을 배신했지만, 작은 집념만은 종잉 곁을 지키고 있다.

요동치는 마음을 숨기려 종잉이 건네준 접시에서 간식 하나를 골라 입에 넣었다. 늘 다른 말로 돌려 표현하기 좋아하던 라이쌍이 갑자기 물었다.

"두 사람이 마지막으로 만난 게 언제였지?"

"졸업 이틀 전이요."

종잉이 먼저 나서서 대답했다.

"음, 어느새 20여 년이 흐른 거네. 영화 한 편 찍어야겠어. 아주 볼 만할 거야."

라이쌍은 아들에게 부축해달라고 손짓하더니 종잉에게 식사하고 가라며 당부했다.

"오후 내내 고양이 밥도 못 줬어요. 다음에 같이 식사 해요."

종잉이 말했다.

"아, 다음이란 말이지. 그거 잘됐네. 아마 잘 모를 텐데, 여기 있는 이 동생은 뭘 해도 다음번이라는 게 없는 친구 야. 오늘 밤에 이 친구가 여기 계속 남아 있게 나 좀 도와 줘. 지금 데리고 나가서 산책이라도 하면 더 좋고."

라이쌍이 우리 둘에게 시간을 내주었다. 아들에게는 뱃사공을 찾아가 물건을 받아오라고 신신당부했다.

그렇게 거실에는 우리 둘만 남겨졌고, 잠시 후 나는 종 잉을 따라 밖으로 나갔다.

종잉은 나를 습지 보호구역으로 데리고 갔다. 양쪽으 로 커다란 나무와 바닥 가득 떨어진 노란 잎사귀가 보였 다. 높다란 수관이 하늘을 가로지르며 교차했고, 잎사귀 사이로 쏟아져 내리는 햇살에 어둑한 그림자가 졌다. 둘 레길로 들어서자 순간 온 세상에 정적이 흘렀다.

종잉은 예전처럼 유쾌한 입담으로 이런저런 이야기를 했다. 타이난(臺南)에서 나고 자랐다는 것도 그제야 알았 다. 구시가지의 목조 건물에서 살았는데 아버지가 작은 진료소를 하셨다고 했다. 종잉이 두 살밖에 안 되었을 때, 아버지는 까닭 없이 총살을 당했고 잇따라 어머니도 세상을 떠났다. 결국 삼촌 손에 자라다가 타이베이로 가서 공부와 일을 한 뒤, 새로운 시작을 위해 작년에 이곳으로 돌아왔다.

"우리 집 앞에는 자전거가 두 대 있어요. 하나는 바다까지 타고 나가는 용도로 쓰는 건데, 기분이 울적할 때 이 근처를 돌곤 해요. 여기엔 없는 게 없거든요. 배도 탈 수 있고 물놀이도 할 수 있고 해산물도 먹을 수 있고요. 낚시꾼 옆에 앉아 있으면 손낚시로 잡아 올린 물고기도 몇 마리 살 수 있어요. 그러다 바다 냄새를 배부르게 맡고 나면, 이제 됐다 싶죠. 그러고 집에 돌아오면 마음 편히 지낼 수 있어요."

"나는 그 편지들을 타이베이에서 보낸 건 줄 알았는데."

"어쩐지 멀리 떨어져 있는 것 같다 싶었죠? 라이쌍 선배가 여기 산다는 건 저도 작년에 알았어요. 핑둥(屏東)에 있는 줄 알았는데 아드님이 여기로 모시고 왔더라고요. 자전거 산책로가 라이쌍 선배 집 근처여서 놀랐어요. 봐요, 바다는 저렇게 넓은데 우리 인간들은 아주 작아서 결국 이렇게 모일 수밖에 없는 거죠."

이어서 종잉은 조금 전 주방에서 있었던 일에 대해 입을 열었다.

"선배가 거실에 있는 걸 보고 너무 벅찼어요. 물론 날 보려고 온 게 아니라는 걸 알면서도 갑자기 만나게 되니 감정이 더 올라오더라고요. 게다가 작년에 라이쌍 선배가 일러준 게 있었거든요. 선배는 모든 걸 알려주고 싶지 않아 한다고, 말하려고 하지 않는 이야기는 존중해줘야 한다고, 그러니 되도록 아무것도 묻지 않는 게 좋겠다고 그랬어요. 난 그저 묻는 걸 좋아하는 여자에 지나지 않았구나, 아까는 그런 생각이 들어서 서럽더라고요. 그래서 그렇게 슬펐던 거예요."

고요한 길이 막바지에 다다르자 길목 양쪽으로 카수아리나 수목들이 일렬로 죽 늘어서 있었다. 종잉이 말했다.

"우리 한 번 더 걸어요."

한 번 더 걷자던 종잉의 말은 되돌아가는 길을 의미했다. 종잉의 자전거는 라이쌍의 집 앞에 세워져 있었으므로 지금 이 길은 오로지 날 위해서 에돌아가는 것이나 다름없었다. 하지만 왠지 그 말에 다른 뜻이 있는 것만 같았다. 만약 다시 한 번 더 걸을 수 있다면, 종잉에게나 나에게나 이것은 이번 생의 마지막 기회이리라.

그럼에도 여전히 부끄러운 마음이 떨쳐지지 않았다. 종잉이 겪어온 상황과 비교해볼 때, 나는 종잉에게 어울리지 않는 사람이었다. 종잉은 결혼의 실패자가 아니라 오히려 이혼을 통해 독립적인 여성으로 우뚝 선 느낌이었다. 그에 반해 나는 쑤의 불행을 이끌고 이 길을 걸어왔다. 내 삶에 이런 사람은 더 이상 없을 것 같았다. 아무리 동정심에 근거한다 해도 법조차 나를 용서하지 못할 것이다. 그렇다면 오랫동안 나를 기다려온 종잉에게 이건 공평한 일일까?

괜스레 그런 생각에 빠져 있다 보니 나뭇잎이 떨어지는 소리마저도 스산하게 들린다. 쑤와는 한 번도 이런 가로수길을 함께 걸어본 적이 없었다. 이렇게 말하는 게 맞을지 모르겠으나 그건 종잉과도 마찬가지였다. 아니, 어쩌면 그 어떤 여자와도 이렇게 조용한 길을 함께 걸어본 적은 없었다고 해야 할 것이다. 누나와 어머니를 포함해

서, 물론 쑤와도 한 번쯤은 함께 걸을 수 있었을 텐데, 어
찌 된 일인지 모두 헤어져버렸다.

하늘빛이 완전히 어둑해졌을 때, 갑자기 종잉이 내 팔
에 손을 걸며 지금이 몇 시냐고 물었다. 진짜 시간을 묻는
건 줄 알고 소매를 걷어 올렸을 때, 슬픈 듯 웃으며 이야
기하는 종잉을 보고 일부러 건넨 질문이라는 걸 알았다.

"그럴 줄 알았어요. 아직도 시계를 항상 차고 다니는구
나. 선배한테는 시간이 그렇게 중요한 거죠? 그런데 그
시간이 선배 손에 마냥 멈춰 있는데 왜 그냥 두는 거예
요……?"

나 역시 모르는 바는 아니었지만, 그래도 종잉의 입에
서 그 말을 듣게 되어 기뻤다.

내 팔에 걸려 있는 그 손을 가볍게 볼 수 없었다. 그 움
직임 하나에 눈물이 터져 나올 것 같았다. 떨어져 있던 시
간은 25년에 가까웠고, 편지를 주고받은 것만도 4년 8개
월이었다. 험난한 산을 넘고 또 넘은 소녀처럼, 그러나
여전히 순수하고도 뜨거운 마음을 간직한 채 원한도 후
회도 없이 내 마음 안으로 손을 뻗어준 사람이었다.

"그 여자를 사랑해줘." 맞다. 한 글자도 잊지 못했던, 바

로 그 말. 처음 들었을 때는 꽤 충격이었다. 글자 그대로 메시지일 뿐이라고 생각했다. 하지만 이제야 알 것 같다. 그 말은 일단 나 자신을 사랑한 다음 그 여자를 사랑해달라는 말이었음을. 나에 대한 걱정과 기대를 얼마간 담고 있는 말이었음을. 그건 마치 내 눈앞의 이 손처럼 꺼질 듯 꺼지지 않는 내 안의 잿더미를 털어내려는 마음이자 동시에 아주 조심스럽게 마지막 남은 불꽃을 살리려 애쓰고 있는 마음이었다.

그날 저녁, 종잉을 보낸 뒤 목조 테라스에서 라이쌍 부자와 둘러앉았다. 해산물로 차려진 진수성찬을 즐기며 오늘 하룻밤 더 묵기로 했다고 두 사람에게 말했다.

"종잉 씨가 내일 아침에 다시 온대."

"허, 작년에 내가 헛걸음은 안 한 셈이네. 특별히 그 말을 전하겠다고 갔었지……."

라이쌍은 역시 라이쌍이다. 내 마음속 고민이 모두 그의 머릿속에 담겨 있었다.

라이쌍 부자가 마련해준 손님방은 도로에 맞닿아 있었다. 고개를 내밀면 바로 연기로 그을린 2층 벽이 보였고, 약간 멀리서 파도 소리가 은은하게 전해져왔다. 하지만 나는 파도 소리보다 종잉의 얼굴에 씌워진 하얀 마스크 생각만 하고 있었다. 나를 바닷가로 데려가겠다고 했으니, 그렇다면 바닷바람 앞에서는 마스크를 쓸 필요가 없을 텐데 종잉이 마스크를 벗으려나? 내가 대신 벗겨주겠다고 해도 허락해줄까. 귀에 걸린 끈을 천천히 풀어줄 수 있다면. 잃어버렸던 꿈이 얼굴 위로 표표히 떠오를 수 있도록.

그래, 나는 그 얇고 작은 톱니바퀴를 지금도 기억한다. 결국은 종잉이 찾아냈었다. 빗자루를 끌어안고 바닥에 쪼그리고 앉아서 아주 조심스럽게 그 부품을 집어 들었다. 그때 초조해하던 얼굴 위로 스친 한 줄기의 미안함과 거의 울 듯이 기뻐하던 표정, 그리고 애지중지하며 아끼듯 바라보던 그 두 눈은 어찌할 바 몰라 하는 신부 같았다. 비록 나중엔 다른 사람의 신부가 되었지만……

내 손에 멈춰 있던 그것을 하나하나 셈해보니 정말 길고도 긴 세월이었다.

지금 이 밤, 바닷가로 나갈 시간만을 기다린다. 이제껏 지나왔던 그 시간들보다 훨씬 길고도 지루하게.

"진정한 사랑은 만 겹의 산"

류나이츠(劉乃慈)

국립청쿵대학교(國立成功大學), 타이완문학과 부교수

평소 자신을 잘 드러내지 않는 작가 왕딩궈는 2021년 『깊은 밤의 소설가(夜深人靜的小說家)』 서문에서 최근 몇 년 간 눈 건강 문제로 집필에 지장을 받았다고 고백했다. 건강이란 누구에게나 피할 수 없는 과제이지만, 오랫동안 그의 작품을 좋아했던 독자들은 갑작스러운 소식에 놀랄 수밖에 없었다. 나는 다음 작품이 나온다면 아마도 몇 해 는 기다려야 할지 모른다고 억측을 했으나 뜻밖의 소식 이 들렸다. 그해 늦가을의 소란이 잠시 일단락되고 황금빛 바람이 일어날 때쯤 조용히 『가까이, 그녀(鄰女)』를 세상에 내놓은 것이다. 제아무리 숭고한 문심(文心)도 육안의 도움이 없다면 숙이고 들어갈 수밖에 없었을 텐데. 소설가의 눈과 마음이 힘을 합치는 순간은 갈등과 대립이 오히려 심화되는 때라는 것을 우린 상상할 수 있다. 『가까이, 그녀』가 끈질긴 집필 의지 아래 수많은 어려움을 극복한 결과물일 거라는 것도.

사랑이라는 이름의 3부작

2013년부터 2022년까지 왕딩궈는 낮과 밤이 수없이 교차하며 달빛과 아침 햇살을 드리우던 꼬박 10년이라는 시간 속에서 『적의 벚꽃(敵人的櫻花)』, 『어제의 빗물(昨日雨水)』, 그리고 『가까이, 그녀』까지 세 편의 장편 소설을 탄생시켰다. 세 작품 모두 남성을 1인칭 서술자로 둔다. 고된 현실과 이상적인 기대 사이에 놓인 세 인물은 사랑의 시련 속에서 겉으로는 절망적이고 연약해 보이나 실제로는 의연하고 강인한 내면이 있다. '남성 캐릭터에 대한 대안적 시각'을 독자들이 깨닫기를 기대하는 인물들이다. 더불어 세 인물이 사랑의 관계 속에서 명확하게 드러내는 주체성 또한 한 번쯤 숙고해 볼 만한 가치가 있다.

『적의 벚꽃』은 사랑의 절대적 기다림에 초점을 맞추면서도('나는 추쯔를 기다리고 있는 한 아무것도 없어도 살 수 있다고 믿는다') 동시에 사랑과 윤리에 관한 대화를 열어놓는다. ('어떤 사랑에든 임계점이 있어요. 함부로 임계점을 넘었다가는 더 많은 걸 잃게 되죠'). 요컨대, 사랑이란 절대적인 자아에 대한 응답이자 두 사람 사이의 상대적 윤리다. 사랑은 순수하게 선(善)의 공유이지만, 동시에 언제든 이기심이라는 악의 유혹에 직면할 수 있는 것이다. 사랑에 대한 끝없는 변증 덕에『적의 벚꽃』은 특히 음미할 가치를 지닌다.

『어제의 빗물』은 사랑과 정의의 합작품이다. 두 명의 남성 캐릭터 '나'와 류 변호사는 각각 사랑과 정의를 상징하는 인물이다. 인간 세상에서 사랑과 정의는 종종 모순된다. 사랑은 맹목적이고 이기적일 수 있지만, 정의는 공평무사를 요구하기 때문이다. 사랑을 선택하면 정의를 간과하기 쉽고 정의를 선택하면 종종 사랑을 희생해야 한다. 이 같은 딜레마 속에서『어제의 빗물』은 사랑과 정의 사이에 협상의 공간을 열어두려는 시도를 통해 『적의 벚꽃』 이후 또 하나의 정점을 찍었다. 최근 완성한 『가까이, 그녀』는 평범한 삶 속의 빛나는 순간들을 계속해서 들여다보고 감정과 윤리 사이에서 보다 미묘한 가치를 반추해나간다. 『가까이, 그녀』의 사랑은 남녀의 감정적 경계를 넘어 아버지와 아들 간의 사랑, 형제간의 사랑 그리고 인간과 인간 사이의 우정에서 출발한 사랑으로까지 확장된다. 사랑 안에서 우리는 무엇을 믿어야 하는가. 무엇을 붙잡아야 하는가. 그리고 무엇을 기대할 수 있는가. 세상에 존재하는 모든 사랑의 관계는 삶의 깊은 경험 속에서 단련되고 강화되는 신념일 것이다.

『적의 벚꽃』과 『어제의 빗물』 그리고 최신작 『가까이, 그녀』는 책등에서부터 페이지에 이르기까지 '진정한 사랑'이라는 문구가 지문처럼 깊게 새겨진 작품이다. 심지어 등장인물의 이름과 인물이 처한 상황, 삶의 경험이 갖는 연속성에도 보이지 않는 단서가 숨어 있다. 세 작품을 함께 읽으면 강한 자극과 영감이 오갈 것이다. 사랑이라는 이름의 3부작이라고 일컬어도 과언이 아닌 이유다.

숨겨둔 날카로운 힘과 자기 도전

『가까이, 그녀』의 서사는 가석방으로 풀려난 57세의 남자 류량허우(劉良厚)가 1인칭 시점으로 독자인 '당신'에게 자신의 반평생을 털어놓는 것으로 전개된다. 어려서부터 가난한 가정에서 자라 출세를 열망했던 주인공은 또래 남자아이들이 대학 캠퍼스를 즐겁게 누빌 나이에 시계점에서 경제 활동을 택한다. 량허우에게 시간은 곧 돈이었다. 태엽을 팽팽히 조이듯 있는 힘을 다해 노력하는 것을 철칙으로 삼았다. 여자 주인공 위민쑤(余敏愫)는 남성 헤게모니가 강한 지역의 정치 가문 출신으로 의식주 걱정은 해본 적 없지만, 가족 내에서 성차별에 시달린다. 툭하면 여자를 때렸던 위씨 가문 아래서 위민쑤는 나중에 위쑤(余素)로 개명하고 18세 때부터 일련의 가출을 일삼는다. 독립할 능력이 있다는 것을 증명해서 아버지의 감시를 벗어나기 위해 쑤는 아버지 위성타오(余聲濤)의 생일 전날 시계 하나를 선물로 산다. 아무런 접점이 없던 두 남녀 주인공인 량허우와 쑤는 빗속의 롤렉스 시계와 고민으로 주고받던 술잔 때문에 6년 후 혼인과 가

정의 성립이라는 운명을 맞는다.

술 취한 밤, 쑤는 예정에 없던 임신을 한다. 그 후 혼자 아들을 키우다 아들 뤄이슈(瑞修)가 학교 들어갈 나이가 되자 어쩔 수 없이 생부에게 아들을 데려간다. 30대의 나이로 하루아침에 남편과 아버지가 되어버린 량허우는 쑤의 처지에 몹시 애틋함을 느낀다. 더불어 위성타오의 인맥과 자금 지원으로 시계 사업을 성공적으로 해나간다. 그러나 애초부터 두텁지 않았던 두 남녀의 사랑은 부부보다는 형제·자매의 정에 가깝다. 쑤는 브라질로 이민 간 소꿉친구를 잊지 못하고 있었다. 그런 데다가 끊임없는 가출과 미혼의 몸으로 감행한 출산은 아직 사랑을 경험해보지 못한 쑤에게 일찍이 아내와 엄마라는 책임을 떠안게 한다. 순진하고도 용감하며 언제나 자신을 증명하려 애썼던 이 여성은 결국 현실 세계의 위험성과 탐욕스러운 인간의 본성, 그리고 스스로도 확실히 알지 못했던, 외부로부터 온 사랑의 유혹을 과소평가한다. 10대 시절의 반항부터 중년 시기의 투쟁으로 이어진 쑤의 모든 희망과 환상은 일순간에 물거품이 되어버리고 결국 죽음으로 끝을 맺는다. 그러나 쑤의 죽음은 이야기의 일부에 불과하다. 『가까이, 그녀』는 다양한 그룹의 인물이 처한 상황과 관계를 량허우의 시각으로 풀어나간다. 얽히고 풀리고, 또 끊어지고 이어지는 그 모든 전개를 독자들이 세심하게 감상해주길 기대하면서.

왕딩궈의 서사 미학에 익숙한 독자라면 『가까이, 그녀』의 특이점을 금방 발견할 것이다. 일단 문장이 수수하고 간결하다. 특히 이전 작품에 비해 유창하고 빠른 서술이 줄고 일상 대화체에 가까운 어조로 끊임없이 이야기를 풀어간다. 심지어는 멈칫하며 주저하는 듯한 모습도 볼 수 있다. 이를테면 '설명을 빠뜨린 게 있는데', '이야기가 주제를 벗어났다.', '이야기가 또 다른 데로 샜다.', '이건 뒤에서 다시 자세히 이야기하겠다.', '일단······ 이야기를 먼저 해야겠다.', '말이 나온 김에······ 이야기까지 해보려 한다.', '정말 쓰고 싶었던 이야기는······' 같은 것들이다. 작가는 세련되고 우아한 언어와 섬세하고 서정적인 이미지 대신 이번에는 등장하는 캐릭터들이 천천히 골격화되도록 서술 안에 날카로운 힘을 의도적으로 숨겨두었다. 『가까이, 그녀』는 스토리 전개도 기존 작품들처럼 명확히 직선 형태로 풀어가지 않는다. 회상 형식의 추적부터 시간순 혹은 역순으로 풀어가기도 하고 플래시백과 보충 설명, 편지 형식의 진술 등 다양한 방식이 등장하기 때문에 독자는 때론 우회적이고 때론 복잡하게 번복하는 서술자의 심경을 집중해서 따라가야 한다. 유연한 변화이자 작가에게는 자기 도전이기도 한 작품이다. 어찌 됐든 작가는 자신이 잘하는 것과 독자들의 높은 평가에 대한 기대를 이번에는 의도적으로 버리고자 한 것 같다.

『가까이, 그녀』의 두 번째 특징은 개성 있고 주관이 뚜렷하며 행동하는 여성들이 여럿 등장한다는 것이다. 그중 일부는 상세하게, 일부는 가볍게 그려진다. 잠시 유쾌한 설명을 덧붙이자면, 왕딩궈가 지난 10년간 써낸 작품들은 여성 캐릭터를 제대로 전개해내지 못했다. 예를 들어 2013년, 다시 펜을 잡으며 독자들을 놀라게 한 작품 『그렇게 뜨겁게, 그렇게 차갑게(那麼熱, 那麼冷)』의 경우 「아무개(某某)」와 「떨어진 꽃잎(落英)」에 등장하는 여성들은 개성은커녕 대사 한 줄도 주어지지 않았다. 단편의 분량으로 여성을 충분히 다뤄내기가 어려웠던 거라면, 장편의 구조 속에서는 여성들에게 내어줄 공간이 충분했을 것이다. 그런데 『적의 벚꽃』 속 순수하고도 착한 추쯔(秋子)는 대화조차 새가 지저귀듯 간결하게 이어 나간다. 2017년 두 번째 장편 『어제의 빗물』 속에서 마스크를 낀 채 말 한마디 하지 않는 원치(文琦)는 그저 떠나가기만 할 뿐이다. 언제나 베일로 얼굴을 가리듯 절제된 방식으로 여백을 남기는 여성 캐릭터에 독자들은 궁금증이 가득해진다. 생각건대 『가까이, 그녀』가 그 답을 가지고 온 것 같다.

양보에 대한 의지

『가까이, 그녀』에 등장하는 남성들, 즉 지역 의장인 위성타오, 위씨 집안의 태자 셋, 종잉의 대학 선배, 그리고 투자자문의 권위자 리줘웨이(李卓為)는 하나같이 '소유'하려는 욕망뿐이다. 그에 반해 량허우는 '양보'의 의지로 손을 활짝 펼친다. 그의 인생에는 결정적으로 양보를 선택했던 순간들이 몇 차례 존재한다. 대학 시절, 후배 린

종잉(林重樱)을 짝사랑했지만 결국 더 비천한 출신 배경을 가진 선배에게 그 사랑을 양보하고 만다. 뤠이슈는 어머니의 사인(死因)을 끝없이 추적하지만 량허우는 치매인 척 가장하여 아들의 숨 막히는 감시로부터 회피한다. 회피는, 산산이 부서진 량허우의 마음을 배려한 결정이었다. 아내의 외도 대상이었던 리줘웨이 앞에서도 량허우는 아내의 시계를 돌려달라는 요구만 한다. 인내는, 쑤의 명예를 지키기 위한 결정이었다. 관용, 희생, 인내……. 주인공은 약자를 존중하지만 강하고 야만적인 사람들은 동정하는 특성을 보인다. 삶의 귀중한 시간을 낭비할지라도, 아무런 성과 없이 사회로부터 오해와 비난을 받을지라도 량허우는 여전히 그리고 기꺼이 그 삶을 택한다. 스스로를 약하다고 반복적으로 이야기하지만 우리는 그가 짊어진 짐과 헌신을 본다. 약함과 양보의 근원은 사랑의 의지와 능력이기 때문이다.

사랑에 대한 량허우의 신념에는 중요한 핵심 뿌리가 있다. 어린 시절, 어머니의 강인한 생존력과 노동은 가난한 삶 때문에 도박으로 기사회생하려 했던 아버지를 결국 감화시키지만, 둘은 죽을 때까지 힘겹게 살아간다. 어

머니의 굳건함이 사랑의 인내를 보여주었다면, 누나는
의심할 여지 없이 사랑의 첫 시련이었다. 너무 어렸기 때
문에 누나의 고통을 함께 나눌 기회가 없었고, 심지어 누
나가 눈앞에서 사촌들에게 괴롭힘을 당할 때도 겁이 나
서 차마 소리 내 말리지도 못한다. 직접 목도하고(어머니),
창피함과 후회를 느꼈던(누나) 삶의 경험은 그가 약한 여
성들에게 연민을 느끼고 세상사에 양보와 관용을 베풀
수 있게 하는 힘이 된다. 그러므로 불합리했던 5년간의
감옥살이에 대해서도 우리는 비이성적인 행동 뒤에 숨은
가치와 신념을 주목해야 한다.

양보에 대한 의지 외에도 그는 삶의 경험을 통해 생선
가시에서 철학을 발견한다. 저항을 겁내지 않고 용기 있
게 자신을 표현할 줄 아는 위쑤와 종잉 두 사람과 달리
량허우는 매우 작고 겁이 많아 보인다. 그의 이런 모습은
두 여성 캐릭터가 현실의 억압에 맞서는 방식과 작품 안
에서 상당히 중요한 대비를 이룬다. 붕어 요리를 먹는 장
면의 디테일한 묘사는 조용한 침묵 속의 갈등이 거리 시
위나 가정에서의 격렬한 저항만큼 치열할 수 있음을 보
여준다. 붕어는 가시가 많아서 먹을 때마다 혀로 조심스

럽게 가시를 찾아내야 하고 마지막에는 손가락으로 가시를 집어서 꺼내야 한다. 힘겨루기와 큰소리가 일상인 농사꾼들이 식탁 위에 놓인 붕어 요리 하나에 조용해진다. 잘못했다가 가시에 찔리면 그 작은 가시를 뽑아내는 일은 훨씬 어렵기 때문이다. 생선 가시는 상황에 대처하는 태도를 상징한다. 아무리 많은 갈등과 아무리 큰 억압이 있더라도 하나씩 세심하게 해결해 나가는 것이 맹목적인 열정에 휩싸여 저항하는 것보다 더 효과적일 수 있다는 것을 암시한다.

자신의 목소리를 가진 『가까이, 그녀』

소설의 제목 '가까이, 그녀(鄰女)'는 이야기에 등장하는 각양각색의 여성들뿐만 아니라 목소리의 이질성을 나타내기도 한다. 이야기의 짜임새를 볼 때 '가까이, 그녀'는 특정한 '옆집 소녀(the next-door girls)'를 의미하는 것도, 주변에 사는 '이웃 여성(the women in the neighborhood)'을 의미하는 것도 아니며, 우리 삶을 둘러싸고 있는 '가까이에 있는 여성(the women around us in life)'을 의미한다는 것을 알 수 있다. 량허우의 삶 가까이에는 가부장적 구조 속의 성별 제약과 억압 속에서 목소리를 내기도 전에 죽음을 맞이한 여성(누나)과 저항을 시도하며 목소리를 냈던 여성(위쑤와 종잉)이 있다.

종잉은 량허우에게 쓴 편지 속에서 다음과 같은 핵심적인 질문을 던진다. '여자의 삶이 누군가의 손으로 그려지는 것 말고 여자 스스로 자신의 목소리를 낼 수 있다고 생각하시나요?' 량허우의 눈에 쑤는 독립적이고 자주적인 여성이다. 가부장적 가정에 '세속을 뛰어넘는 목소리를 단번에 냈'다. '첫울음을 터뜨리던 순간부터 모든 힘을 다 써 버렸'을 쑤의 목소리에 량허우가 확실하고도 슬픈 감정을 느꼈으리라는 것을 짐작할 수 있다. 종잉은 정치적으로 수난을 겪었던 가정에서 태어나 두 살에 아버지를 잃고 어머니마저 잇달아 세상을 떠난 뒤 삼촌 손에 자란다. 소설은 정치적으로 억울함을 겪었던 라이쌍의 이야기를 간략하게 언급한 것처럼 종잉의 산산이 부서진 삶의 초기를 간결하게 서술한다. 하지만 우리는 종잉이 성장 과정에서 겪었을 외로움과 결핍, 그리고 갈망을 쉽게 이해할 수 있다. 열정을 다 바쳤던 학생 운동이나 영원한 사랑을 약속했던 혼인 관계에서도 종잉이 열심히 쟁취하고 애써 키워온 사랑은 훗날 서서히 변질되고 왜곡된다. 량허우 역시 종잉에게 다음과 같이 말한다. '종잉 씨의 목소리는 거리에 있었죠. 쑤의 목소리가 가출 후 어둑한 밤에 있었던 것처럼. 하지만 그 모든 목소리도 결국에는 절규일 뿐, 여성들이 원하는 진정한 자기 자신을 대표하지는 못했을 겁니다.'

가부장적 가정에서 탈출한 위쑤와 거리의 학생 운동에 참여한 종잉이 약육강식의 이분법적 관계 속에서 억압에 저항하는 목소리였다면, 그렇다면 여성의 진정한 목소리는 대체 무엇일까? 여성에게 진정한 자아란 무엇일까? 『가까이, 그녀』가 제기하는 문제는 텍스트의 또 다른 중요 요소인 시계, 그리고 시간과 깊이 관련지어 생각해봐야 한다. 저항의 목소리를 내는 '가까이의 그녀'와 '시간'이라는 두 요소를 함께 읽는다면, 우리는 텍스트의 틈새에서 미래 속에 존재하는 '다가올 그녀(the coming women)'를 찾아낼 수 있다.

미래 시간 속의 '다가올 그녀'

시계 다루는 일을 직업으로 삼은 량허우는 이런 이야기를 한다. '시계를 수리하는 그 시간이 내게는 진정한 기쁨을 누리는 순간이다. 그건 하나의 생명을 수리하는 것과 닮았다'고. 실제로 그의 인생은 시계가 그려내는 시간의 궤도를 엄격하게 따르며 움직인다. 재미있는 점은 두 여자 주인공과 량허우의 관계 역시 각각 두 개의 시계로 요약할 수 있다는 것이다. 위쑤는 롤렉스 시계와 스위스 시계, 종잉은 량허우가 분해한 시계와 량허우 손목 위의 시계다. 우리는 기억한다. 위쑤는 비 내리던 저녁에 롤렉스 시계를 사러 왔고, 량허우는 출소 후 위쑤의 스위스 시계를 되찾기 위해 리쭤웨이를 찾아간다는 것을. 스위스 시계는 남자 주인공이 혼인 신고를 하기 전에 여자 주인공에게 선물했던 것으로 '헤어져 있던 세월에 대한 기념이자 앞으로 함께 걸어 나갈 시간에 대한 상징'이다. 위쑤의 반평생은 시계에 새겨져 있던 문구처럼 찰나의 인생이었다. 량허우가 이 유품을 되찾으려고 애썼던 것은 두 사람의 사랑이 이 시계의 시간 속에서 영원히 살아

숨 쉬라리는 것을 암시한다. 사실 스위스 시계는 뤠이슈가 보관 중이었다. 유품 중 유일하게 아는 물건이었기 때문이다. 쑤에 대한 량허우의 사랑은 이제 아들이 이어서 수호할 것이다. 량허우와 종잉의 감정은 대학 시절에 시계를 분해했던 사건을 기반으로 한다. 종잉은 빗자루를 들고 초조한 얼굴로 량허우가 떨어뜨렸던 시계 부품을 어렵게 찾아낸다. 20년에 가까운 이별, 그리고 5년에 가까운 교도소에서의 편지 교환 후 두 사람은 다시 만난다. 이야기의 마지막쯤에서 종잉은 갑자기 량허우의 팔에 손을 걸어 넣으며 일부러 지금이 몇 시냐고 묻는다. 량허우가 시간을 확인하기 위해 팔소매를 걷자 종잉은 슬픈 듯 웃으며 말한다. "선배한테는 시간이 그렇게 중요한 거죠? 그런데 그 시간이 선배 손에 마냥 멈춰 있는데 왜 그냥 두는 거예요……?"

시간은 삶의 대부분을 규정지으며 폭력적인 제약을 가한다. 삶은 일종의 시간적 존재다. 마치 시계와 같은 현대 기계가 정밀하게 구분해놓은 것처럼 하나의 고정된 역할에서 그다음 고정된 역할로 이동한다. 이를테면 가정-학교-회사-가정, 그리고 삶의 마지막에 이르기까지.

가부장적 질서가 흡수된 시간 속에서 많은 여성의 시간은 제한되고 결국 멈추었다. 평생을 힘들게 살아온 어머니와 어린 나이에 병으로 죽은 누나처럼 많은 여성은 선택의 여지 없이 전통적인 가부장 구조 속에서 고통을 감내해야 하는 대상이었다.

공간적 개념의 '가까이, 그녀'와 달리 시간적 개념의 '다가올 그녀(the coming women)'는 절대로 재편성되거나 축소될 수 없는 '다가올 잠재적 여성(the virtual women to come)'을 가리킨다. 시간의 접근성은 바로 눈앞에 실재하는 것을 의미하나 동시에 아직 연결되지 않은 잠재적 다양성이기도 하다. 다시 말해 아직 오지 않은 것, 곧 다가올 것, 기대와 희망을 안고 '가까이 다가옴(the coming)'이다. '가까이 다가온' 시간은 음(陰)의 시간이기에 양(阳)의 시간의 이성적인 제약에서 벗어난다. 그러므로 '다가올 그녀'는 마치 천사처럼 가까운 듯하면서도 충분히 가까워지지 않은 모습으로 언제나 지속적인 접근 상태에 놓인다. '다가올 그녀'의 시간적 접근성은 소설 속 인물들에게 구원의 문틈을 열어준다. 사랑이 곧 다가오도록, 그리고 다시 다가오도록.

겨울의 조용한 저물녘, 짙은 잎이 무성한 해안 길을 종잉과 량허우가 천천히 걷는다. 종잉은 량허우에게 "우리 한 번 더 걸어요."라고 말하고 량허우는 라이쌍 부자에게 "종잉 씨가 내일 아침에 다시 온대"라고 전한다. 희망이 섞인 이 기대가 바로 구원을 향해 곧 다가올 음(陰)의 시간이다. 그리하여 량허우는 마침내 깨닫는다. '그 여자를 사랑해줘'라는 말은 '나에 대한 걱정과 기대를 얼마간 담고 있는 말이었음을. 그건 마치 내 눈앞의 이 손처럼 꺼질 듯 꺼지지 않는 내 안의 잿더미를 털어내려는 마음이자 동시에 아주 조심스럽게 마지막 남은 불꽃을 살리려 애쓰고 있는 마음'이었다는 것을.

『가까이, 그녀』에 등장하는 두 명의 '다가올 그녀'들, 즉 위쑤는 사랑 때문에 죽었고 종잉은 사랑 때문에 살았다. 종잉은 량허우에게 사랑을 일깨웠고, 위쑤의 출현은 량허우에게 사랑할 기회를 주었으며, 종잉의 재등장은 그녀의 사랑이 가진 능력이었다.

문학의 기사(騎士)

소설을 쓸 때, 누군가는 미학적 기법을 추구하고 누군 가는 사회 문제를 탐구하며 또 누군가는 이야기를 엮어 내는 즐거움에 몰두한다. 그러나 왕딩궈는 삶과 문학에 대한 진정한 사랑에 응답하듯 소설을 쓴다. 왕딩궈의 에 세이집 『길을 탐험하다(探路)』에 수록된 「짝사랑(暗戀)」이 라는 글을 기억한다. 작가의 7세 유년기 경험이었는데, 강에서 헤엄치는 물고기 떼가 순식간에 사라져 버리는 게 무척 아쉬웠단다. 그러자 다리 옆에서 낚시하던 아버 지가 아예 그물을 반쯤 끌어올려서 그물 속 넘실대는 물 고기 떼를 멍하니 바라볼 수 있게 해준다. 반짝이는 물결 과 춤을 추던 물고기와 새우는 7살 아이가 처음으로 경 험한 짝사랑이었다. 그 덕에 아이는 좋아하는 것에 저항 하고 자중할 수 있는, 이른바 사랑에서 비롯된 기다림이 라는 것을 배울 수 있었다. 삶의 경험을 창작의 맥락에 대입해본다면, 소설 속의 진정한 사랑은 만 겹의 산이다. 산 넘고 재 넘어 천 리를 걸어야 한다. 그렇다면 문학에 대한 작가의 사랑 역시 마찬가지다. 글을 쓰고자 하는 의지를 끝없이 추구함으로써 끝없는 기다림에 대한 절대적인 믿음을 증명하는 것. 키에르케고르(Kierkegaard)의 말을 빌리자면, 글쓰기란 '믿음의 도약'이다.

소설가가 걸어온 집필의 연대기를 다시 한번 살펴보는 것도 좋겠다. 7세에 무지의 바다에서 시작해 17세에는 문학의 영혼으로, 47세에는 시냇물에서의 낚시로, 57세에는 심야의 작가로, 그리고 67세에는 『가까이, 그녀』로 돌아왔다. 혹자는 이런 의문을 가질 수도 있다. 7세부터 67세에 이르기까지 수십 년의 세월을 견디게 한 '짝사랑'은 무엇이었을까? 어쩌면 창조주가 삶의 여러 상황 속에 미리 복선을 깔아두었을 거라고 감탄할 수도 있겠다. 무지의 바다였던 7세는 시냇물에서 낚시를 하는 47세를 준비했고, 문학 안에서 울부짖던 17세는 문학의 여정으로 의연하게 되돌아올 57세를 조용히 기다렸다. 문학 기사(騎士)의 믿음은 '도달할 수 없는 곳을 향해' 별을 지고 달을 이듯 걸음을 재촉하며 구체화되었다. 물론 글쓰기는 시간을 길게 늘이며 미지로 뻗어나가는 집착적인 사랑이다. 진정한 사랑은 과연 만 겹의 산이므로, 높고 험난하지만 영원히 '다가올' 것이다.

"문학만이 내게 많은 걸 주었다"

왕딩궈가 시인 및 편집인 추안민(初安民)에게 답하다

1

추안민(이하 '추') : 몇 년 전, 집필을 중단한 후 건설 업계에서 성공한 기업가가 된 걸 보고 다시는 소설을 쓰지 않겠구나, 어쩌면 쓸 수도 없겠구나 생각했습니다. 그런데 저의 커다란 오판이었네요. 소설을 다시 쓰기 시작한 것도 놀랍지만 연달아 몇 작품을 쓰시는 걸 보고 경탄을 했죠. 작가님에게 글쓰기의 핵심이란 무엇일까요? 집필을 계속할 수 있게 만드는 동력이 무엇인지 궁금합니다.

왕딩궈(이하 '왕') : 오판을 하신 게 아니라 방심하신 겁니다.

아마 잊으신 것 같은데, 2011년에 제가 「아무개(某某)」를 썼을 때, 앞으로도 글을 더 쓴다면 작품이 나올 때마다 밥 한 끼씩 사겠다고 호언장담하셨잖아요. 그때 제가 만약 100편을 쓰면 어떻게 할 거냐고 구태여 물었더니 그럼 100끼를 사겠다고 확실히 대답하셨습니다. 그때부터 지금까지 이렇게 글을 쓰고 있습니다.

나중에 다시 생각해봤는데, 아마도 그때 그런 이야기를 하신 건 저에게서 어떤 재능이나 능력을 보신 게 아니라 제가 더 이상 글을 쓸 수 없을지도 모른다는 생각에 자극을 주려고 하셨던 게 아닌가 싶었습니다. 사실 편집장님뿐만 아니라 제 주변에도 저를 글쓰기와 연결 짓는 사람이 없어진 지 오래거든요. 이익 추구라는 지극히 따분한 위험 지대 속을 계속 걷다 보니 문학에 관해 이야기할 만한 사람이 전혀 없었죠. 수십 년이 지나도록 건설업계 사람들도 저랑은 책 이야기를 단 한 번도 한 적이 없을 정도니까요.

어떻게 하겠습니까, 돌이킬 수도 없는데. 마침 좋은 질문을 주셨어요. 글쓰기의 동력이 어디에서 나왔을까요?

만약 사업이 망해서 문학으로 숨어버린 거라면, 그건

동기로서는 너무나 가치 없는 일이었겠죠. 문학은 어떤 실패자든 끌어안아 주지만 그렇다고 실패자들이 모여드는 피난처 역할만 하기에는 충분치 않으니까요. 오히려 저는 어떤 저항도 없는 상태에서 의연하게 멈추었던 겁니다. 어떻게 그럴 수 있었느냐에 대해서는 나중에 기회가 되면 추가로 답을 더 하기로 하고요. 지금 여기에서는 진정으로 내려놓는다는 것에 대해 이야기하고 싶어요. 저는 내려놓았습니다. 제가 말하는 '내려놓음'은 어떤 영적 스승들이 무심코 던지는 말이 아니라 그보다 더 나아가서 세속의 시선과 온갖 유혹을 떨쳐내고, 뒤돌아보지 않으면 더 많은 걸 잃을 수 있다는 걸 아는 거예요. 무엇을 잃게 될 것인가, 그건 우리가 삶에 던질 수 있는 커다란 질문이겠죠. 말로 다할 수 있는 거라면 진정 잃은 것이라고 할 수 없을 겁니다.

인생을 절반쯤 왔습니다. 계속 이렇게 전진할 것인가 아니면 우회할 것인가, 문학이라는 이 길을 택해도 될 것인가. 이 갈림길 앞에서의 선택은 사실 너무나 명확해요. 대부분은 직진에 동의할 겁니다. 저는 그 반대예요. 일단 저는 쓰지 않으면 불안해지거든요. 이게 바로 문제의 핵심이죠. 그렇다면 다시 편집장님의 질문으로 돌아가서, 왜 이렇게 고집스럽고도 외로운 글쓰기를 지속해왔나 생각해보면 사실 특별한 게 없었어요. 그저 문학만이 제게 많은 걸 주었다는 생각뿐입니다.

2

추 : 초기부터 작가님 작품을 좋아했습니다. 읽을 때마다 실크처럼 섬세하게 깔린 우울한 분위기에 감정이 뒤흔들려요. 작가님이 그려낸 세계 속으로 빨려 들어가면 글이 가진 온도와 정서를 고스란히 느낄 수 있지요. 좋은 소설이란 어떤 조건을 갖추고 있어야 한다고 생각하시나요? 작가님의 문학관을 어떻게 설명하시겠어요?

왕 : 대체로 좋은 소설은 좋은 스토리에서 출발한다고들 합니다. 좋은 스토리가 있다면 물론 가장 좋겠죠. 하지만 스토리만으로는 좋은 소설이 될 수 없어요.

만약 스토리텔러가 이야기하듯 소설을 쓴다면, 스토리가 끝났을 때 청중들은 자리를 거둘 겁니다. 그 자리는 집에서 가져온 거니까 스토리가 끝나면 당연히 자리도 다시 챙겨가겠죠. 하지만 아쉽게도 눈에 보이지 않는 건 가져갈 수가 없거든요. 한 권의 책이 전하고자 하는 진정한 메시지나 좋은 스토리의 정수는 바로 심금을 울리는 줄거리, 여운을 감돌게 하는 속뜻, 심지어는 개개인이 해석해볼 만한 무언의 메시지 등에 있습니다. 그런데 흔히 흥미로운 구경거리는 마음으로 듣기가 어렵죠. 스토리텔러 역시 스토리를 이야기하는 데만 급급하게 됩니다. 청중들의 자리가 비면 좋은 스토리도 동시에 사라져 버리게 되는 거예요.

그럼 문학이란 무엇이냐. 사실 문학은 그렇게 심오하지 않습니다. 그저 글의 예술이 만들어낸 것에 불과하죠.

과거의 일반 독자들은 모더니즘이라고 하면 겁을 먹고 도망갔어요. 포스트모더니즘은 더 말할 것도 없었죠. 먹고사는 문제랑 아무런 관련이 없는 사실주의 같은 것에 일반인들은 관심이 없었습니다. 낭만주의니 자연주의니 하는 것들은 아마도 더했을 겁니다. 문학을 읽는다는 것이 왜 점점 소수의 사람에게만 집중될까 생각해보면, 특히 타이완의 경우 독자가 부족한 건 아니었어요. 오히려 이 안으로 들어오고 싶어 하는 독자들은 늘 있었는데, 다양한 요인들로 인해 항상 거부를 당해왔죠. 그 결과로 읽지도, 보지도 않는 습관이 생겨버린 겁니다. 독서로부터 점점 멀어지는 게 당연해요.

그리고 앞으로도 그럴 겁니다.

중간에 다시 복귀한 사람의 입장에서 가장 인상 깊었던 부분은 제가 본 문학이 여전히 예전 그대로라는 거예요. 진지한 건 계속 진지하고 대중적인 건 계속 대중적인데, 전자는 스승처럼 굳은 얼굴을 하고 있고 후자는 순진한 수습생처럼 마냥 즐겁더라는 겁니다. 이곳에 발을 막 들여놓으면서 솔직히 말하면 어느 틈에 자리를 잡아야 할지 모르겠더라고요. 일단 과거에 공부했던 다양한 장르들은 잊고 오로지 이 여정을 시작한 목적에만 집중하면서 순수 문학과 대중 문학 사이에서 길을 찾으려 노력해야 했습니다. 단체 사진을 찍으러 갑자기 불려 나간 사람 같았다고 할까요. 조금 머뭇거리긴 했지만, 나이도 든 마당에 구석으로 밀려날 것까지 생각하면 슬그머니 까치발을 하는 수밖에 없거든요. 그렇게 몰래 발뒤꿈치를 들어 올린 게 바로 10년간 백지를 채우듯 글을 써나가는 것이었어요.

젊을 때 동료들과 문학 이야기를 나누면, 침범할 수 없을 정도로 신성한 분위기가 있었어요. 이제는 그런 이야기들을 마구 나누지는 않습니다. 사람들에게 어떤 탈속적인 문학관을 보여줄까 하는 것에도 관심이 없고요. 그저 무엇을 쓰든 과거의 오래된 문체를 되풀이해서는 안 된다는 것과 더 할 수 있다면 저만의 독특한 스타일을 갖추고 싶다는 기대 정도는 갖고 있습니다. 제가 이런 말을 하는 이유는 아마 독자들이 가장 잘 알고 있을 거예요. 독자들은 첫 번째로는 스토리를 보지만 두 번째는 저를 봅니다. 왜냐하면 저는 단순히 이야기를 전달하는 사람이 아니라 통속적인 줄거리일지라도 마음을 콱 움켜쥘 수 있는 은밀하고도 깊이 있는 무언가를 만들어내는 사람이라는 믿음을 주니까요.

비유를 덧붙이면, 어느 재봉소에 정말 오랜만에 손님이 왔는데 재단사를 찾을 수 없는 겁니다. 제자가 솔직히 말하기를 스승이 바지를 입고 있지 않아서 가게로 내려올 수가 없다는 거예요. 그래서 왜 바지를 입고 있지 않으냐 물으니 제자가 그러는 겁니다. 스승이 어제저녁에 바지를 전당포에 맡겼다고요. 그다지 듣기 좋지 않은 농담일 수 있겠습니다만, 저는 지금 그 스승이자 또 그 제자이기도 합니다. 저의 글이 현재 반은 진지하고 반은 대중적인 그 절벽에 놓여 있으니까요. 재단사에게서 사실주의를 살짝 가져오고, 제자가 가진 통속적인 소재를 대부분 거둬내고서 옷을 만들면 그 옷은 아주 큰 인기를 얻고 동네 어디에 걸어두어도 보기 좋을 겁니다.

10년간 그 일을 계속해왔습니다.

3

추 : 작가님의 소설이나 심지어 수필에서도 등장인물 대부분은 사회 하류층에 있는 평범한 캐릭터죠. 대개 눈에 잘 띄지 않아서 등한시되기 쉬운 존재지만, 감정이나 사유에 있어서는 오히려 대다수 사람보다 굉장히 풍부하고 또 무거워 보입니다. 하지만 영혼 깊은 곳에서 우러나오는 인물들의 고백을 듣다 보면 고결함이 느껴지기도 하거든요. 작품 속 인물들을 무겁게 설정하시는 이유가 있으신가요? 이 슬픈 인물들이 구원을 얻길 바라는 마음인가요?

왕 : 건설 업계에 오랫동안 종사하다 보니 아무래도 같은 업계의 사람들을 가장 많이 만나게 되는데요. 솔직히 말하면 교류하기 가장 불편한 것도 바로 같은 업계 사람들입니다. 그게 단순한 만남이든 피상적인 접대 자리든 제게는 몹시 어려운 일거리죠. 그들이 가진 부(富) 때문에 불편한 게 아니라 승자가 되고 나면 애써 과시하고 싶어 하는 어떤 고상한 태도 같은 게 있는데 그게 견딜 수가 없는 겁니다.

제가 있는 곳엔 늘 그런 사람들이 많았어요. 그런데 이상하게도 부자들의 언어에 적응이 안 되더라고요. 땅으로 부자가 되는 사람도 있고 두 손을 부지런히 써서 부를 일구는 사람도 있는데, 돈을 벌고 나면 항상 기득권을 가진 자의 얼굴을 하더군요. 대체로 부유하고 자기 몸을 보호하는 데는 정통하나 사회 정치에는 관심이 없어요. 민족의식이 약하니까 누가 통치를 하든 그러거나 말거나 하는 태도를 보이고, 그저 집값만 오르면 된다고 생각하죠. 최근 몇 년 동안 개선이 되기는 했지만, 만약 내수 경제의 선두주자 역할로서 그들을 바라본다면 대중들에게 모범이 되기도 어렵거니와 아마 사회 빈부 격차의 원인

제공자가 될 겁니다.

그렇다고 해서 사회 하층민에게만 특별히 주목하고 있다는 뜻은 아닙니다. 제가 귀하게 여기는 건 사실 가식적으로 꾸며지지 않은 모습들이거든요. 생존을 위한 조건은 부족하지만, 오히려 그래서 꾸밈없는 모습을 간직하고 있는 사람들이요. 인간으로서 가장 기본적으로 갖추어야 할 모습이죠. 다만 그들 중 누군가가 하루아침에 부자가 된다면 그때는 그들 역시 부자의 얼굴을 드러낼지도 모르고, 심하면 보복성으로 더 나쁜 모습이 될 수도 있다는 걸 잘 압니다. 이건 기본적으로 제가 세상 모든 것에 불신을 갖고 있기 때문이기도 해요.

소설의 소재가 사회의 하층민에게 치우쳐져 있고, 그들이 모습을 바꾸기 전에 시련과 장애물을 먼저 던져주는데요. 어쩌면 그건 저의 장애물일 수도 있어요. 인물들이 기꺼이 장애물을 극복하고 인생의 혼란을 헤쳐 나가게 만들어서 저 자신에게 얼마든지 어둠에서 벗어날 수 있다는 믿음을 주고 싶은 겁니다.

소설을 쓰다 보면 나중에는 더 이상 허구인가 아닌가 하는 문제에서 벗어나 저의 내면세계로 들어가게 돼요.

때로는 내가 그들이 되기도 하고 심할 때는 곤경 속에서 그들과 서로를 의지하며 돕기도 하죠. 아마도 이게 바로 편집장님이 이야기한 '구원'이 아닐까요. 이런 마음이 아니라면 글 쓰는 일이 저에게 어떤 의미일지 모르겠습니다.

4

추 : 어느 평론가가 했던 말처럼 작가님의 소설은 사실 매우 위험한 길을 걷고 있다고 할 수 있습니다. 즉, 대중 문학과 순수 문학 사이에서 벼랑 끝을 걷고 있는 것과 같아서 잘못하면 비호감을 주는 통속 소설이 되어버릴 수 있거든요. 그 경계선을 어떻게 조절하고 있는지 듣고 싶습니다.

왕 : 소위 '대중적'이라는 건 통속화된 스토리를 의미하죠. 비슷한 평론을 저도 읽은 적이 있는데, 표면상으로 어떤 평가나 비판은 없었으나 '벼랑 끝을 걷는' 소설은 어떻게 조절되고 통제되는가에 초점을 맞추고 있더라고요. 이 점에 관해서는 누구보다도 경계하고 두려워하고 있습니다. 어디까지나 저는 베스트셀러라는 이익을 위해

여기까지 온 것도 아니고 지금껏 문학의 전통적 가치를 숭배한 적도 없어요. 저의 부족한 학문과 수양으로는 우뚝 솟은 상아탑에 기어 올라갈 생각도 전혀 없고요.

사실 어떻게 보면 대만뿐만 아니라 전 세계적으로도 문학의 생산은 글로벌화 추세로 인해 점차 대중화되고 있어요. 지금처럼 실용적인 것을 추구하고 모든 것이 빠르게 변하는 21세기에 대중성과 진지함의 구분을 계속해서 강조하는 건 큰 의미가 없다고 생각합니다.

그리고 제가 어떻게 그 위험한 경계를 넘나드느냐에 관해서는, 문학을 문학이라고 부르는 신비가 바로 거기 있는 것 아닐까요. 평론가들은 제가 대중적인 소재를 취한다고 하는데 당연한 이야기입니다. 저는 대중적이라는 뒷골목을 지나서 갑자기 몸을 숨겨버리거든요. 그곳은 종종 학문적인 지식으로는 찾아낼 수 없는 곳이죠. 그렇지 않으면 어떻게 문학이라고 할 수 있겠습니까.

5

추 : 평소에 작가님을 보면 굉장히 조용하고 따뜻하신 분

인데, 소설 속 인물들은 고집불통에다가 곤경에 빠져도 도와달라고 목소리를 내기는커녕(전부 나락 속을 떠돌면서도) 혼자 고통 속에서 신음만 합니다. 작가로서 소설 속 인물들에게 너무 잔인한 건 아닐까요? 이런 '잔인함'은 반드시 필요한 걸까요? 그렇다면 왜 그런가요?

왕: 행동거지나 성격으로 본다면 저는 소설을 쓰기에는 정말 어울리지 않는 사람입니다. 아마도 에세이가 가장 잘 맞을 거예요. 에세이는 고요하면서도 따스한 필력이 필요하고, 인간과 일상의 사물을 다룰 때는 훈훈한 여운을 끌어내야 하죠. 독자들에게 더 가까이 다가가면서도 한밤중에 혼자인 자신에게 얼마든지 이야기를 들려줄 수 있는 장르입니다. 2017년에 출간했던 『길을 탐험하다(探路)』는 아마도 제 10년간의 작품 중 최고작일 겁니다. 제가 직접 걸어온 세월에 대해 어떤 억지나 무례함 없이 써내려가면서 독자들을 진솔하게 대면했던 책이에요.

그러고 보니 『길을 탐험하다』가 출간되기 전에 제가 양장본에 반대했던 기억이 납니다. 표지가 지나치게 차분하고 딱딱하면 에세이가 가져야 할 우아한 분위기와는 간극이 생길 수 있거든요. 그래서 소프트 커버로 출시가 되었는데, 표지가 우그러진다는 불만이 나올 줄은 생각도 못했죠. 책장에 꽂아두면 폼이 좀 덜 나니까 이 책은 내용도 별로일 것이라는 생각들이 있어서 출판사도 반기지 않았어요.

편집장님이 '잔인함'이라는 이야기를 하면서 작은따옴표를 써넣은 건, 특별판으로 출시된 소설의 양장본 같은 느낌이네요. 사실 진심으로 잔인하다고 생각하진 않으셨을 거예요. 좋은 소설은 반드시 양장본이 추가되어야 한다고 제가 생각하지 않는 것처럼요. 우리 삶에 고비가 없다면 이 세상에는 소설도 존재하지 않을 거라는 걸 우리는 잘 알고 있습니다. 소설은 역경을 위해 존재하고, 사람은 역경에서 벗어나기 위해 사니까요. 소설 속 인물들이 역경에서 빠져나올 수 있었다면, 그건 우리 독자들이 지지하고 믿어주며 포기하지 않고 붙잡아주었기 때문일 거예요. 그렇기에 현실과 상상이 공존하며 만들어낸 그 풍경 속을 벗어날 수 있는 거죠.

우리가 소설을 읽는 건 그런 추가적인 의미를 얻고 싶어서일 겁니다. 수준 높은 철학적 이론은 아니지만, 적어도 독자들 각자에게 필요한 의미를 선사해주죠. 단지 무료함을 달래기 위해서 읽는 책이라 해도 누군가가 잔인하고 비극적인 난관에서 살아남는 것을 보는 건 위로가 되는 일입니다. 적어도 소설 속 인물을 보면서 동시에 자신의 선함을 발견하게 되니까요.

편집장님은 믿지 않으시겠지만, 젊을 때 제일 손이 안 갔던 책이 바로 톨스토이의 작품이었습니다. 특별한 이유가 있다기보다는 일단 책이 너무 두껍고 무거워서 싫었어요. 그리고 제 좁은 시야로는 그 광활한 인도주의적 세계를 이해하고 싶지 않더라고요. 그런데 지금은 혼자 녹음 속을 걸으며 외로이 발자국을 남길 때마다 수시로 생각하는 게 바로 그 인도주의입니다. 소설을 쓸 때도, 아무것도 쓰지 않는 삶에서도 제 문학 사전을 채우는 건 대부분 용서나 연민, 무기력, 양보 등과 같은 무력한 단어들이거든요. 평소에는 그것들을 활용할 수도 없고, 저 자신을 상대로 시험할 수도 없죠. 소설을 쓰는 순간에만 그것들로 저를 묶어두고, 편집장님 말씀처럼 소설 속 인물들에게 '잔인함'을 부여하는 겁니다. 아, 이제 보니 저 잔인한 거 맞네요.

6

추 : 작가님을 처음 알게 되었을 때부터 우울한 사람 같다는 느낌이 들었습니다. 적어도 늘 싱글벙글한 스타일은 아닌 것 같았죠. 작가님 소설 속의 인물들도 대부분 유쾌하고 명랑하기보다는 슬픈 존재들이 많죠. 프랑스 평론가 알랭(Alain)이 이런 말을 한 적이 있습니다. '소설 속의 허구는 이야기 자체에 있는 것이 아니라 관념과 사상을 외적인 활동으로 발전시키는 방법에 있다. 일상에서는 결코 일어날 수 없는 방법이다. 역사는 겉으로 드러나는 전말에 초점을 맞추기 때문에 한계가 있다. 하지만 소설은 그렇지 않다. 모든 것은 인간의 본성을 기반으로 하며, 그 지배적인 감정은 모든 사물의 동기와 의도를 명확히 드러내는 데 있다. 심지어는 열정, 죄악, 비참함까지도 그렇다.' 이 견해에 동의하시나요? 혹시 더 하고 싶은 이야기가 있다면요?

왕 : 제가 앞에서 주제 외에 추가적으로 언급했던 이야기들이 이 질문에는 충분한 답이 될 것 같습니다.

이야기가 필요한 이유는 소설의 기본적인 틀을 구축하고, 그 밖에 작가가 만들어내고자 하는 의도와 스케일을 갖추기 위해서이기도 합니다. 인물의 활동(줄거리)만으로도 생동감 있는 소설을 쓰는 사람이 있지만, 오히려 더험난한 인간 본성의 장애물을 부여함으로써 작가 자신을반격하도록 만드는 소설이 있죠. 좋은 소설이 되기 위한철칙입니다.

이쯤에서 인정하고 싶은 게 있는데요, 편집장님 말씀이 맞습니다. 저는 아마 우울한 사람일 거예요. 조금 더듣기 좋게 이야기하면, 쉽게 행복을 느끼는 사람은 아닙니다. 어릴 때부터 행복이 뭔지 모르고 자랐습니다. 마음껏 행복해도 될 만한 일이 갑자기 생겨도 저는 아마 당황해서 이러지도 저러지도 못하고 난감해했을 거예요.

제가 가장 행복했던 순간은('가장'이라는 말은 빼야 할 듯하지만) 딱 한 번뿐이었는데요, 10살 때 소풍 전날이었어요.도박으로 먹고살던 사촌 형이 마침 돈을 땄던 터라 루강(鹿港) 재래시장에서 사과를 하나 사 왔어요. 조심스럽게종이에 싸서 주더니 소풍 도시락을 먼저 다 먹은 다음에사과를 먹으면 훨씬 맛있을 거라고 유독 신신당부하더라고요. 그날 밤, 저는 사과를 주머니에 몰래 넣고 화장실로 숨었어요. 당시 우리 집 화장실은 뒷마당에 있었는데

세입자 공용이었던 데다가 전기가 들어오지 않아서 손전등이 없으면 촛불이라도 들고 들어가야 했거든요. 화장실에 쪼그리고 앉아서 조심스럽게 두 손으로 사과를 받쳐 들고, 종이 밖으로 풍겨 나오는 진한 사과 향을 맡았는데 정말 향긋하고 신비로웠어요. 정말이지 울지 않을 수 없는 순간이었습니다.

다음날 소풍을 갔다가 그 사과를 도로 가져왔어요. 어머니가 사과를 네 등분해주셨죠. 그때는 저희 누나도 살아 있었거든요. 그 작은 사과 네 조각에 우리 네 명의 형제자매들은 정말 즐거웠습니다. 그 외에도 행복이란 게 어떤 모습이었냐고 묻는다면, 갑자기 글을 쓰고 싶어졌던 그날이 떠오릅니다. 17살 때, 외로이 밤새워 글을 썼던 그 시간이 얼마나 행복했는지 지금까지도 생생하게 기억나요. 글을 쓴다는 건 괴롭죠. 정말 무척이나 괴롭습니다. 하지만 글쓰기가 어떤 설레는 기대감을 가져다준다는 걸 저는 알고 있었어요. 그건 행복이 무엇인지 모르는 아이가 마땅히 받아야 할 보상이었죠. 마치 종이에 감싸져 있지만 열어보지 않아도 누구보다 행복을 느낄 수 있는 그런 보상이요.

7

추: 작가님의 소설은 수수께끼 식의 구성을 취하고 있어서 간혹 몇 문장만으로 독자의 시선을 사로잡기도 하고, 마지막 결말이 궁금해서 쫓아가게 만들거든요. 가끔은 작가님 소설을 읽다가 그런 생각을 자주 했어요. 작가는 글을 쓸 때, 미리 전반적인 계획을 가지고 전체를 통제해 나가는 것인가? 아니면 글을 쓰는 과정 역시 운명처럼 예측할 수 없어서 작가의 생각도 줄거리의 진행에 따라 달라지기도 하는 것인가? 어떻게 생각하시나요? 작가님의 글쓰기 전략은 무엇인가요?

왕: 예전에 땅을 사러 나가면, 땅의 용도지역과 면적만 알아도 대략의 층수나 층별 가구 수, 가구당 평수, 평당 가격, 어떤 가구에 분양해야 할지, 심지어는 나중에 완공되면 어떤 모습일지까지 대략 2분 안에 예측해낼 수 있었어요. 10여 년간 혼자 훈련하면서 얻은 감각이었는데, 제 초창기 글쓰기와도 비슷합니다. 간혹 어떤 이야기의 캐릭터나 줄거리가 갑자기 머릿속에 떠오를 때, 그 즉시 곰곰이 생각하다 보면 이 영감을 여기서 끝내야 할지 혹은 더 전개시킬 가치가 있는지 금방 알겠더라고요.

집의 구조가 정확히 계산되면 철근 조립과 콘크리트 혼합물의 비율은 이미 확정이 됩니다. 자비심으로 철근 몇 개를 추가해버리면 오히려 콘크리트 피복의 강도는 약해지고, 수도와 전기 배관이 지나갈 공간도 막힐 수가 있어요. 반대로 건설 비용을 줄이겠다고 여기저기서 철근을 빼버린다면, 납작해진 소설 속 인물처럼 뼈와 살을 다 빼앗기고 사경을 헤매게 되죠.

어떤 작가들은 딱 글이 써지는 만큼만 생각한다고 호기롭고 낭만적인 이야기를 합니다. 그러면서도 무라카미 하루키가 못 따라갈 수준으로 써낼까 봐 걱정하죠. 소설을 쓰기 전에는 어느 단락에 몇 개의 철근을 세워야 할지 구상을 해야 합니다. 줄거리가 진행되면서 각각의 단계마다 당연히 조정하고 배치하는 작업이 따라오겠지만, 기본적으로 핵심은 흔들리지 않고 그 안에 있어야 하거든요. 바탕이 되는 근거가 없다면 500페이지에 가서 모든 걸 쏟아낸다 한들 그땐 너무 늦습니다.

구조적으로 핵심을 잘 정리한 다음 펜을 드는 것보다 더 나은 글쓰기 전략은 저에겐 없습니다. 『가까이, 그녀』 이 책은 예외이긴 했지만요.

8

추 : 17세에 글쓰기를 시작해서 수많은 상을 받고 일찍이 여러 문학 작품을 출간하셨죠. 그러다 비즈니스 세계로 가서 건설 업계에 종사하셨고요. 10년 전에 다시 돌아와 소설을 쓰기 시작했고 『그렇게 뜨겁게, 그렇게 차갑게』를 시작으로 부단히 아홉 편의 작품을 써내면서 큰 반향을 얻으셨습니다. 그땐 저희 둘 다 새카만 머리에 흰 머리는 몇 가닥 없었는데, 이제는 흰 머리가 검은 머리를 넘어섰네요. 그 말은, 백발이 되도록 후회 없이 묵묵하게 글을 쓰셨다는 거겠죠. 비즈니스의 세계에서 남들이 부러워할 정도의 성공을 거두고도 누가 봐도 이익이 한정된 문학의 세계로 다시 돌아오셨는데 그 득과 실을 어떻게 바라보고 계시는지 듣고 싶습니다.

왕 : 검은 머리를 잃고 흰 머리를 얻었습니다. 이변이 없다면 앞으로는 눈도 잃게 되겠죠.

10년 동안 글을 쓰면서 반복했던 일이 있습니다. 한밤중에 너무 집중해서인지 담배가 얼마 안 남았다는 걸 뒤늦게 발견한 거예요. 그럴 때마다 글 쓰던 걸 멈추고 몇 개나 남았는지 세어보곤 했어요. 두세 개비 정도밖에 안 보이면 큰일이다 싶더라고요. 다음 날 아침을 위해 예비로 남겨놔야 했거든요. 그럴 때는 글 쓰던 것도 바로 멈췄어요. 그러면 조금 전까지 머릿속으로 생각하던 것들은 사라져 버리고, 마지막 한 개비를 피우려면 얼마나 참아야 하나 불안해하면서 셈해보는 거죠. 마지막 한 개비를 피우는 시간은 대략 파일을 저장하고 컴퓨터를 끈 다음에 서재를 나오는 정도의 시간이었어요.

담배를 세는 그 작은 모습이 한 번도 부끄러웠던 적은 없어요. 오히려 마음이 따뜻해지는 기분이었죠. 그때의 제 모습은, 며칠 후면 거절당할 비참한 걸작을 머리 푹 숙이고 써내느라 일찍 불을 끄는 게 그리도 아쉬웠던 17살의 사랑과 닮았거든요.

한 팩에 열 갑씩 들어 있는 담배를 미리 사다가 서랍에 넣어두면 되지 않나 생각하실지도 모르겠습니다. 솔직히 대답하자면, 담배를 피우기 위해서가 아니라 글을 쓰기 위한 자기 고문 같은 거였어요. 사실 제 눈은 이제 더 이상 밤새워 글을 써서는 안 되기 때문에 마지막 담배라는 고통으로 저 자신을 자제시키는 거죠. 우리가 지금 이 담배 연기 속에서 문학의 세계로 돌아와 얻고 잃은 게 뭐가 있냐는 어리석은 질문에 답을 하고 있는 것처럼요. 그 답은 편집장님이 가장 잘 아실 겁니다. 우리가 바로 그 길을 걸어왔으니까요.

9

추: 작가님의 소설은 주로 인물의 현실적인 면에 초점을 맞추고 있습니다. 작가님 작품은 비교적 리얼리즘 형식에 가깝다고 생각해요. 삶의 자연스러운 모습에 접근해 있다고 할 수 있죠. 작가님의 복귀로 리얼리즘 스타일이 다시 주목받고 있는데요, 작가님은 자신의 문학을 어떻게 정의하고 계시는지 궁금합니다.

왕: 타이중(臺中) 기차역 앞에 궁위안안과(宮原眼科)라고 아주 유명한 곳이 있는데 안과가 아니라 젊은 사람들이 좋아하는 아이스크림을 파는 곳입니다. 거기가 과거에 대만일보(台灣日報)가 있었던 자리라는 걸 아는 사람은 거의 없을 거예요. 신문사는 뤼촨(綠川) 동쪽 거리에 있었고 맞은 편에는 작은 다리가 있었어요. 다리 양쪽으로 게시판 두 개가 세워져 있었는데 오른쪽 게시판에는 대만일

보 증보판이, 왼쪽 게시판에는 경쟁하듯 민성일보(民聲日報)의 증보판이 게시되어 있었습니다. 그때 저는 가족을 따라 타이중으로 이사 와서 뤼찬 서쪽 거리에 있는 불법 증축 건물에 살고 있었어요. 5분만 걸어 나가면 오른쪽으로 대만일보 증보판을 보고 또 왼쪽으로 민성일보 증보판을 읽을 수가 있었죠. 중학교를 마칠 때까지 그렇게 읽었어요.

중학교 2학년 때부터 투고를 하면서 알게 된 건데, 왼쪽은 원고료가 있고 오른쪽은 없더라고요. 물론 매일 비바람을 무릅쓰고 신문을 읽던 제 습관에는 아무런 영향을 주지 않았지만요. 여름에는 집에 가방을 내려놓고 천천히 걸어 나갈 수 있었는데, 겨울에는 5시가 넘으면 해가 뉘엿뉘엿 지니까 빈 도시락이 달그락거리는 가방을 메고 부리나케 달려도 4시 50분을 넘길 때가 많았습니다. 그러면 게시판에 엎드린 강아지처럼 혀를 내밀고 서둘러서 후루룩 읽고 나면 원고료 없는 게시판은 야경 속에 쓸쓸히 버려둘 수밖에 없었어요.

매일 아침이면 불법으로 증축된 집에서 내려와 냇가의 둔덕에 앉아 양치와 세수를 하고서 학교에 들어가면 온

몸 가득 긴장을 한 채 수학 선생님의 동태를 수시로 살폈습니다. 선생님 집으로 과외를 받으러 갈 돈이 없었기 때문에 수업 시간이면 늘 앞으로 불려 나갔어요. 선생님이 생각해도 기괴했을 공식을 칠판에 써야 했죠. 그때 선생님은 관절을 구부려 주먹을 꽉 쥐고서 쇠못을 박듯이 제 이마를 내리찍었습니다.

가끔은 교단에서 내려와 괜히 내 옆으로 와서는 아버지가 왜 이렇게 우스꽝스러운 이름을 지어주었냐고 묻기도 했죠. 줄을 서서 국가를 부를 때는 목소리가 너무 작다고 벌로 한 번 더 부르라고 시켜서 선생님들과 전교생이 보는 앞에서 고함지르듯 국가를 끝까지 부른 적도 있어요. 아무튼 생각해낼 수 있는 온갖 모욕적인 방법을 저에게 모두 썼죠. 그것도 어쩌다 우연이 아니라 암울한 상황에서 반복적으로 수없이 이루어졌습니다. 길가에 서서 그 증보판의 글들을 읽을 때마다 발아래에 있는 도랑을 피하려고 삐뚤게 서곤 했어요. 그 때문에 글을 읽는 건 왼쪽 눈이 주로 했습니다. 오른쪽 눈은 눈물을 흘리는 역할만 했어요. 문학에 대한 오른쪽 눈의 갈망을 왼쪽 눈이 글을 다 읽고 나서 위로해줄 때까지도 울기만 했습니다.

중학교 3년 동안, 마음속으로 그 악마를 천백번 저주했건만 선생님은 죽지 않았습니다. 50대가 가까워지던 어느 날, 차를 끌고 어둑한 골목을 지나다가 우연히 선생님을 마주쳤어요. 벌써 80대는 되었을 텐데 뒷모습은 여전히 건장하더라고요. 저는 속도를 줄이고 선생님과 같은 속도로 천천히 차를 몰았어요. 첫 번째로 들었던 생각은 차에서 내려서 돌을 주워다가 몸의 어디부터 손을 볼까였거든요. 그런데 차가 점점 선생님에게로 가까워지니까 갑자기 식은땀이 주르륵 나더라고요. 결국 차를 세우고 그 사람이 멀어져가는 걸 멍하니 지켜보았습니다.

저에게 글쓰기 선생님은 없었어요. 문학에 눈을 뜬 건 전부 길거리에 있던 그 신문들 덕이었죠. 한번은 발을 벌리고 불안정하게 서 있다가 게시판 아래에 있는 도랑으로 발이 빠져서 한참을 빠져나오지 못한 적도 있었고요. 저는 어떤 문학주의도 숭배해본 적이 없습니다. 스킬을 드러내려고 쓰는 글은 더더욱 선호하지 않고요. 제 손에는 그저 어리석은 자가 쓰는 전용 사전이 있을 뿐이고, 주된 소재는 전부 거리와 골목에서 들려오는 대중의 목소리를 통해 얻습니다. 그 대중적인 목소리들이 제 작품의 방향을 이끌어왔어요. 때로 더 고상하게 꾸미고 싶을 때도 그것들을 떨쳐내지 못하고 있습니다.

리얼리즘 스타일은 이렇게 구축된 겁니다. 상처를 감싸는 붕대로 문학을 사용하려고 하지 않았어요. 보이지 않는 상처는 치유도 가장 힘들죠. 그런데 신기하게도 글을 쓰다 보면 상처가 자연스럽게 사라지더군요.

10

추 : 현재 대만은 자유롭고, 개방적이고, 또 다양한 목소리를 들을 수 있는데요. 그렇다면 현재 대만 문학의 흐름과 현상에 대해서는 어떻게 생각하시나요?

왕 : 점점 더 많은 문학 작품들이 영화나 드라마로 뿌리를 내리고 있는데, 아주 환영할 만한 현상입니다. 문학 시장의 하락이 곧 문학 활성화의 시작이라는 것을 증명하는 거니까요. 문학을 신의 제단에 바치는 제물로 여기거나 대단한 고전인 것처럼 받들어서는 안 된다는 것을 새로운 시대가 우리에게 가르쳐주고 있는 거죠. 사실 이러한 변화가 있어야만 고전을 끌어안고 남 탓하는 대신

문학이 거리 구석구석으로 들어설 수 있게 됩니다.

현재 제가 본 젊은 작가들은 우리 세대와 비교할 수 없을 정도로 아주 깔끔하고 정확한 문체를 씁니다. 이 완벽한 기본기를 아주아주 소중히 여겨야 해요. 리얼리즘 스타일에 관심이 없더라도 괜찮습니다. 나이 들 때까지 글을 쓰다 보면, 어느 순간 모든 글자가 점점 생명력을 잃는 것 같은 느낌이 들 때가 있을 거예요. 아마도 본질적이고 순수한 상태로 돌아가고 싶은 순간일 겁니다. 그때 관심을 두어도 전혀 늦지 않습니다.

옮긴이 김소희

'차라'라는 필명을 가진 중국어 번역가. 시나리오 번역을 시작으로 번역에 입문했다. 다수의 한중 합작 드라마와 영화 대본을 번역하고 중국어 관련 도서를 여러 권 썼다. 현재는 출판 번역과 함께 번역 코칭을 겸하고 있다. 지은 책으로 『중국어 번역가로 산다는 것』, 『마음의 문장들』, 『네이티브는 쉬운 중국어로 말한다』 등이 있고, 옮긴 책으로 『세상이 몰래 널 사랑하고 있어』, 『어서 와, 이런 정신과 의사는 처음이지?』, 『어른을 위한 인생 수업』, 『상견니 영화 각본집』, 『상견니 영화 포토 에세이』 등이 있다.

가까이, 그녀

1판 1쇄 인쇄 2024년 5월 9일
1판 1쇄 발행 2024년 5월 22일

지은이 왕딩궈
옮긴이 김소희

발행인 양원석 **편집장** 차선화
디자인 조윤주, 김미선 **영업마케팅** 윤우성, 박소정, 이현주, 정다은, 박윤하
해외 저작권 이시자키 요시코

펴낸 곳 ㈜알에이치코리아
주소 서울시 금천구 가산디지털2로 53, 20층 (가산동, 한라시그마밸리)
편집문의 02-6443-8861   **도서문의** 02-6443-8800
홈페이지 http://rhk.co.kr
등록 2004년 1월 15일 제2-3726호

ISBN 978-89-255-7503-2 (03820)